지은이

## 미쓰다 신조 三津田信三

일본 나라현에서 태어났다. 대학에서 국문학을 전공하고, 졸업한 뒤에는 출판사에 들어가 호러와 미스터리에 관련된 다양한 기획을 진행했다. 1994년 단편소설을 발표하면서 작가의 길을 걷기 시작했다. 2001년에는 첫 장편소설 《기관, 호러 작가가 사는 집》을 출간하며 미스터리 작가로서 널리 이름을 알렸다.

데뷔 초부터 미스터리와 호러의 절묘한 융합, 특히 본격 추리에 토속적인 괴담을 덧씌운 독자적인 작품 세계를 구축하며 자신만의 독특한 작품들을 선보여왔다. 특유의 문체와 세계관, 개성적인 인물들, 미스터리로서의 높은 완성도가 평단과 독자 양쪽의 호평을 이끌어냈다.

2010년 《미즈치처럼 가라앉는 것》으로 제10회 본격 미스터리 대상을 수상했으며, 지금은 '미쓰다 월드'라 불리는 특유의 작품 세계가 열렬한 마니아층을 형성하는 등 명실상부 일본 본격 미스터리를 대표하는 작가로 자리 잡았다.

미쓰다 신조 본인이 등장하는 '작가 시리즈'를 비롯해 '사상학 탐정 시리즈', '도조 겐야 시리즈', '집 시리즈' 등 다수의 시리즈 작품을 발표했으며, 《노조키메》 《괴담의 집》 《흉가》 《화가》 《우중괴담》 《일곱 명의 술래잡기》 등 지금까지 출간한 소설만 수십 권에 이를 정도로 왕성한 활동을 펼치고 있다.

# 죽은 자의 녹취록

怪談のテープ起こし

# 죽은 자의 녹취록

미쓰다 신조 소설

북로드

"그것보다 저는,
이 책을 둘러싼 괴이에 닿은 독자에게도
어떤 앙화가 생기는 게 아닐까 하는 걱정이 들어요."

〖괴이怪異, かいい〗

요괴, 귀신 등의 초자연적인 존재

또는 그로 인한 불가해한 현상

〖앙화殃禍, おうか〗

어떤 일로 인하여 닥치는 재앙 혹은 재난

일러두기

· 이 책은《괴담의 테이프》(2017)의 개정판이다.

· 옮긴이 주는 작은 괄호 안에 '옮긴이'를 별도 표기했다.

# 목차

# 서장

이 책은 ≪소설 스바루≫(슈에이샤) 2013년 3월호부터 2016년 1월호에 비정기 연재했던 여섯 편의 단편 괴담들을 『죽은 자의 녹취록』 한 권에 정리한 것이다.

이런 단편집을 엮어 낼 때 저자가 할 일은 그리 많지 않다. 다시 각 작품들을 훑어보고 손본다. 각 화의 내용을 음미해보고 수록 순서를 검토한다. 편집자의 의뢰가 있으면 '머리말'이나 '작가 후기' 정도의 원고를 집필한다. 뭐, 이 정도라고나 할까. 다른 작가나 평론가의 '해설'이 들어가는 경우도 있지만, 당연하게도 그것에 저자 본인이 관여하는 일은 없다.

이 책도 내가 간단히 '머리말'을 쓰는 것 외에는 평범한 수순으로 편집될 예정이었다. 그런데 올해 1월 초순, ≪소설 스바루»의 담당 편집자인 도키토 미나미와 그녀의 상사인 이와쿠라 마사노부와 함께 회의했을 때, 작품을 싣는 순서에 대한 이야기가 나온 것을 계기로 흐름이 약간 바뀌어버렸다. 참고로 두 사람의 이름은 가명이다.

이때 우리가 이야기를 나누던 장소는 요코하마 시내에 있는 모 패밀리레스토랑의 박스석이었는데, 창가에 앉은 내 앞에는 도키토가, 내 기준에서 그녀의 왼편에 이와쿠라가 앉아 있었다. 테이블 위에는 «소설 스바루»에 발표했던 내 단편들의 발췌 인쇄물이 놓여 있었다.

"저는 잡지에 게재한 순서 그대로 싣는 게 좋다고 생각합니다."

미리 생각을 정해두고 왔는지 도키토가 먼저, 망설임 없이 말했다.

참고로 작품 수록 순서를 검토하는 것은, 한 권의 단편집으로서 비슷한 내용의 이야기가 연속되지 않도록 하기 위해서다. 물론 저자도 같은 지면에 단편을 발표하는 경우에는 될 수 있는 한 주의를 기울인다. 하지만 자기도 모르게 비슷한 테마를 선택하는 경우가 왕왕 있다. 매월이 아니라 수개월에 한 번이나 비정기로 게재될 경우에는 그런 상황이 더 발생하기 쉽다. 작품 수록 순서의 검토에는 그 부분을 재확인하려는 목적이 있었다.

"저도 특별히 신경 쓰이는 부분은 없습니다만, 선생님은 어떠신지요?”

이와쿠라는 찬성하면서도 내 의견을 물었다.

“다섯 번째 「기우메, 노란 우비의 여자」와 그다음 작품 「스쳐 지나가는 것」은 괴이怪異한 현상이 조금 비슷하지 않습니까?”

나는 여섯 번째 단편을 발표한 뒤에 뒤늦게 깨달았던 것을 편집자들에게 전했다. 그 이야기만으로는 알아듣기 힘들까 싶어 각각의 구체적인 부분까지 인용했다.

“아아, 그 부분 말이군요. 확실히 말씀하신 대로 조금 비슷할지도 모르겠군요.”

이와쿠라의 재빠른 대응에 비해, 도키토의 침묵은 조금 의아했다.

그때까지의 대화를 통해, 이와쿠라가 내 작품을 별로 읽지 않았다는 것은 눈치챌 수 있었다. 그렇다고 해서 그를 비난할 생각은 추호도 없다. 이와쿠라는 연작 단편을 정리하는 회의에 도키토의 상사로서 동행한 것에 지나지 않는다. 작품들의 내용을 도키토가 잘 파악하고 있으면 그것으로 충분하다. 그리고 실제로 도키토는 아주 우수한 편집자였다. 그래서 그녀도 「기우메」와 「스쳐 지나가는 것」의 유사함이 신경 쓰였을 거라고, 나는 생각했다. 그러나 어째서인지 반응이 없었다. 오히려 대충 형식적으로 한 번 읽은 듯한 이와쿠라가 내 의견에 동조하고 있었다.

이상하군.

내가 티 나지 않게 가만히 도키토를 관찰하고 있는데, 이상한 눈치를 아는지 모르는지 이와쿠라가 말을 이었다.

"가령 수록 순서를 바꿨을 경우에 말입니다, 어느 작품을 어디로 옮겨야 좋을지, 선생님께서는 생각해두신 게 있습니까? 아니면 전체 구성을 처음부터 다시 짜실 건가요?"

"아뇨, 그렇게까지 바꿀 필요는 없다고 봅니다. 각 작품의 소재를 고를 때마다 앞서 썼던 작품과 비슷한 이야기가 되지 않도록 일단은 고려했습니다. 그런데 마지막 두 작품에서 깜빡했던 모양입니다. 그러니까 이 중 한 작품만 다른 곳으로 옮기면 문제가 없지 않을까요?"

"네. 그럼 옮길 위치 말입니다만……."

이와쿠라는 입을 열다가 이내 제안을 하려면 여섯 개 단편의 내용을 모두 알고 있을 필요가 있다고 생각했는지 곧바로 옆자리에 앉은 도키토에게 말을 걸었다.

"자네는 어디가 어울린다고 생각하지?"

그리고 돌아온 도키토의 대답은 나와 이와쿠라를 깜짝 놀라게 했다.

"이대로 놔두는 편이 오히려 좋습니다."

이와쿠라는 한순간 말문이 막힌 듯했다.

"'오히려'라니? 그건 무슨 뜻이지? 선생님도 나도 마지막 두 편에서 발생한 '괴이현상'이 조금 비슷하다고 느꼈는데, 자네는 그렇지 않다는 건가?"

이와쿠라가 조금 따지듯이 물었다. 어쩌면 그도, 도키토의 태도가 평소와 다른 것을 간신히 알아차렸는지 모른다.

"확실히 조금 비슷하기는 합니다만, 일부러 순서를 바꿀 정도는 아니라고 생각합니다."

"그렇게 볼 수도 있겠지만……."

이와쿠라의 목소리에서 나무라는 듯한 울림이 느껴졌다.

"괜히 그 이야기를 꺼내서 죄송합니다."

나는 이와쿠라의 말을 끊고, 도키토에게 물었다.

"수록 순서의 검토는 중요하지만, 이번 경우에는 분명 그렇게까지 중요하지는 않을지도 모릅니다. 하지만 반대로 말하면, 기껏해야 한 작품의 순서를 바꾸기만 하면 해결될 문제죠. 변경하지 않는 것보다 변경하는 편이 조금이라도 낫다면, 역시 변경해야 하지 않을까요? 아니면 도키토 씨는 그것 말고 좀 더 중요한 것이 있다고 말씀하시는 겁니까?"

그렇게 물으면서도 내 머릿속에서는 **어떤** 예상이 떠올라 있었다. 다만 설마, 하는 마음도 강했다. 그래서 그녀의 대답에 귀를 기울이면서도 좀처럼 믿기지가 않았다.

"저희 잡지에 게재된 순서를 고수하려는 것은, 실은 그동안 제가 체험한 오싹한 일들을 그 단편들 사이에 삽입하는 것은 어떨까 하는 생각 때문입니다."

"……도키토 씨가 쓰실 겁니까?"

"아뇨, 그 부분은 선생님께 부탁드릴 수 있으면 좋겠다고 생각하고 있습니다."

"하지만……."

"그러는 편이, 간단한 '머리말'만 덧붙인 작품집으로 출간하는 것보다는 분명 재미있어질 겁니다."

"하지만 그런 일을 써도 괜찮을지……."

"이건 반대가 아닐까요?"

도키토가 심술궂게 웃어서 문득 당황했다.

"원래대로라면 선생님께서 '책에 덧붙이고 싶다'라고 말씀하시고, 체험자인 제가 '그런 건 싫습니다'라고 거절하는 게 보통 아닐까요?"

"아, 그건 그렇군요."

그녀의 지적에 나도 모르게 쓴웃음을 지었다.

"그렇다고 해도 직접 경험한 내용을 자기가 담당하는 책에 사용하다니, 편집자의 귀감이로군요."

"감사합니다."

"어, 무슨 얘기지? 대체 무슨 이야기가 오간 겁니까?"

완전히 구경꾼이 되어버린 이와쿠라는 불안한 듯 도키토를 보더니, 도움을 청하는 듯한 얼굴로 내 쪽을 보았다.

"실은……."

그래서 나는 눈빛으로 도키토의 허가를 얻은 뒤, 그때까지의 경위를 간단히 정리해서 이야기하기 시작했다.

도키토 미나미로부터 연락이 온 것은 2012년 12월 중순쯤으로 기억한다. 그달 8일에 리쓰메이칸 대학에서 강연을 했던 나는, 그대로 교토에서 하루를 묵었다. 그해에 쓴 수첩을 확인해 보니, 나는 귀가한 뒤에 고단샤講談社와 가도카와쇼텐角川書店(현 KADOKAWA)의 편집자와 연이어 회의를 했고, 그 뒤에 도키토와 만났다. 교토에서 돌아온 뒤에 비교적 일찍 연락을 받은 셈이다.

내가 사는 동네에는 적당한 찻집이 없어서 처음에는 이탈리아 음식을 파는 식당에서 만남을 가졌다. 안경을 낀 앳된 얼굴의 도키토 미나미는 왠지 모르게 못 미더운 신입 사원으로밖에 보이지 않았지만, ≪소설 스바루≫ 편집부에 근무한 지 5년째라는 말을 듣고 조금 놀라는 동시에 안도했다. 다행스럽게도 그 안도감은 그녀와 이야기를 나누면서 점점 커졌다. 동서양을 가리지 않고 많은 호러 관련 소설을 읽고 있는 점이—그중에는 내 작품도 끼어 있었지만—어쨌든 안심이 됐다. 무엇보다도 아는 체하지 않는 태도에 호감이 갔다.

당연한 이야기지만, 집필 의뢰를 하는 작가의 모든 작품을 사전에 읽어두는 편집자는 그리 흔치 않다. 가령 있다고 한다면 원래부터 그 작가 작품의 애독자일 것이다. 그럼에도 불구하고 많은 편집자들이 마치 그 작가의 모든 작품을 읽어본 것처럼 행동할 때가 있다. 말하자면 '어른의 대응'이다. 본인은 자각하지 못할지도 모르지만, 작가 입장에서는 적어도 그렇게 비친다. 물론 면전에서 "당신의 작품은 한 권밖에 읽지 않았습니다"라는 말을 듣는 것도 난처한 일이긴 하다. 어쨌든 그런 편집자와는 대화를 풀어나가기 쉽지 않은 것이 사실이다. 그렇다고 해서 일일이 "저의 작품 중 이것은 읽어보셨습니까?"라고 내 쪽에서 물어보는 것도 피곤한 일이다.

그런 점에서 도키토는 아주 확실했다. 내 작품 중에서 미스터리가 메인인 작품은 자세히 몰랐지만, 호러 작품 전반에 대해서는 빠삭하다는 것을 금방 알 수 있었기 때문이다. 이렇게 되면 협의하기도 편해진다.

"선생님에게 의뢰 드리고 싶은 것은……."

한동안 잡담을 나눈 뒤에 도키토가 의뢰 내용을 이야기했다.

"저희 회사의 ≪소설 스바루≫ 2013년 3월호에 예정된 '초봄의 호러 소설 특집'입니다."

"'초봄의 호러'라는 표현은 상쾌한 듯하면서도 어딘가 잘못된 듯한, 어쩐지 모순된 느낌이 나는군요. 그런 의미에서는 광증적狂症的인 분위기라고 생각합니다."

솔직한 감상을 이야기하자, 도키토의 얼굴이 확 밝아졌다.

"예리한 지적이시네요. 이 특집의 광고 카피가 '피어난 것은 벚꽃인가? 아니면 당신의 광기인가?'거든요."

"허어, 그렇습니까?"

여기서 '역시 그렇군요'라고 말하면 멋지게 들렸을지도 모르지만, 스스로도 맞힌 것이 의외여서 나도 모르게 감탄했다.

"요컨대 3월호 특집에는 이상심리물을 원한다는 겁니까?"

"아뇨, 특별히 그런 조건은 없습니다. 사이코물에 한정해버리면 어쩔 수 없이 살아 있는 인간의 광기가 주제가 되어버리죠. 그런 작품도 필요하지만, 되도록 다양한 내용이면 좋겠다는 바람이 있습니다."

엔터테인먼트 계열 소설 잡지의 특집으로서는 당연히 그렇게 되겠구나 하고 납득했다. 미스터리라면 '밀실'이나 '알리바이' 같은 테마 설정도 자연스럽겠지만, 요즘에는 거의 보이지 않게 되었다. 호러라면 더욱 그럴 것이다. 많은 문예지가 이제는 하나의 상품이 아닌, 작가에게 장편을 연재하게 하고 추후 한 권의 책으로 묶어 내기 위한 일종의 '그릇'이 된 지 오래이기 때문이다. 그런 매체의 특집에 테마 주의는 그다지 어울리지 않는다.

"그렇지만 광고 카피가 붙어 있다면 독자들도 어느 정도는 이상심리물을 의식하지 않을까요?"

"그럴지도 모르겠네요. 다만 어느 선생님에게나 같은 의뢰를 드리고 있습니다."

"음, 잘 알았습니다."

나는 괴기 단편 집필 의뢰를 받아들이기로 했다. 이제까지 썼던 개별 단편 대부분은 비중이 많든 적든 초현실적인 현상이 일어나는 호러였다. 그중에는 사이코물이라고 부를 수 있는 작품도 있었지만, '모든 것은 인간의 광기 때문이었습니다'로 끝나는 이야기는 아마도 없었을 것이다. 도키토는 그 부분을 알고 있는 것이 틀림없다. 그렇기에 내게 의뢰했을 터다.

도키토 씨의 기대에 부응하기 위해서라도, 이상심리물처럼 보이지만 실제로는 기저에 전혀 다른 이야기가 깔린 것을 찾을 필요가 있겠군.

그런 생각을 하고 있는데, 마치 내 마음속을 꿰뚫어본 것처럼 기대와 불안이 반반 섞인 표정으로 도키토가 물었다.

"선생님이 쓰신 호러 작품 대부분이 실화에 기초한다는 소문이 있던데, 사실인가요?"

"네, 뭐…… 그런 작품도 있죠."

애매하게나마 긍정하자, 그녀의 표정이 다시 밝아졌다.

"그래서 맨 처음에 저자인 듯한 '나'가 등장하고, 뒤이어 소개하는 체험담에 연관된 이야기를 늘 에세이풍으로 쓰시는 거군요."

"본편보다도 서두의 쓸데없는 이야기 쪽이 좋다는 독자도 있습니다."

"아, 그거 저도 알 것 같아요."

도키토는 재미있다는 듯이 웃은 뒤에 갑자기 진지한 표정을 짓더니,

"저희 잡지에 실게 될 단편도, 꼭 그런 방향으로 구성해주시길 부탁드립니다."

그렇게 말하면서 깊이 고개를 숙여서, 나도 최대한 노력하겠다고 약속했다.

이렇게 《소설 스바루》 2013년 3월호(발매는 지난달 중순, 이하 동일)에 발표한 것이, 다음에 실게 될 「죽은 자의 테이프 녹취록」이라는 작품이다.

더욱 갑작스럽지만—쓸데없는 염려일지도 모르지만—만약 이 책을 읽는 동안에 이후에 기록할 도키토 미나미와 비슷한 체험을 하신 분은, 일단 기분전환을 하고 나서 다시 이 책으로 돌아오기를 미리 부탁드립니다.

# 죽은 자의 테이프 녹취록

작가가 되기 전인 편집자 시절에, 내 취미를 활용해 몇 권의 책을 기획하던 시기가 있었다. 직원들의 입사와 퇴사가 잦았기 때문인지 비교적 이른 나이에 편집부의 고참이 되었다는 점도 기획을 통과시키는 데 다소 유리하게 작용했는지 모른다. 어쨌든 일개 샐러리맨으로서는 상당히 자유가 주어졌다고 생각한다.

예를 들자면 한 권마다 세계의 국가나 도시를 골라서 그 지역의 역사 및 문화적 배경에 관련된 광의의 미스터리 스폿과 테마를, 각 권마다 13명의 집필자에 의해 13장으로 구성한 전 13권의 '월드 미스터리 투어 13'과 그 일본판이라고 불러야 할 '일본괴기환상기행'이라는 시리즈가 있다. 해당 출판사에서는 문학을 다루지 않았기 때문에, 나는 소설 이외의 분야에서 미스터리나 호러에 관한 기획을 열심히 생각해보고 있었다.

참고로 내가 개인적으로 소설이나 영화는 '미스터리', 신비나 기묘함을 의미하는 경우에는 '미스테리'로 구별해서 쓰는 것을 미리 양해해주었으면 한다.

애당초 영업적 견지에서 서점의 서가를 확보할 수 있는 시리즈 중심으로 기획하고 있었는데, 권당 집필자 숫자가 많다 보니 여러 가지로 큰일이었다. 슬슬 단권이나 저자의 수가 많지 않은 공저共著를 편집하고 싶다는 마음이 들기 시작했다. 그것도 해외보다는 일본에, 미스터리보다는 호러에 초점을 맞춘 책 작업을 하고 싶었다. 거기서 비롯된 생각이, 앞서 말한 기획의 '투어'나 '기행' 같은 특별한 조건을 설정하지 않은 '호러 재패니스크 총서'가 되었다. 총서라는 토대만 만들어두면 다소 분야가 다른 책을 내도 정리할 수 있을 것이라고 예상했기 때문이다.

여기서는 실화 괴담을 다룬 「유령물건안내」나 일본 요괴 기행 「요괴여일기」 등의 정통파 기획을 채택하는 것뿐만 아니라, 조금 요사스러운 분위기의 온천장을 도는 「환상온천순례」라는 주변서까지도 총서를 기획할 때부터 염두에 두고 있었다. 처음부터 괴담이나 요괴 같은 인기 있는 테마만으로 좁혀버리면 이 총서는 금세 막다른 골목에 이를 것이라고 예상했고, 또한 무엇보다 나 자신이 질려버릴 것 같았기 때문이다.

나는 주변서에 해당하는 기획에서, 문학이나 민속학이나 건축학이나 심리학이나 사회학 같은 분야 속에 숨어 있는 '괴이한 것'을 끄집어내고 싶다고 생각했다. 끝내 출간에는 이르지 못했지만, 그중에는 '죽고 싶어 하는 장소'가 있었다. 이것은 국내의 자살 명소를 '메멘토 모리memento mori(*죽음을 기억하라*_옮긴이)'의 사상으로 고찰할 수 없을까, 라는 발상을 근간으로 하고 있다. 결코 흥미 위주의 책이 아니라 진지한 책을 만들 생각이었다. 각 분야의 전문가들 중에서 집필자 후보를 골랐고, 몇 사람인가 미팅도 진행했다. 그러나 역시 내용이 너무 난해했기 때문인지 진척이 잘되지 않았다.

그러던 때에 논픽션 작가인 시마무라 나쓰로부터 기류 요시히코라는 작가를 소개받았다. 시마무라는 내가 비주얼 월간지 <GEO>의 편집을 맡고 있던 시절부터 알던 사람으로, 앞서 이야기했던 시리즈에도 원고를 써준 적이 있었다. 『이탈리아의 마력』이라는 미스테리 기행 책을 같이 작업한 적도 있다. 지금의 시마무라는 일본에 이탈리아의 슬로푸드를 소개하고 널리 알린 사람이란 프로필이 붙어 있지만, 사실 그녀에게는 『피렌체 연쇄살인』이나 『엑소시스트와의 대화』라는 책의 저자라는 얼굴도 있다. 물론 내가 알게 된 것은 후자의 시마무라 나쓰였다.

시부야의 니시부에 있는 홍차 전문 카페에서 시마무라와의

미팅을 마친 뒤였다. 잡담을 나누던 중에 '죽고 싶어 하는 장소'가 좀처럼 진행되지 않는다는 내 말에 그녀는, 예전에 비슷한 기획을 들은 적이 있다고 말하며 기류 요시히코라는 작가의 이름을 꺼냈다.

시마무라에 의하면 기류는 나보다 다섯 살 많은 전직 편집자라고 했다. 재직 당시에 그는 특이한 기획을 자주 내놓곤 했는데, 역시 출판사에 속한 편집자로는 한계가 있다며 작가가 되었다고 한다. 비슷하다던 그 기획의 상세한 내용은 알 수 없었지만, 기류에게 흥미를 느낀 나는 연락처를 알려달라고 나쓰에게 부탁했다.

만일을 위해 기류 요시히코가 쓴 잡지 기사나 책의 문장을 찾아서 읽어보았는데, 상당히 재미있었다. 과연 시마무라 나쓰가 소개할 만한 실력이었다. 평범한 작가라기보다는 르포 작가에 가까운 일을 한다는 점도 구미가 당겼다. 이 사람의 이야기라면 들어보고 싶다고 생각했다. 그래서 바로 편지와 함께 '호러재패니스크 총서' 몇 권을 우선 보내고, 그 뒤에 전화로 연락해서 만날 날짜를 정했다.

기류 요시히코와 진보초의 찻집에서 만난 것은 눅눅한 장마철의, 찌는 듯이 더운 어느 저녁이었다. 약속 시간보다 30분 가까이 늦게 나타난 그의 첫인상은 솔직히 별로였다. 짧게 깎은 스포츠머리, 날카롭고 가느다란 눈에 주먹코와 두툼한 입술이

자리 잡은 허연 얼굴, 별로 건강해 보이지 않는 뚱뚱한 체구의 그는 해골 무늬가 있는 검은 티셔츠와 무릎 아래쯤에서 잘린 청바지 차림이었다. 다른 사람의 용모나 복장에 대해 이러쿵저러쿵할 생각은 없지만, 한마디로 사람이 좀 뻔뻔스럽다고 표현할 수 있을 것이다. 그것이 사교성의 결여로 이어지는 것인지, 서로 인사를 나눈 이후 줄곧 화제를 제공하고 이야기를 해나간 사람은 나였다. 기류는 무뚝뚝하게 계속 입을 다물고 있다가 이따금씩 기억났다는 듯 맞장구를 칠 뿐, 거의 입을 열지 않았다. 이런 사람이 용케 편집자로 일했었구나 하고 조금 놀랐을 정도다.

한동안 무난한 이야기가 이어졌는데, 이래서는 끝이 없겠다 싶어서 단도직입적으로 물었다.

"그런데 기류 씨는 주로 어떤 원고를 쓰십니까?"

그러자 그가 간신히 무거운 입을 열었다. 그 결과, 기류가 이쪽에서 사전에 조사했던 잡지나 서적 말고도 상당히 넓은 범위에 걸쳐 일하고 있음을 알고 조금 안심했다. 과거의 업적은—그 안에 아마도 의도적인 자기 자랑이 들어가 있다고 해도—그가 작가로서 범상치 않은 힘을 가지고 있다는 증거다.

기류의 업무에 관한 이야기가 전체적으로 끝났을 즈음이었다.

"자네는 소설을 쓰고 있다고 들었는데……."

그가 갑자기 그렇게 말문을 열었다.

"……아, 네. 어디까지나 취미입니다만."

"하지만 출판한 작품도 있다지, 아마."

"그렇기야 한데, 아마추어 작가라고도 부를 수 없는 정도입니다."

아유카와 데쓰야(에도가와 란포, 요코미조 세이시와 함께 '본격 추리소설의 신'으로 불리는 작가_옮긴이)의 『본격추리(3)』(고분샤)에 단편이 실렸지만, 당시에는 그것뿐이었다. 아마추어 작가라고 자신을 소개하는 것조차 주제넘은 짓이고, 애초에 나 자신이 작가가 되고 싶다고도, 될 수 있을 거라고도 생각하지 않았다. 정말로 취미로 쓰고 있었을 뿐이다. 그런데 기류는 그런 나를 작가 지망생이라고 착각한 모양이었다.

"가령 데뷔에 성공했다고 해도 그만두기를 권하겠어. 월급쟁이네 뭐네 하며 자조하는 말도 있지만, 매달 통장에 꼬박꼬박 들어오는 월급이 얼마나 고마운 것인지, 프리랜서가 되면 싫어도 느낄 수밖에 없으니 말이야."

조금 전까지의 과묵함이 거짓말처럼 느껴질 정도로 이야기를 술술 풀어놓기 시작했다.

"기류 씨도 처음에는 그러셨습니까?"

"그래. 하지만 다행히 저축해둔 돈이 좀 있었고, 나는 독신이라 처자식을 먹여 살릴 필요가 없어. 그래서 과감하게 행동할 수도 있지. 하지만 특정한 전문 분야의 작가가 아닌 한, 폭넓은 지식과 인맥이 없으면 프리랜서로 먹고살 수는 없어."

"쓰신 원고들은 확실히 다양한 분야에 걸쳐 있더군요."

"그래서 회사를 그만둔 거지. 아무리 내가 흥미를 가진 테마라도 부서에 따라서는 기획이 통과되지 않고, 애초에 다니던 회사에서는 다루지 않는 분야일 때도 있고 말이지."

그리고 한동안 기류가 근무하던 출판사의 험담을 들은 뒤,

"다만 프리랜서로 단행본 기획을 통과시키는 건 참 힘들어. 설령 기획 내용이 재미있다고 해도, 이왕 할 거라면 이름 있는 저자에게 집필을 의뢰하자는 이야기가 나오지. 그쪽이 잘 팔릴 테니까. 나도 프리랜서가 되고 얼마간은 그것으로 만족했어. 하지만 역시 직접 쓰지 못하면 프리랜서가 된 의미가 없다는 것을 이내 깨달았지. 그래서 나는 기획 단계부터……."

그의 업무에 대한 생각을 마냥 듣게 되었다.

"그렇군요. 그런데 편지에도 적었습니다만……."

이쯤 되자 기류는 자기 자신에 관한 화제라면 수다스러워진다는 것을 알 것 같았다. 그런 의미에서는 역시 편집자보다는 저자가 어울릴지도 모른다. 물론 나로서는 바라던 바였다. 이런 사람은 분명 자신이 세운 기획에 대해서도 열변을 토할 것이 틀림없다.

거기서 '죽고 싶어 하는 장소'에 대한 설명을 간단히 한 뒤에 "비슷한 기획을 생각하셨다고 들었습니다만……"이라고 떠보았다. 그러자 아니나 다를까, 기류가 걸려들었다. 다만 이쪽

의 기획과 비슷하다는 말을 들은 것이 언짢았던 것 같다.

"내 기획은 그런 추상적인 것이 아니야. 인간의 죽음을 철학적으로 고찰하다니, 그거야말로 비슷한 책이 지천에 널려 있지 않나?"

상당히 강한 어조로 그는 그렇게 대답했다.

"자살의 명소로 대상을 좁힌 부분은 조금 흥미롭다고 생각하지만."

그렇게 덧붙인 것은 그만 울컥해버린 나에 대한 배려가 아니라, 그가 정말로 그렇게 느꼈기 때문일 것이다. 기류 요시히코라는 남자는 다른 이의 기획을 칭찬하는 경우가 거의 없으리라고 생각되는 만큼, 참으로 형용하기 힘든 기분이었다.

"기류 씨의 기획은 좀 더 구체적입니까?"

간신히 기분을 추스르고 물어보자, 그는 변죽 울리는 표정으로 답했다.

"실은 지금은, 입수入水 자살에 관한 취재를 하고 있어."

"그건 특정 장소나 인물에 초점을 맞춘 기사입니까?"

"아니, 좀 더 총체적인 내용이지."

"구체적인 사례는 들 수 없다는 말씀입니까?"

"들 수 없을 리가 없잖아. 그야말로 자네가 좋아할 만한 괴담도 있으니 말이지. 하지만 나로서는 부족해. 좀 더 직접적이고 농후한 것을 다루고 싶어."

"직접적?"

절대 다른 곳에는 발설하지 않겠다는 나의 맹세를 받은 뒤, 기류는 터무니없는 이야기를 시작했다.

"직접적인 것도 보통 직접적인 게 아니지. 이제부터 죽으려고 하는 사람의 육성을 정리해서 한 권의 책으로 엮어낼 생각이니까."

"…… 무슨 말씀이시죠?"

"자살하기 직전에 가족이나 친구나 세상을 향해, 카세트테이프에 메시지를 녹음하는 사람이 가끔씩 있어. 그것들을 모아서 원고로 만들면 어떨까 하는 생각을 했지."

"죽은 자의 테이프 녹취록…… 입니까?"

"어, 그 표현 좋은데?"

처음으로 기류의 얼굴에 미소 같은 것이 떠올랐다.

"다만 죽기 전에 남긴 것이니까 '죽은 자'란 말은 거짓말이 되겠지만."

하지만 금세 못 써먹겠다고 못을 박는 것은 참으로 기류답다. 그러나 그런 지적 따위는 신경도 쓰이지 않을 정도로, 나는 그 기획에 상당한 흥미를 느꼈다.

"그런 테이프가 기류 씨의 수중에 있는 겁니까?"

느긋하게 고개를 끄덕이는 그를 보고, 나는 흥분했다.

"MD가 아니라 테이프입니까?"

이 무렵에 이미 카세트테이프는 몰락해 있었다. 나도 취재나 인터뷰에 사용하는 것은 대부분 MD(미니디스크. 일본 소니사社 독자 규격의 광자기 디스크로, 디지털 방식으로 음성을 기록하고 재생할 수 있다_옮긴이)였다.

"전부 테이프였어. 자살자의 평균 나이를 내보면, 분명 50대 중반쯤이 될 거야. 대부분이 카세트테이프에 친숙한 세대지. 나도 그렇지만, 그런 사람들에게 MD란 물건은 진짜로 녹음이 되고 있는지 어떤지 겉으로 봐서는 알 수 없거든."

"테이프처럼 돌아가는 것을 확인할 수 없으니 말이죠."

"자살자가 녹음하는 거니까, 다시 녹음할 수도 없지. 그렇게 되면 조작에 익숙하고, 눈앞에서 녹음 상태를 확인할 수 있는 카세트테이프 쪽을 선택하는 것이 당연하지 않겠나?"

"그렇군요. 그래서 테이프 말입니다만, 몇 개 정도나 가지고 계십니까?"

"글쎄. 하지만 10년 가까이 모아왔으니까 적은 수는 아니지. 하지만 모든 테이프가 써먹을 만한 물건이라고 할 수는 없어."

"녹음 상태의 문제인가요?"

"아니. 당연히 녹음된 내용이지. 뒤에 남겨진 부모나 마누라, 혹은 자식들을 배려하는 아버지의 메시지 같은 것을 책으로 내봤자 전혀 재미있지 않잖아? 내가 편집하고 싶은 것은 눈물샘을 자극하는 신파물이 아니니까."

"요컨대……."

"그 사람이 자살을 결심하기에 이른 동기를 구구절절 호소하고 있다거나, 자살 현장의 상황을 아주 냉정하게 묘사한다거나 하는 식의, 그런 섬뜩한 내용을 아주 생생하게 텍스트로 옮겨서 독자에게 전할 수 있는지가 이 기획의 핵심 아니겠나?"

"……."

"그런 마이너스의 감정이 녹음되어 있지 않다면, 아무리 자살자가 남긴 테이프라고 해도 써먹을 수 없어."

"……."

"다만 회사에 대한 원한, 특정 인물로 인한 괴로움, 가족에 대한 증오를 이야기하고 있는 테이프는 실제로는 거의 없지."

"……."

"그러한 감정을 겉으로 드러낼 수 있다는 건, 아직 에너지가 남아 있다는 증거야. 그러니까 자살까지는 이르지 않지. 이 세상에서 사라지려는 녀석들 대부분은, 이미 모든 힘이 완전히 바닥난 상태야. 설령 원한이나 괴로움을 주저리주저리 늘어놓더라도, 그건 분노보다는 체념이지. 그걸 아주 음산하게 반복하는 거지."

"그, 그런 물건을 기류 씨는 대체 어디서 입수하셨습니까?"

나는 그쯤에서야 간신히 입을 열며 끼어들었다. 테이프의 내용도 신경 쓰였지만, 그 입수처에 엄청난 흥미가 솟았다.

하지만 기류는 밉살맞은 미소를 짓더니 말했다.

“그건 밝힐 수 없어. 다만 한곳에서 얻은 것은 아니야. 각기 입수 경위가 다르지. 그렇게 간단히 설명하기는 힘들어.”

“가령 녹취록을 잡지에 발표할 경우, 유족으로부터 항의가 들어올 걱정은 없습니까? 책으로 간행할 경우에도 마찬가지겠지요.”

테이프의 제공자가 확실치 않은 이상, 가장 먼저 떠오르는 문제가 뇌리를 스쳤다.

“없어.”

그러나 그는 곧바로 대답했다.

“어떻게 그렇게 단언할 수 있습니까?”

“내 수중에 들어온 단계에서 관계자는 테이프의 소유권을 포기했어. 이유는 여러 가지야. 대부분은 돈으로 해결이 끝났거나, 그런 물건과는 관련되고 싶지 않다거나, 아니면 애초에 존재 자체를 모른다거나.”

“그렇게 되면 역시…….”

“괜찮아. 테이프에 나오는 고유명사는 복자伏字(인쇄물에서 내용을 밝히지 않으려고 일부러 비운 자리에 ‘○’, ‘×’ 따위의 표를 찍는 것_옮긴이)로 하거나 가명을 쓰면 되고, 이야기의 내용에도 조금은 손댈 수 있어. 만일 오리지널을 아는 사람이 읽더라도 똑같다고 단언할 수 없도록 원고를 수정하면 되지. 그래도 원래의 이야기가 지닌 임장감臨場感(녹음기나 라디오로 무언가를 들을 때 마치 현장에서 실제로 듣는 듯한 느낌_옮긴이)까지 깎아버릴 생각은 없어. 그 부분은 잘 처리할 거야."

그래도 내가 납득하지 않은 것을 알아차렸는지 기류는 뚱한 표정을 짓더니,

"만약 출판사 쪽으로 클레임이 들어오면, 전부 내가 대처하겠네."

이러면 불만은 없을 거라는 듯이 그렇게 말했다.

"이제까지 다른 출판사에 이 기획을 들고 간 적은 있습니까?"

"우선은 잡지에 연재해보고 그 뒤에 책으로 엮어서 내자는 이야기를 몇 군데에 해봤는데, 다들 '너무 어둡다'라며 뒤로 빼더군."

그것만이 이유는 아닐 것이다. 더 어둡고 비참한 이야기들이 여러 주간지에 진절머리가 날 정도로 넘쳐나고 있다. 아마도 최대의 문제는 테이프의 입수처가 불투명하다는 점이 아닐까. 기류가 입수처를 감추고 싶어 하는 마음은 이해가 안 가는 것도 아니지만, 아무리 생각해도 수상쩍다. 기류 요시히코를 믿는다고 해도 이래서는 진행이 불가능할 것이다.

그러나 이때 이미 나는 어떻게 구성해야 이 기획을 최대한 살릴 수 있을까 하고 이런저런 생각을 시작하고 있었다. 테이프

녹취록만을 정리해 싣는 것은 아무래도 위험하다. 그렇다고 해서 학자의 분석 같은 문장으로 앞뒤를 채우는 것은 너무나도 안이하다. 이 기획이 책으로서 성공할지 여부는 전체 구성을 어떻게 하느냐에 달려 있다.

그런 나의 생각을, 기류는 재빨리 알아차린 듯했다.

"다만 그쪽의 '호러재패니스크 총서'에 어울릴 내용일지 어떨지……."

그는 갑자기 젠체하는 말투로 트집을 잡기 시작했다.

"기존에 나왔던 책들의 내용을 봐도 엔터테인먼트 색채가 강하니까. 그래서 '죽고 싶어 하는 장소'라는 기획을 생각한 것이겠지만, 그것조차도 사회성이 있다기보다는 오히려 문학적인 냄새가 나지."

"딱히 사회성을 요구하는 건……."

"그런 총서에 이렇게 독기가 강한 기획이 과연 어울릴까? 이걸 더함으로써 총서 자체가 붕괴되지 않겠나?"

과장스럽게 표현하기는 해도, 기류의 걱정은 지당한 말이었다. 그렇다고 해도 실제로 '호러재패니스크 총서'의 앞날을 염려한 발언이 아니라는 것 정도는 나도 잘 알고 있다. 그래서 망설이지 않고, 이렇게 말했다.

"그 판단은 녹취록을 보고 나서 하도록 하지요."

"아직 자네에게 보여줄지 어떨지, 나는 정하지 않았는데."

"샘플 원고가 없으면 이 기획은 진행할 수 없습니다."

이쪽의 의사를 확실히 전하자, 기류는 가느다란 눈을 한층 날카롭게 뜨고 아주 거만한 태도와 어조로 반응했다.

"뭐, 괜찮겠지."

거기서부터 우리는 구체적인 의견 조율을 하고, 아래와 같은 약정을 했다.

기획의 가제는 '죽은 자도 말이 있다'로 한다.

대부분의 테이프는 모아두기만 했고 거의 들어보지 않은 상태이며, 다른 업무도 있으므로 테이프 청취에 두 달의 유예를 둔다.

내용이 다른 테이프 세 개를 선택해서 샘플 원고를 기록한다.

샘플 원고는 자살자의 간단한 프로필과 자살 상황, 테이프의 내용으로 구성한다.

테이프에서 언급되는 고유명사는 복자 혹은 가명으로 처리한다.

테이프에 녹음된 본인의 육성 외의 소리에 대해서는 적당히 괄호 처리하고 간단한 설명문을 넣는다.

기획의 전체 구성은, 샘플 원고를 검토한 후에 만나서 협의를 거쳐 결정한다.

어떤 책이든 기획을 진행할 때 기본적으로 들어가는 내용일 따름이다. 반대로 말하면, 이 시점에서 그 이상으로 무언가를 협의하는 것은 무리였다.

그런데 기류 요시히코는 초판 인쇄 부수나 정가, 보증 인세율에 대해서도 구체적인 이야기를 하고 싶어 해서 난처했다. 확실히 일본의 출판업계에서는 이런 중요한 이야기가 나중으로 미뤄지는 경향이 있다. 책이 간행되고 한 달이나 두 달이 지난 뒤에야 비로소 저자에게 부수와 인세율이 알려지는 사례도 적지 않다. 그러나 이 단계에서 그런 이야기를 하는 것이 불가능하다는 것 정도는 전직 편집자였던 기류가 가장 잘 알고 있지 않을까. 이후에 계속 그와 만날 일을 생각하니, 금세 머리가 지끈거리는 것 같았다.

그래도 기류에게 2주에 한 번꼴로 상황을 묻는 메일을 보냈다. 너무 귀찮게 하면 오히려 역효과가 날까 싶어 내용은 간단히 했다. 자살에 관한 신문이나 잡지의 기사를 발견하면 알려주기도 했지만, 어떤 메일에도 그의 답장은 없었다.

예상은 했지만 막상 커뮤니케이션의 부재라는 문제에 부닥치자 골치가 아파왔다. 그러다 오봉お盆(양력 8월 15일에 지내는 일본의 명절로, 한국의 추석에 해당한다_옮긴이) 연휴를 앞둔 8월의 어느 날, 갑자기 기류에게서 우편으로 샘플 원고가 날아와 몹시 안도했다.

봉투에는 인사말 따위는 하나도 없는 무뚝뚝한 편지 한 통과 가로로 눕힌 A4 용지에 세로쓰기로 인쇄된 세 편의 테이프 녹취록이 들어 있었다. 편지에는 '몹시 흥미로운 공통점이 있는 샘플 세 개를 발견해서 보냄'이라는 의미심장한 문구가 적혀 있어서 도무지 호기심을 억누를 수 없었다.

아래에 소개하는 것이 그 샘플 원고다.

## 샘플 A

### 자살자의 정보

남성, 독신, 간사이 출신, 62세.

간사이 지방의 전기설비 관련 회사에서 오랜 기간 회사 기숙사 생활을 하며 영업을 담당. 정년퇴직 후에는 계약사원으로서 창고의 상품관리 업무를 하고 있었다. 그런데 2년 전 재고용 계약을 할 때 월급이 퇴직 전의 6분의 1로 줄었다. 게다가 일주일당 근무시간이 줄어듦으로써 회사와 본인이 부담하던 건강보험료가 전액 본인 부담이 되었다. 노조에 상담했더니 근로시간은 도로 늘어났지만, 기숙사에서 쫓겨났다. 그 일이 있은 뒤로 직장에서 은근한 괴롭힘을 당한 데다가, 건강도 나빠져서 휴직을 반복하다 결국 해고당했다. 건강이 회복되지 않았기 때문에 재취업도 할 수 없었고, 얼마 되지 않는 저축으로 버텨보았지만 그것도 몇 달 만에 바닥이 난 듯했다.

### 테이프에 대해서

테이프는 자살 현장에 남겨진 A의 메모에 적혀 있던 희망대로, 경찰을 통해 회사의 기숙사에서 같이 지내던 모 씨(남성, 30대 후반)에게 전달되었다. 다만 모 씨에 의하면 A와 특별히 친하게 지낸 적이 없는데 어째서 자기 앞으로 테이프를 남겼는지 전혀 이해가 되지 않는다고 한다. 민폐라고 생각하기보다, 곤혹스럽고 불쾌하게 느끼는 눈치였다. 적어도 모 씨가 아는 A는 아주 말수가 적고 얌전한 인물이었다고 한다.

### 테이프에 녹음되어 있던 A의 육성

*……비즈니스호텔의 방이야. 사실은 교토의 여관 같은 곳에 묵고 싶었지만, 이젠 돈이 거의 없어서 말이지. 정사원이었을 때는 이런 호텔을 자주 이용했지. 그랬는데 마지막에 또 오게 될 줄이야…… 후우.*

*(실내를 걸어 다니고 있다.)*

*……뭐야, 냉장고 안에 맥주도 없네. 편의점에서 발포주(일본 주세법상 맥아 함량이 50퍼센트 미만인 맥주를 일컫는 말로 일반 맥주보다 가격이 저렴하다_옮긴이)라도 사올걸 그랬지. 아니, 이 마당에 와서*

도 겨우 발포주라니, 나도 참 초라하구먼.

(녹음을 멈추는 소리.)

(다시 녹음이 시작된다.)

……이제 목욕도 했고 맥주도 마셨으니 슬슬 시작할까.

그건 그렇고 나는 대체 누구한테 이런 이야기를 하고 있는 걸까. 이걸 듣는 건 경찰일까? 일부러 이런 걸 남기는 놈은 없을 텐데 말이야.

…… 앗. …… 없네. 이거 큰일 났네. 허허허(마른 웃음).

목을 매려고 했는데, 로프를 걸 곳이 없어. 비즈니스호텔을 고른 게 실수였어.

하지만 정치인의 비서가 호텔 방에서 목을 매 자살했다는 기사를 예전에 몇 번 본 적이 있는데.

……그렇구먼. 그쪽은 고급 호텔이고 이쪽은 싸구려 비즈니스호텔이란 차이인가. 돈 있는 놈하고 없는 놈은 자살할 때도 차이가 난다는 얘긴가.

……후후. 그런데 나도 정말 멍청하지. 이런 곳에 몇십 번은 묵었을 텐데, 목을 맬 곳이 있는지 어떤지도 따져보지 않았다니.

뭐, 이렇게 멍청하니까 이런 꼬락서니가 된 거겠지만.

자…… 그러면.

(녹음을 멈추는 소리.)

(다시 녹음이 시작된다.)

'……에는 처음이십니까?'

'네. 그런데 신관에는 빈 방이 하나도 없습니까?'

'아이고, 공교롭게도 내부 인테리어 공사 중이라서요. 쓸 수 있는 방도 있습니다만, 전부 예약이 차 있습니다. 그래서 구관으로 안내해드렸습니다만……. 들어가시지요.'

(테이블에 찻잔을 놓는 듯한 소리.)

'뭔가 용무가 있으시면 프런트로 전화를 걸어주세요. 그러면 편히 쉬시길.'

(옷이 쓸리는 소리와 다다미 위를 걷는 소리, 장지문을 여닫는 소리, 흐릿하게 창문을 열고 닫는 소리.)

…… 거짓말이겠지. 내 옷차림을 보고 신관이 아니라 구관으로 보낸 게 틀림없어. 게다가 여기는 원래 안 쓰던 방이잖아.

(실내를 걸어 다니고 있다.)

역시 청소도 제대로 안 돼 있어. 나를 아주 우습게 보고 있구먼.

…… 안내받았을 때부터 어쩐지 음침한 방이라고 생각했는데, 오랫동안 닫아두고 있었는지도 모르겠네. 그러다가 급히 테이블이나 눈에 띄는 곳만 잽싸게 청소한 거겠지.

…… 기기긱.

(창문을 여는 소리.)

아이쿠, 엄청 뻑뻑하네.

뒤편은 대나무 숲하고 개울인가……. 이건 운치가 있다기보다는 어째 오싹한걸.

허헛, 자살할 놈이 배부른 소리를 하는 걸까. 이곳의 숙박비도 떼어먹게 될 테니 말이야.

그렇게 생각하면 프런트의 여자 담당자는 사람 보는 눈이 있었단 얘기네. 겉멋으로 서비스업을 하는 게 아니라는 건가.

하지만 설마 자살할 거란 생각은 못 했겠지.

(다시 실내를 걸어 다닌다.)

어라, 맥주가 있었네. 그런데 미지근한걸. 냉장고를 켠 지 얼마 안 된 모양이지. 온도를 확 낮춰놓고 목욕이나 하고 올까.

(녹음을 멈추는 소리.)

(다시 녹음이 시작된다.)

역시 목욕은 좋아. 아주 느긋하게 푹 담그고 나왔네.

맥주도 딱 좋게 시원해졌어.

(병과 컵이 울리는 소리, 좌식 의자가 삐거덕거리는 듯한 소리.)

…… 조용하네. 대나무 숲이 쏴아쏴아 우는 소리하고 개울이 졸졸 흐르는 소리가 잘 들려. 밤에 잠이 안 오겠는걸.

(꿀꺽꿀꺽 맥주를 마시는 소리가 한동안 이어진다.)

…… 여기서 자고 싶지 않네.

(맥주를 마신다.)

역시 여기, 이상하지 않나? 아니면 너무 예민해졌나?

(맥주를 마신다.)

오래된 방이라서 그렇게 느껴질 뿐이겠지. 무엇보다 여기서 하룻밤을 지낼 리가 없으니 말이야.

(일어서서 냉장고에서 맥주를 꺼내고 있다.)

보통은 이왕 죽을 거라면 마지막에는 멋진 일을 하고 싶다고 생각하겠지만, 실제로는 그렇지 않지.

(맥주를 마신다.)

…… 그럴 기운이, 이제는 없어.

(한동안 맥주를 마시는 소리가 이어진다.)

살살 술기운이 돌기 시작하네. 발포주가 아니라 맥주를 이렇게 마시는 건 정말 오래간만이야. 게다가 빈속에 이렇게 마시면 몸에 안 좋은데.

(맥주를 마신다.)

여기라면 저 인방(창문 위로 가로지르는 나무_옮긴이)이 좋을까. 채광창에 로프를 맬 수 있겠지.

(맥주를 마신다.)

발판은…… 없네. 테이블을 쓰기엔 너무 크고……. 오호, 경대가 있네. 작으니까 쓰기 쉬워 보이니 딱 좋잖아.

(맥주를 마시면서 일어서서, 방 안을 걷고 있다.)

거울이 부옇게 흐려진 것 좀 보게. 내가 여자 손님이었으면 프런트에 클레임을 걸고도 남았을 거라고.

(경대를 옮기는 듯한 소리가 난 뒤, 부스럭부스럭하며 뭔가 작업을 하고

있다. 아마도 가방에서 로프를 꺼내 들고 경대에 올라가는 중인 것 같다.)

…… 얼씨구, 채광창도 부서져 있네. 묶기 쉬우니까 됐지, 뭐.

(채광창에 로프를 묶고 있는 듯하다.)

…… 후우. 이거면 됐어.

(냉장고에서 맥주를 꺼내서 좌식 의자에 앉는 듯한 소리.)

어쩐지 피곤해졌네. 별로 한 것도 없는데…….

(계속 맥주를 마시는 소리가 이어진다.)

…… 후우. 후우.

(맥주를 마시는 사이사이에, 계속 한숨을 내쉰다.)

…… 이거 안 되겠어. 몇 번을 마셔도 목이 칼칼해. 한 병 더 마실까.

(일어나서 냉장고에서 맥주를 꺼내고 있다.)

…… 하아.

(맥주를 마시는 소리와 한숨이 이어진다.)

…… 좋아, 할까.

(일어서는 기척.)

하지만 막상 시작하려니 무서운걸.

(목소리가 조금 떨리고 있다.)

앗, 그렇지.

(사각사각 소리가 난다. 아마도 방에 비치된 메모장에 옛 동료의 이름, 그리고 테이프를 남기는 목적을 기록하고 있다고 여겨진다.)

이거면 됐어.

(맥주를 마신다.)

할까.

(여기서부터 목소리가 조금 멀어진다. 테이프리코더를 테이블에 내려놓았기 때문이라고 생각된다.)

…… 하아, 하아, 하아.

(흐릿하게 거친 숨소리가 들린다.)

역시 무섭네…….

…… 후읍. 하아, 후읍, 하아.

(심호흡을 하는 기척이 난 뒤, 갑자기 조용해진다. 어째서인지 개울물이 흐르는 소리가 또렷하게 들린다.)

…… 하아아앗.

(멈추고 있던 숨을 단숨에 토해내는 듯한 소리.)

한다. 한다. 나는 할 거야.

(한순간 공백이 있고,)

으어어어어억!

(경대가 넘어지는 듯한 소리.)

…… 어억, 크우우우우, 켁.

(수 초간, 발버둥치는 듯한 소리가 이어진다. 등 뒤에서 개울이 흐르는 소리가 크게 들려온다.)

…… 끽.

*(삐걱거리는 듯한 소리.)*

…… 툭, 툭, 툭.

*(뭔가가 다다미에 떨어지고 있는 듯한 소리.)*

…………………………………………………………………….

*(개울이 흐르는 소리가 사라지고, 상당히 오랫동안 정적이 이어진다.)*

…… *기기긱,* 탁.

*(창문을 닫는 듯한 소리가 희미하게 들린 것을 마지막으로, 아무것도 녹음되지 않은 채로 테이프는 계속 돌다가 끝에 도달해 자동적으로 멈춘다.)*

## 샘플 B

**자살자의 정보**

남성, 처자식 있음, 주고쿠 지방 출신, 자이니치 2세, 57세.

시코쿠 지방에서 판매 대리점을 경영하고 있었다. 직원은 세 명이었는데 한 명은 여성으로 비서와 경리 업무를 맡고 있었고, 남자 직원 두 명은 영업 담당이었다. 주로 중견 출판사가 간행한 소위 '대형 서적(백과사전이나 전문 분야의 총서 등)'을 다루고 있었지만, 점차 일반 가정이나 전문 시설에 대한 방문판매가 어려워지고, 또한 억지스럽고 집요한 영업 방식도 문제가 되어 급속히 실적이 악화되었다. 출판사로부터의 신상품 공급 정체도 위기를 부추겼다. 가정용 정수기 등 다른 상품에도 손을 대보았지만, 전부 실패했다. 한편으로 방만한 경영으로 인해 빚이 늘었고, 사원들의 임금 체불이 이어졌다. 가족에게 아무런 말도 없이 실종되었을 때는 이미 옴짝달싹 못 하는 상태였다.

**테이프에 대해서**

자동차 안에서 비닐에 싸인 테이프리코더가 발견되었고, 이 녹음 내용으로 경찰은 자살이라고 판단한 듯하다. 녹음기와 그 안에 들어 있던 테이프는 다른 유류품과 함께 B의 아내에게 넘겨졌으나, 그녀가 곧장 처분했다. 아내의 말에 따르면 B는 비서와 불륜을 저지르고 있던 상태여서 남편에게 아무런 미련도 없다고 한다.

**테이프에 녹음되어 있던 B의 육성**

*(자동차가 공회전을 하는 것 같은 소리가 끊임없이 들리고 있다.)*

*…… 조금 전에 마누라한테 전화를 했어. 고스케(아들 이름)를 잘 부탁한다고 말했으니, 분명 훌륭하게 키워주겠지.*

*가족까지 길동무로 삼을 수는 없어. 여기서는 남자답게, 혼자 책임을 져야지.*

*(담배에 불을 붙이는 듯한 소리.)*

*오늘이 거의 마지막 기일이니까 지금쯤 빚쟁이가 사무소에 밀*

어닥쳤겠군.

(담배를 피우는 기척.)

꼴좋다, 너희들에게 붙잡힐 줄 알고? 돈을 빌려줄 때는 나긋나긋하다가 조금이라도 변제가 어려워질 것 같으면 집요하게 독촉해대고. 네놈들은 쓰레기야!

(뭔가를 마시고 있다. 위스키로 추정된다.)

여기는 경치가 참 좋네.

(담배를 피우고, 위스키를 마신다.)

누구의 신세도 지지 않고, 누구의 도움도 받지 않고 용케 여기까지 왔어. 남자란 자기 회사를 가져야 비로소 한 명의 남자라 할 수 있지. 다른 사람 밑에서 일해서 어쩔 거야. 자기 군대를 거느리고, 그걸 이끌어나가는 게 진정한 사나이지.

(위스키를 마신다.)

사나이라면…….

(갑자기 노래를 흥얼거리지만, 절반 이상은 제대로 들리지 않는다.)

잘했지. 정말 잘했어.

알았냐, 고스케? 훌륭한 남자가 돼라. 샌님처럼 책만 붙들고 있지 말고.

(위스키를 마신다.)

남자는 책임을 져야만 해. 지금부터, 그걸 보여주지.

…… 응? 비가 내리나.

(한동안 침묵이 이어진다.)

기분 탓인가…….

뭐야, 기분 좋게 이야기하고 있었는데, 정말 뭘 할 수가 없다니까…….

(중얼중얼 불평을 늘어놓고 있지만 알아들을 수 없다.)

…… 어디 보자, 그렇지, 남자의 책임 얘기였지.

(위스키를 마신다.)

배짱이지. 남자는 배짱이야.

(위스키를 마신다.)

근성을 보여주지. 얕보지 말라고.

(위스키를 마신다.)

할 때는 한다고!

(위스키를 마신다.)

…… 후우.

(위스키를 다 마신 듯한 눈치다.)

좋아, 간다.

(엔진 공회전 소리.)

간다. 간다. 진짜 간다고.

(한층 높은 공회전 소리가 들린 직후, 갑자기 발진하는 듯한 소리.)

으어어어어어어어어억!

(포장되지 않은 지면을 달리는 자동차가 장애물 같은 것에 부딪힌 듯한

*커다란 소리.)*

*...... 으억.*

*(이 순간, 절벽에서 차가 떨어졌다고 여겨진다.)*

*우왁! 뭐, 뭐지? 싫어, 그, 그, 그만둬. 안 돼, 살려줘. 우왁, 우왁, 우왁, 싫어, 싫어, 싫어, 싫어, 살려줘어어! 아아아아아아아아아아아아아아아아아아악!*

*(해면에 자동차가 처박히는 요란한 소리. 바다 속으로 가라앉는 자동차 내부로 바닷물이 밀려드는 소리가 이어진다.)*

*.......*

*(B의 아주 작은 목소리가 들린 듯한 느낌도 들지만, 몇 번을 확인해봐도 또렷하지 않는다. 그 밖에도 테이프가 끝날 때까지 다양한 소리가 녹음되어 있지만 특별히 흥미를 끄는 부분은 없다.)*

## 샘플 C

### 자살자의 정보

남성, 독신, 간토 지방 출신, 44세.

복지시설에서 장기간에 걸쳐 간호 업무를 하고 있었는데, 경영자가 같은 연배의 여자 사장으로 바뀐 이후로 노동조건과 근무 환경이 단숨에 악화되었다. 신임 사장은 자신의 기분 여하에 따라 시설 이용자 앞에서도 직원의 사소한 잘못을 매도했기 때문에 퇴직자가 속출했다. 그 뒤처리는 언제나 C의 몫이었다. 게다가 실제로는 하지도 않은 서비스를 했다고 요금을 부풀려 청구하라는 지시를 C에게 내렸고, C가 거절해도 강요해서 억지로 실행하게 했다. 그러나 그 위법행위가 발각되자 C에게 모든 죄를 뒤집어씌우려고 했다. 항의해도 모르는 체해서, C는 분노에 이성을 잃고 사장을 때리고 말았다. 신고를 받고 경찰이 오는 것을 안 C는 반사적으로 시설을 도망쳐 나왔지만, 부정 청구와 폭행의 책임을 지게 될 것이 두려운 나머지 그대로 행방을 감췄다.

### 테이프에 대해서

당시 1년에 한 번꼴로 이루어지던 지방경찰과 소방단('지방경찰'은 한국의 자치경찰, '소방단'은 한국의 의용소방대에 해당한다_옮긴이)에 의한 아오키가하라수해('수해樹海'란 울창한 삼림을 일컫는다_옮긴이) 수색에서, 행방불명된 지 4년이 지난 C의 시신이 발견되었다. 소지품은 손가방뿐이었고, 그 안에서 시설에서 가지고 나온 다량의 수면제가 발견되었다. 소형 테이프리코더는 그의 겉옷 주머니에 들어 있었다. 유류품은 부모에게 넘겨졌다.

### 테이프에 녹음되어 있던 C의 육성

……*수해에 도착했습니다. 어쩐지 김이 새는군요. 좀 더 고생*

스러울 거라 생각했습니다.

버스에서 내려 자판기에서 생수를 사고, 조금 걸었더니 금방 수해에 발을 들일 수 있었습니다.

아오키가하라수해는 자살의 명소로 워낙 유명해서 울타리가 빙 둘러쳐져 있는 게 아닐까 하고 각오했는데…….

게다가 수해에 들어가려고 하면, 이렇게 지저분한 몰골이니 분명히 동네 사람이 막아 세우지 않을까 싶어 경계도 상당히 했습니다만…….

(잠시 공백.)

의외였던 것은 너무나도 평범한 숲으로 보인다는 점입니다. 초목이 아주 아름다워서, 정말로 오래간만에 상쾌한 기분을 맛보았습니다. 훨씬 무서운 곳이라고 믿고 있었기 때문에, 솔직히 조금 김이 샜을 정도입니다.

보통의 숲과 다른 점은, 바닥이 흙이 아니라 딱딱한 바위로 덮여 있고 커다란 나무뿌리가 이쪽저쪽에서 마구 튀어나와 있는 점일까요.

그것보다 놀란 것은 산책로입니다. 수해 안에 이런 길이 나 있을 줄은 생각도 못 했습니다.

이렇게 정비되어 있는 것은, 관광객이 이곳을 걸어 다니기 때문이겠지요. 폐쇄되어서 사람을 가까이하지 않는 수해라는 이미지가, 간단히 무너졌습니다.

적어도 안에 들어가면 금세 방향을 알 수 없어서 길을 헤매고 그대로 나올 수 없게 된다, 라는 것이 수해에 대한 인상이었는데, 아무래도 산책로에서 벗어나지 않는 한 도저히 길을 잃을 것 같지는 않습니다.

……그래서 저는 그 길을 벗어나서, 점점 숲 안쪽으로 향하기 시작했습니다.

(조금 빠른 걸음으로 걷고 있다.)

역시나 발밑 상태가 좋지 않네요. 뿌리에 걸려 넘어져서 딱딱한 바위에 머리를 부딪히기라도 했다가는 큰일 날 것 같습니다.

(한동안 침묵이 이어진다.)

죽으려고 왔는데, 다칠까 봐 걱정하는 것도 이상하군요.

…… 하지만 역시 아픈 건 싫죠.

그래서 저는 수면제를 먹을 생각입니다. 다만 일찍 발견되면 살아날 가능성도 있으니, 누구에게도 당분간은 발견되지 않을 장소로 이 수해를 선택했습니다.

여기라면 확실히 죽을 수 있겠죠. 어쩌면 영원히 발견되지 않을지도 모릅니다. 그 경우, 저는 행방불명 취급이 될지 어떨지……. 아니, 이미 그렇게 됐죠.

부모님께는 그러는 편이 좋을지도 모릅니다.

(한동안 침묵이 이어진다. 그 부분부터 호흡이 조금 거칠어진다.)

…… 어, 동굴이네. 아니, 이런 건 풍혈風穴(산허리나 계곡 등에

식품 따위를 저장하기 위해 판 동굴_옮긴이)이라고 부르던가?

어라? 안쪽에 작은 사당이 있네.

그렇다는 얘기는, 여기까지는 사람이 들어온다는 것일까요?

안 되지, 안 돼. 더 깊이 들어가야 해.

(걷는 기척이 상당히 오래 이어진다.)

어느샌가, 주위의 모습이 조금 변했습니다.

나무가…… 상당히 빽빽이 자라 있고, 식물들이 아주 많아진 느낌이 듭니다.

…… 왠지 모르게 오싹해서 기분이 나쁩니다.

(한동안 침묵이 이어진다. 거친 호흡.)

여기까지 오면, 역시나 이제는…… 뭐지, 저건?

(발걸음이 빨라진다.)

캔디 상자가 떨어져 있었습니다.

…… 으음, 이런 곳에까지 관광객이 들어오는 걸까요? 아니면 저처럼 죽을 장소를 찾아온 사람이 버린 걸까요?

(계속 걷고 있다.)

…… 어?

(갑자기 멈춰 선 눈치.)

저건…….

(몇 초의 침묵.)

설마…….

(걷고 있다.)

우왓.

(빠른 걸음으로 걷기 시작한다.)

……목을 맨 시체를 발견했습니다. 아마도 그럴 거라고 생각합니다.

(거친 숨소리.)

하지만 저렇게 목이 늘어나다니…….

처음에는 도저히 인간으로 보이지 않았습니다. 무섭습니다. 저렇게나 목이……. 무서워라……. 아주 무섭습니다.

허어…….

(깊은 한숨.)

목을 매서 죽지 않기로 해서 다행입니다. 죽으면 다 마찬가지라고 생각했는데, 저런 걸 보게 되면 도저히 못 하겠죠.

근처에 저렇게 목을 매단 시체가 없는지, 주의할 필요가 있겠습니다. 아니, 목을 맨 것뿐만이 아닙니다. 자살자의 시체가 없는지 주위를 잘 확인하고 나서 장소를 정할 생각입니다.

먼저 간 사람들을 싫어하는 것은 아닙니다만, 역시 가까이에 있다고 생각하면 썩 기분이 좋지는 않습니다.

(한동안 말없이 계속 걷고 있다.)

상당히 깊이 들어온 것 같습니다.

(멈춰 선 눈치.)

주변의 분위기도 상당히 변했습니다. 이제야 수해다운 느낌이 들기 시작했다는 생각도 듭니다.

역시나 많이 오싹합니다.

(주위를 둘러보는 기척.)

이 부근에 좋은 장소가 있으면 좋겠는데…….

앗, 안개가 끼기 시작했습니다. 안개가 짙어지기 전에 마지막을 맞이할 곳을 찾아낼 수 있을까요? 안개가 모든 걸 덮어버리면 어느 곳이나 다 똑같을지도 모르겠습니다만…….

그렇다고 해도…… 우왓!

(손가락 하나 까딱 못 하고 굳어 있는 눈치.)

…… 까, 깜짝 놀랐습니다.

(숨이 거칠어진다.)

아, 아니, 이럴 수가…….

(몇 초간의 침묵.)

혼자십니까?

(몇 초간의 침묵.)

저, 저도 마침 수해의 깊은 곳이 보고 싶어져서…….

(누군가와 이야기하는 듯한 대사가 이어지지만, C의 목소리 외에는 들리지 않는다.)

그러면, 저는 이만 실례하겠습니다.

(빠른 걸음으로 걷기 시작한다. 한동안 침묵이 이어지지만, 몇 번이고 뒤

를 돌아보는 듯하다.)

설마 사람을 만날 줄이야…….

게다가 저렇게 아름다운 여자와…….

스물서넛쯤 될까? 아니, 조금 더 먹었을지도.

……혹시 저 여자도 나하고 같은 목적으로 여기에 있는 걸까요? 젊은 데다 미인이고, 아직 인생이 한참 남았을 텐데…….

하지만 다른 사람의 삶에 대해선 알 수 없는 법이죠. 이렇게 말하는 저도, 더 나이 많은 사람의 입장에서는 아직 인생이 한참 남은 것으로 보일 테니까요.

어쨌든 마지막에, 저런 미녀와 이야기할 수 있어서 다행입니다.

(한동안 말없이 걷고 있다.)

안개가 짙어지기 시작했습니다. 옷도 어느샌가 완전히 젖어버렸네요.

이제 조금 전에 지나친 사람과도 거리가 꽤 멀어졌을 겁니다. 부디 무사히 가셨기를. 괜한 참견이라고 생각하지만, 그 사람이 무사히 귀가하시기를…….

자, 그러면.

(크게 숨을 내쉰다.)

슬슬 장소를 결정하죠.

드러누울 수 있을 정도 넓이의 평평한 땅 주변을 수목이나 덤불이 우거져 가리고 있는 곳이 이상적인데…… 그렇게 쉽게 찾을 수 있을지.

이 안개가 방해가 되는군요. 너무 짙어서 몇 미터 앞도 잘 보이지 않습니다. 막상 좋은 장소를 찾았는데, 알고 보니 2, 3미터 앞에 산책로가 있는 사태는 피하고 싶은데 말이죠.

(멈춰 서서 가방을 열고, 페트병에 든 생수를 마시고 있다.)

……하아. 아주 목이 말랐던 것 같네요. 물은 수면제를 먹기 위해서 샀는데, 하마터면 단숨에 다 마셔버릴 뻔했습니다. 이럴 줄 알았다면 한 병 더 사둘걸 그랬군요.

(천천히 걷기 시작한다.)

저 부근이 괜찮을까.

조금 트인 평지가 있습니다. 조건을 하나하나 전부 따졌다간…… 어라?

(멈춰 선 뒤에 몇 초의 침묵.)

어째서……? 앞질러……. 아니, 그건 불가능하겠지…….

(몇 초간의 침묵.)

…… 조금 전에는 감사했습니다.

(몇 초간의 침묵.)

그러십니까.

(몇 초간의 침묵.)

네, 네.

(다시 누군가와 이야기를 나누는 듯한데, 아무리 귀를 기울여도 C의 목

*소리 외에는 전혀 들리지 않는다.)*

……허어. 별 상관은 없습니다만…….

*(몇 초간의 침묵.)*

그쪽…… 입니까.

*(걷기 시작한다.)*

*(여기서부터 갑자기 잡음이 들리기 시작한다. 이따금씩 C가 입을 열고 있지만, 제대로 알아들을 수는 없다.)*

………………여기…….

…………………혼자…………………….

무엇을…………………….

……………당신도……………….

*(이야기하는 사람이 C뿐만이 아닌 듯한 기분도 들지만 확실치 않다.)*

………………안 돼…….

……………………편하게……….

……싫어…………….

…………돌아갈…………….

……그만………싫어…….

…………………….

……….

돌아갈 수 없어요.

*(여성의 목소리인 듯한 소리가 희미하게 들리고, 아직 잔량이 있는 테이*

*프가 갑자기 끊어진다.)*

※ C의 바람과는 반대로, 그의 시신은 앞서 서술한 대로 4년 뒤에 발견되었다. 사인은 수면제 과다 복용이 아니라 심장마비였다고 한다.

나는 샘플 원고를 다 읽자마자 기류의 사무실 겸 자택에 전화를 걸었다. 그러나 호출음이 계속 이어질 뿐, 받지 않았다. 그의 휴대전화로 걸었더니, "전원이 꺼져 있거나 전파가 닿지 않는 곳에 있다"라는 익숙한 안내 음성이 흘러나왔다. 그날 다섯 번이나 전화를 했지만, 그와 통화할 수 없었다.

다음 날, 오전 중에도 계속 전화를 걸었지만 역시 받지 않았다. 나는 그의 명함에 적혀 있는, 오기쿠보에 위치한 사무실 겸 자택이란 곳을 오후에 방문해보기로 했다.

그런데 기류는 없었다. 연립주택의 그가 사는 호수 현관문 옆 우편함에는 사흘치의 신문이 쌓여 있었다. 요컨대 기류는 나에게 원고를 보냄과 동시에 외출한 모양이었다.

오봉 연휴라 귀성한 걸까 생각했지만, 예감이 아주 안 좋았다. 샘플 원고를 읽는 동안, 꽤 오래전에 읽었던 어느 주간지의 기사가 떠올랐기 때문이다.

그것은 자살 실황을 녹음한 테이프를 다룬 기사였다. 빚 때문에 아내와 딸을 죽이고 며칠 동안 도피 행각을 이어나가던 남자가, 어느 호텔에서 목을 매 숨질 때까지의 상황을 녹음해서 남겼던 것이다.

테이프의 내용도 충격적이었지만, 그것보다도 인상 깊었던 것은 그 테이프를 듣고 정신상태가 이상해지는 사람이 생기기도 했다는 편집자의 뒷이야기였다. 그 기사를 읽고 그럴 만도 하다고 생각했던 기억이 있다.

그런데 기류는 그런 테이프를 몇 개씩이나 들은 것이다. 게다가 분명 연속해서 들었음이 틀림없다. 게다가 샘플로서 녹취한 세 개는 명백히 이상했다. 단순한 자살 실황 테이프라고는 할 수 없는, 참으로 불가해한 내용들뿐이었다.

대체 그것들은 무엇일까…….

기류에게 메일도 보냈지만 답장은 한 번도 없었다. 일주일 정도를 하루가 멀다 하고 전화를 걸었지만 호출음만이 공허하게 울릴 뿐이었다. 몹시 마음에 걸렸지만, 이내 다른 기획으로 바빠져 기류에 관한 일만 붙들고 있을 수도 없었다.

오래간만에 기류에게 전화를 하고, 그 번호가 지금은 사용되지 않는다는 걸 안 것은 한 달 반 정도 지났을 무렵이었다.

시마무라 나쓰에게 연락을 했더니, 기류와는 오랫동안 만나지 않았다고 했다. 이사했다는 이야기를 들은 적은 없었고, 본가가 어디인지도 모르는 듯했다. 그는 최근에 기류와 연락한 편집자가 있는지 알아본다고 했지만, 너무 기대하지는 말라고 했다.

그 뒤로 다시 한 달 반 정도 지났을 무렵, 편집부의 내 앞으로 우편물이 왔다. 발신인의 이름은 없었고, 봉투의 소인도 물에 젖었는지 번져서 제대로 읽을 수 없었다.

열어보니 카세트테이프가 나왔다. 다른 물건은 아무것도 들어 있지 않았다. 그저 카세트테이프 하나만 들어 있을 뿐이었다.

기류 요시히코…….

곧바로 그의 이름이 떠올랐다. 그래서 나는 테이프를 듣지 않고 그대로 봉투에 도로 집어넣으려고 했다.

하지만 조금만 들어보는 건 괜찮지 않을까, 하는 마음이 고개를 슬그머니 쳐들었다. 끝까지 듣지만 않는다면, 이라는 핑계가 뇌리를 스쳤다.

한동안 망설인 끝에 몇 년 전까지 사용했던 카세트리코더를 로커에서 꺼내 왔다. 테이프를 넣고 이어폰을 낀 뒤, 재생 버튼을 눌렀다.

*…… 어느 폐허에 와 있어. 여기가 어디인지는 차차 이야기하면서 밝혀가도록 하지.*

*(바닥이 콘크리트로 된 실내에서 움직이는 듯하다.)*

*지금은 어느 건물 안에 있어. 폐건물치고 유리창이 꽤 많이 남아 있다는 건, 여기가 그다지 알려져 있지 않은 곳이라는 증거겠지.*

*유리창 너머로 비쳐 드는 강한 석양 때문에 실내는 후끈후끈한데, 어째서인지 오싹하군.*

*이렇게 불편하면서도 불길한 곳에 어째서 내가 찾아왔는가. 그 이유를 자네가 알면 필시…….*

여기서 나는 서둘러 테이프를 멈췄다. '자네'가 나를 가리키는 호칭이 틀림없다고 알아차렸기 때문이지만, 그 이유만이 전부는 아니다.

테이프의 처음부터 묘한 소리가 희미하게 들리고 있었다. 이야기하는 그의 등 뒤에서 술렁술렁하고 뭔가가 속삭이는 듯한 기척이 있었다. 그 정체가 빗소리가 아닐까 하고 깨달은 것과, 기류가 나에게 말을 거는 것이 거의 동시에 일어났다. 그래서 황급히 정지 버튼을 눌렀다.

카세트리코더에서 테이프를 꺼내 봉투에 도로 집어넣고, 그대로 자료용 캐비닛 구석에 처박았다.

나는 이 테이프의 존재를 의도적으로 잊으려 노력했다. 그렇게 한 보람이 있는지 다행히도 이내 머릿속에서 사라졌다. 다시 기억난 것은 연말의 대청소 때였다.

불필요한 자료를 버리기 위해 캐비닛을 정리하는데, 어느 단의 서류들이 조금 젖어 있는 것을 발견했다.

'물기가 없는 캐비닛 안인데?' 하고 미심쩍어하며 안에 든 자료들을 꺼내보았더니 젖어서 변색된 듯 보이는 봉투가 구석에서 나타났고, 그와 동시에 기류가 떠올랐다.

조심조심 봉투 안을 들여다보자, 곰팡이가 낀 테이프가 들어 있었다.

나는 굵은 소금을 사 와서 테이프에 잔뜩 뿌린 뒤 그걸 봉투에 도로 집어넣고 신문지로 쌌다. 그리고 그 뭉치를 비닐봉지에 넣은 다음 다시 다른 종이봉투에 넣어서 박스테이프로 칭칭 감아 쓰레기통에 버렸다.

그 뒤로 이따금씩 업계 내에서 기류 요시히코의 소식을 묻고 다니지만, 그에 대한 소식을 아는 사람은 아직 만나지 못했다.

# 빈집을 지키던 밤

남의 빈집을 봐준다.

요즘 시대에 그런 체험을 한 사람은 거의 없을 것이다. 옛날에 비해 인간관계가 빈약해져서 그런 부탁을 하기 어려워졌다. 게다가 문이나 창문의 잠금장치는 튼튼해졌고, 개인주택에도 보안시스템을 간단히 설치할 수 있게 되었다. 현대 일본에서 빈집을 지켜주는 일은 이미 사멸한 것이 아닐까.

다만 서양 쪽은 다를지도 모른다. 베이비시터라는 전통이 있기 때문이다. 이 경우의 '베이비'란 갓난아이만 가리키는 것이 아니라 유아부터 초등학생까지의 어린이를 포함한다. 부모가 용무로 인해 외출해서 귀가가 늦어질 경우, 고등학생이나 대학생을 일시적으로 고용해서 부모가 귀가할 때까지 아이를 봐달라고 맡기는 것이 이른바 베이비시터다.

부모 입장에서는 값싸게 때울 수 있고, 고등학생이나 대학생에게는 짭짤한 아르바이트가 된다. 어린아이를 상대하는 것은 고생이지만, 나이가 어리면 취침 시간도 빨라진다. 어쨌든 아이를 재우기만 하면 나머지는 자유 시간이다. 잔손이 많이 가지 않는 얌전한 아이를 맡게 되면, 이것만큼 편한 아르바이트도 없을 것이다.

그래서 베이비시터 중에는 아이를 일찍 재워버리고는 몰래 남자 친구나 여자 친구를 집에 불러들이는 발칙한 자도 있다. 고용주에게 들키지만 않으면 무슨 짓을 해도 자유라고 착각하는 놈들은 동서양을 가리지 않고 있는 법이다. 물론 들키면 쫓겨날 테고 아르바이트비도 받지 못할 우려가 있다. 무엇보다 나쁜 소문이 퍼져서 더 이상 베이비시터 일을 할 수 없게 될 것이다. 하지만 그래도 일을 저지르는 것이 10대의 본성인지도 모른다.

이런 설정을 활용한 몇 개의 호러 영화가 있다. 내용은 제각각이지만, 기본적인 부분은 거의 동일하다.

살인귀나 괴물 등의 가공할 만한 위협이, 주인공이 학생이나 어린이들과 머무르는 집에 들이닥치는 것이다. 하지만 주인공은 켕기는 짓을 하고 있다는 죄책감 때문에 조금 기묘한 일이 일어나도 곧바로 부모나 경찰에 연락하려고 하지 않는다. 집 밖에서 수상한 소리가 나도 몰래 숨어든 남자 친구, 혹은 여자 친구일 거라고 애써 단정한다.

요컨대, 베이비시터에 관련된 작품에는 위험의 감지가 치명적으로 늦어지는 필연성이 있다.

이윽고 주인공은 간신히 밀려오는 공포를 느낀다. 그러나 자기만 재빨리 달아날 수는 없다. 2층에서 자고 있는 아이들을 구해야만 하기 때문이다. 어쨌든 자기보다 약한 존재를 지켜야만 한다, 라는 주인공 측의 족쇄가 서스펜스를 한껏 끌어 올린다.

이런 종류의 작품은 존 카펜터 감독의 <할로윈>(1978)이 효시다. 이 작품의 훌륭한 점은 베이비시터의 설정에 할로윈이라는 무대를 더했다는 점이다. 그 결과로 무미건조한 하얀 마스크의 살인귀, 마이클 마이어스가 탄생했다. 이 센스는 참으로 배우고 싶다. 이 작품의 뒷이야기가 이어지는 속편 시리즈와 리메이크로 정식 속편이 만들어지는 등, 지금도 높은 인기를 자랑하고 있다.

이런 말들을 써왔지만, 지금부터 소개하는 이야기가 베이비시터에 관한 이야기인 것은 아니다. 말하자면 일본식 빈집 지키기와 서양식 베이비시터가 합쳐진, 그런 아르바이트를 체험한 학생의 이야기다. 그것도 상당히 소름 끼치는…….

아직 내가 회사에 근무하던 10여 년 전의 일이다. 어느 날 몇 명의 후배와 술자리를 가졌을 때, 학창시절에 경험했던 아르바이트에 관한 이야기로 분위기가 한껏 달아오른 적이 있다. 아주 힘들었지만 즐거웠던 아르바이트, 수입은 좋았지만 비참한 아르바이트, 이득이 되는 짭짤한 아르바이트 등 다양한 아르바이트 이야기가 이어진 뒤에, 한 후배가 대학 문예부에서 같이 활동했던 어느 여자 선배의 체험담을 꺼냈다.

아래에 적는 이야기는, 그 후배가 학창시절에 선배—시모쓰키 마이코라고 해두자—로부터 들었던 체험담이다. 본인을 취재한 것이 아니므로 불명확한 점도 많다. 하지만 가방 안에 들어 있던 MD로 녹음한 후배의 이야기와, 그것을 보충하기 위해 귀가한 뒤에 기록했던 당시의 노트 내용에 근거해서 최대한 재현하고자 노력했다.

2

"하루를 묵어야 하지만 일은 아주 쉬운 데다 보수도 짭짤한 아르바이트가 있는데⋯⋯ 너, 흥미 있니?"

졸업한 대학 동아리 여자 선배에게 시모쓰키 마이코가 그런 제안을 들은 것은, 5월 초 연휴까지 얼마 남지 않은 시기였다.

그녀는 입학과 동시에 문예부에 들어왔다. 다만 선배들 대부분은 미스터리를 좋아하고 나머지는 SF와 모험소설 애독자 약간인, 그런 느낌의 문예부였다.

입부한 지 몇 주 정도 지나자 간신히 동아리 활동에 익숙해지기 시작했다. 독서 취향이 맞는 선배가 있고, 같은 학년 친구도 생기면서 그녀의 학교생활은 순풍에 돛을 단 듯 순항했다.

그래서인지 동아리 활동이 끝난 뒤, 오래간만에 얼굴을 비추었다는 긴 생머리의 아리따운 졸업생 여자 선배가 말을 걸었을 때 "네, 있어요"라고, 소극적인 마이코치고는 웬일인지 곧바로 대답했다.

"우와, 정말 다행이야!"

그러자 그 여자는 마치 마이코가 이미 승낙이라도 한 것처럼 기뻐하며, "나는 오다기리라고 해"라고 갑자기 자기소개를 했다.

"자세하게 이야기해줄게."

그리고 당황해하는 마이코를 데리고 학생 식당에 가서는, "내가 살게"라고 하더니 캔 커피 두 개를 사 들고 와서 재빨리 구석 자리에 앉아버렸다.

"저기, 왜 저한테 그런 이야기를 하시는 건가요?"

이대로는 상대의 이야기를 일방적으로 듣게 될 뿐이라는 생각에 마이코는 조심스럽게 물었다.

"너, 아주 늘씬해서 금방 눈에 띄던걸."

키가 크고 팔 다리가 긴 것이 마이코의 콤플렉스였는데, 오다기리가 서슴없이 말해서 조금 상처를 입었다. 하지만 그 덕택에 짭짤한 벌이가 되는 아르바이트를 소개받을 수 있다면 그것도 괜찮겠거니 생각하기로 했다.

"물론 원래 부탁했던 사람이 갑자기 몸이 아파서 못 하게 된 것이 모교까지 찾아온 이유지만 말이야."

그리고 오다기리가 옛날에 활동했던 문예부에 슬쩍 들렀더니 마침 신입생들이 있었다. 그중에서도 적임으로 보이는 마이코에게 말을 걸었다. 그런 상황인 듯했다.

확실히 마이코에게는 연휴 동안에 아무런 예정이 없었다. 도쿄에 있는 대학으로 진학하면서 부모님과 다투고 본가를 떠나왔기 때문에 한동안은 귀성도 생각할 수 없었다. 다행히 송금은 계속되고 있어서 안도하고 있지만, 언제 끊어질지 모른다는 걱정이 있었다. 그래서 벌이가 좋은 아르바이트는 대환영이었다. 그렇다고 해도 자신이 적임자라는 말을 듣는 순간 금세 불안해졌다.

"그 아르바이트가 저한테 딱 맞는다고 말씀하시는 건가요?"

반쯤 경계하는 마이코에게, 오다기리는 긴 머리카락을 쓸어올리면서 진지한 어조로 말했다.

"일이 편한 것은 틀림없는 사실이니, 그런 의미에서는 누구라도 할 수 있을 거라고 생각해. 하지만 그렇기 때문에 아무에게나 대충 부탁할 수 없어. 책임감이 있고 성실한 사람이어야 안심하고 맡길 수 있지."

"어쩐지 힘든 일처럼 보이는데요……."

저도 모르게 마이코가 움츠러들자 오다기리는 활짝 웃으면서 말했다.

"아니, 아주 간단해. 하룻밤만 빈집을 봐주면 되는 일이니까."

"어린애하고 같이요?"

이때 마이코의 머릿속에 떠오른 것이 영화 <할로윈>이었다.

"어린애는 없어. 나이 든 어르신 한 분이 계시는데, 시중을 들 필요는 전혀 없어. 그냥 혼자 빈집에 계시게 하는 게 불안하니까, 제3자가 하룻밤 동안 머물러주었으면 한다는 것이 저쪽의 바람이야."

"그 부탁하신 분은……."

"아, 나와 마찬가지로 동아리 졸업생이야. 내가 1학년 때 이미 졸업생이었어. 나도 다른 졸업생 선배에게 소개받았거든."

오다기리의 이야기를 정리하면 이렇다.

그 졸업생은 대학을 졸업하고 모 유명 기업에 취직했는데, 수년 뒤에 자산가의 딸과 알게 되어 퇴사하고 데릴사위가 되었다. 그 뒤에 처가가 경영하는 기업의 그룹 회장이 되었지만 무슨 일을 하는지는 오다기리도 모른다고 한다.

그 졸업생의 장인 장모는 건재한지, 종교법인과 학교법인을 가지고 있다는 처가에서 하는 사업은 무엇인지 등등, 아는 게 거의 없다는 것이다.

확실한 거라면 졸업생 부부가 요코하마에 있는 다타키산의 호화 저택에 살고 있다는 것, 그리고 아주 넓은 집인데 동거인은 아내의 백모 한 명뿐이라는 것. 그뿐이다.

"어디까지나 상상인데……."

오다기리가 의미심장한 어조로 말했다.

"그 백모란 사람이 실은 집안의 수장이고, 모든 사업을 뒤편에서 관장하는 것도 어쩌면 그 사람일지 몰라."

그런 해석을 마지막에 덧붙였다. 하지만 마이코는 대체 오다기리가 무슨 말을 하고 싶은 것인지 좀처럼 이해할 수 없었다.

그래도 마이코는 그 특이한 빈집 지키기 아르바이트를 맡기로 했다. 백모의 시중은 아무것도 할 필요가 없으며 집의 문단속에만 주의하면 나머지는 잘 때까지 텔레비전을 보건 책을 읽건 자유였고, 아르바이트비도 파격적이었기 때문이다. 게다가 호화 저택에 묵을 수 있다. 미스테리한 졸업생 부부의 존재도 결코 마이너스 요소로 느껴지지 않았다. 오히려 마이코의 흥미를 끌었다.

"저쪽에는 내가 연락해둘 테니까, 너는 당일 오후 5시에 이 주소로 찾아가면 돼. 늦지 않도록 해."

오다기리는 그렇게 말하더니 '하카마야 미쓰노부, 하카마야 히나코'라는 졸업생 부부의 이름과 주소, 전화번호, 그리고 가장 가까운 역에서 찾아가는 간단한 약도가 그려진 메모지를 그녀에게 건넸다.

약속한 날 오후, 마이코는 갈아입을 옷과 세면도구와 책을 가방에 넣고 오후 3시쯤 자취방을 나섰다.

항구도시인 요코하마의 저택이라는 이미지 때문에 항구가 보이는 언덕 위에 세워진 저택일 거라고 상상했었는데, 다타키산은 완전히 내륙에 위치하고 있었다. 그것도 아직 개발이 진행 중인 신흥 주택지인지 거대한 맨션이나 호사스러운 신축 단독주택이 눈에 띌 뿐, 상점 같은 것은 한 곳도 보이지 않았다. 지하철이 뚫리는 것도 몇 년은 있어야 하기에 가장 가까운 역인 다타센아키역에서 30분이나 걸어가야만 했다.

부자인데 왜 이런 곳에 사는 걸까?

선배가 그려준 약도에 의지해서 다타센아키역에서 걷기 시작한 마이코는 고개를 갸웃했지만, 이내 아름다운 환경 때문일 거라며 납득했다.

원래는 산림지대였던 곳을 개발한 것인지, 어쨌든 수목이 풍부했다. 그것도 자연 그대로의 모습을 살리면서 요소마다 공원이나 정자나 벤치를 설치하고, 그것들을 연결하듯이 산책로를 만들어놓았다. 완전히 포장되어 있는 것은 아니고 군데군데가 흙길이었지만, 그것도 나름의 운치가 있어서 좋았다. 오래된 야산의 자연과 인공적인 시설이 무리 없이 어우러져 있는 점이 아주 훌륭했다.

아직 건물이 적은 신흥 주택지는 대개 망양한 풍경이 펼쳐지고 싸늘한 분위기가 떠도는 법이다. 하지만 이곳은 언덕이 많고 기복이 심한 지형이라, 마치 깊은 산속에 있는 듯한 기분이 들었다.

그럼에도 불구하고 문득 나타나는 작은 공원이나 정자나 벤치가 그런 감각을 금세 사라지게 만들었다. 외진 시골이라고 해도 틀릴 것 없는 환경인데 묘하게 고급스러운 분위기가 감돌았다. 간선도로를 자동차로 달리면 또 다른 풍경이 눈에 들어오겠지만, 적어도 산책로를 걸을 때는 그랬다.

역시 부자가 사는 곳은 다르구나.

새삼 마이코는 납득했다. 다타센아키 주변은 다양한 상점이 들어선 건물이 늘어서는 등 나름대로 발전해 있다. 자동차로는 다타키산에서 7, 8분이면 갈 수 있을 것이다.

이곳을 불편하게 느끼는 것은 마이코처럼 걸어서 이동하기 때문이다.

저도 모르게 마이코는 쓴웃음을 지었다. 본가가 있는 시골에서도, 이사한 도쿄 중심가에서도 이 무렵이 되면 저녁 식사를 위해 장을 보려고 바구니를 든 주부들이 슬슬 눈에 띄기 시작한다. 대부분의 여성은 걷든가 자전거를 탄다. 자동차를 이용하는 사람은 없다.

하지만 여기서는 도보나 자전거로 다타센아키역까지 가는 사람은 한 명도 찾아볼 수 없었다. 아니, 그러고 보니 조금 전부터 누구와도 마주치지 않은 것을 마이코는 문득 깨달았다.

곧바로 뒤를 돌아보았지만, 역시 아무도 걸어 다니지 않는다. 아무래도 다타센아키역에서 다타키산으로 걸어가는 사람은 그녀뿐인 듯했다.

어린애는…….

놀고 있는 어린애가 있지 않을까 하고 생각했지만, 안 그래도 출산율이 낮은 요즘이다. 게다가 개발이 진행 중인 신흥 주택지에 눈에 띌 정도로 어린아이가 많이 있으리라고 생각되지도 않는다.

애초에 이곳은 너무 넓어.

주택지나 맨션 앞에 야산이나 공원이 있는 것이 아니라, 자연과 인공물이 동거하는 광대하고 기복이 심한 녹지대 안에 인간이 사는 건물이 드문드문 자리를 잡고 있는 것이다. 그래서 시간대에 따라서는 한낮에도 사람 한 명 없는 적적한 장소가 만들어지는 듯했다.

아니, 어쩌면 여기는 하루 종일 이런 상태인지도…….

가령 그렇다고 한다면 부모도 아이를 밖에 나가 놀라고 내보낼 생각은 들지 않을 것이다. 아이가 도움을 청하려고 소리쳐도 곧바로 반응해줄 어른이 주변에 전혀 없기 때문이다.

그런 생각을 하는 동안, 어쩐지 마이코는 조금 무서워지기 시작했다.

한 번도 와보지 않은 낯선 지방의, 깔끔하게 정비되기는 했어도 자연의 모습이 남아 있는 야산 속을 홀로 걷고 있다…….

그런 상황이 점점 오싹하게 느껴지기 시작했다.

언덕을 덮고 있는 신록 너머에는 호사스러운 맨션이 얼굴을 내밀고 있고, 멋진 단독주택의 지붕도 보인다. 흐릿하게나마 자동차가 달리는 소리도 들려온다. 하지만 이 장소에 있는 것은 그녀뿐…….

눈앞에 이어지는 산책로는 구불구불 갈지자를 그리며 수풀 속으로 사라지고 있다. 앞길을 내다볼 수 없어서 몹시 불안해졌다. 오늘은 아침부터 뿌옇게 흐린 하늘이다. 하늘 전체에 퍼진 짙은 잿빛이 어쩐지 기분을 가라앉게 만든다. 덤으로 바람도 불기 시작했다. 조금 쌀쌀하다.

부르르 몸을 떤 마이코는, 갑자기 뒤에 사람이 있는 듯한 기척을 느끼고 자기도 모르게 돌아보았다.

아무도 없네…….

전혀 인기척이 없는 흙길이 쭉 이어지고 있을 뿐이다. 하지만 한번 뒤돌아보고 나니, 그 뒤로는 견딜 수가 없었다. 굽어진 길 너머에서 뭔가가 쓱 모습을 드러내고 그녀를 쫓아오는 것만 같은 생각이 머릿속에서 떨어지지 않았다.

흘끗흘끗 뒤를 계속 돌아보는 동안, 어느샌가 마이코는 걸음이 빨라져 있었다. 어쨌든 한시라도 빨리 이곳에서 벗어나고 싶다. 이제는 그 생각밖에 들지 않았다.

온몸에 가볍게 땀이 나기 시작할 무렵, 앞쪽으로 작은 공원이 보이기 시작했다. 무심코 안도했지만 그곳에서 놀고 있던 것이 젊은 어머니와 아이 두 명뿐이라는 것을 알고 오히려 적막감을 느꼈다. 마이코의 모습을 본 어머니의 눈빛이 조금 겁먹은 듯 비쳤던 것에도, 화가 난다기보다 무섭다는 기분이 앞섰다.

공원 옆을 종종걸음으로 지나치고, 그런 뒤에 전속력으로 뛰기 시작했다. 달리면서도 등 뒤가 계속 신경 쓰인다. 하지만 이제는 돌아볼 용기 따위는 없다. 여기서 뒤를 돌아보았는데, 만약 뭔가가 자기 뒤를 따라오고 있다면……. 그렇게 상상하는 것만으로도 온몸이 부르르 떨렸다.

숨이 가빠져서 달리는 속도가 자연스럽게 느려졌을 때였다. 앞쪽으로 보이는 언덕 위에, 울창하게 우거진 나무들 사이로 우뚝 솟아오른 첨탑이 보였다. 그것은 오다기리에게서 받은 약도에 그려져 있던, 하카마야 저택의 표식이 틀림없었다.

거기서 마이코는 언덕을 돌아들듯이, 마치 호텔 같은 하카마야 저택을 올려다보면서 걸음을 재촉했다. 녹지대 안에서 느꼈던 정체 모를 공포는 금세 사라지고, 그녀의 흥미는 완전히 눈앞의 저택을 향하고 있었다.

하카마야 저택 정면을 올려다볼 수 있는 지점까지 오자, 그곳에서부터 인상적인 아치형 문까지 차도와 보도와 계단이 이어지고 있었다. 최단 경로는 계단이었지만, 전력 질주한 직후다. 마이코는 일부러 무릎에 부담이 덜 가도록, 완만한 경사를 그리는 보도를 천천히 걸어 올라가기로 했다.

보면 볼수록 굉장한 집이네.

외관만 놓고 보면 10여 명은 살 수 있을 것 같다. 그러나 실제로 살고 있는 사람은 하카마야 부부와 아내의 백모까지 세 명뿐. 그렇다 해도 사치스럽다고 떠들 수준은 아닌 듯했다.

이건 무슨 양식이지?

건축에 대해 밝지 못해서 잘은 모르겠지만, 다양한 시대의 양식이 섞여 있는 것 같았다. 게다가 전체적으로 받은 인상은 서양식 저택인데, 어째서인지 옛 일본의 냄새도 느껴진다. 그 부조화가 이상하게 마음에 걸렸다. 물론 외관이 나쁘지는 않다. 좋은 의미에서 아주 개성적인 조형의 저택이다. 그럼에도 불구하고 한동안 바라보고 있자, 어딘지 모르게 뒤틀려 있는 듯한 느낌이 들기 시작했다. 지금이라도 눈앞에 있는 집이 흐물흐물 변형될 것 같은 기분이다.

충동적으로 오던 길을 되돌아갈까 하는 감정이 밀려올 찰나, 마이코는 기묘한 문 앞에 다다르고 말았다.

이대로 인터폰을 누르지 않고 조용히 돌아가면…….

그렇게 생각한 순간, '앗!' 하고 그녀는 고개를 들었다.

전망대로 보이는 첨탑 옆에, 2층 지붕에서 솟아오르듯이 하카마야 저택의 3층이 고개를 내밀고 있다. 그 창문의 커튼에 사람의 모습이 비쳤다. 3층 방에서 누군가 그녀를 내려다보고 있는 듯싶었다.

저 사람이 그 백모인가?

그렇게 생각하는 것과 동시에 인터폰을 누르고, 마이코는 이름을 댔다.

문을 지난 뒤에도, 비슷한 아치가 현관까지 이어지고 있다. 지나갈 때마다 그 형상에 기시감을 느꼈지만, 그것이 무엇인지 전혀 생각나지 않았다. 연속되는 아치의 좌우로 봄꽃들이 활짝 피어 있는 멋진 정원이 펼쳐져 있었다. 하지만 그녀의 시선은 계속 3층의 인물을 향한 채였다. 아니, 눈을 돌리고 싶어도 그럴 수 없었다고 해야 할까.

"잘 왔어요."

현관에서 마이코를 맞이한 것은 미쓰노부였다. 30대 중반의 보통 체격을 가진 남성이었는데, 눈에 띌 만한 특징이라고는 없다는 점에 그녀는 조금 놀랐다. 인간은 생긴 것이 전부가 아니라고 생각하지만, 자산가의 딸을 사로잡은 남자라는 이미지와 미쓰노부는 조금도 들어맞지 않았다.

"다타센아키역에서 걸어왔나요?"

복도를 걸어 집 안쪽으로 나아가면서 미쓰노부가 물어서 "그렇습니다"라고 대답하자, 그는 마이코의 얼굴을 들여다보는 듯한 시늉을 하며 "산책로는 어땠죠?" 라고 의미심장하게 물었다.

참고로 복도 또한 문과 비슷한 형태의 아치로 장식되어 있었다. 그래서 자연스럽게 그 아래를 지나가는 모양새가 되었다.

"아주 아름다웠습니다."

마이코가 무난하게 대응하자, 미쓰노부는 더 깊숙이 얼굴을 들여다보며 말했다.

"쓸쓸한 분위기였죠?"

"혼자서 걷고 있으면 조금 무섭기도……."

마이코는 자기도 모르게 본심을 말하고 말았다. 그러자 미쓰노부는 그럴 거라고 예상했다는 듯이 말했다.

"실은 작년 가을에 그 산책로 근처 공원에서 토막 난 사체가 발견되었습니다."

"…… 네?"

예상 밖의 전개에 마이코는 할 말을 잃었다. 하지만 미쓰노부는 그대로 비밀 이야기를 하듯이 말을 이어나갔다.

"'토막'이라고 해도 절단된 것은 두 팔뿐이었습니다. 다만 두 다리를 벌리고 눕힌 시체의 배 위에, 그 두 짝의 팔을 가로로 얹어두었다고 합니다."

기묘한 시체 유기의 광경이 마이코의 뇌리에 번쩍 떠올랐다.

"시체가 발견된 전날 밤은 태풍이 몰아쳤죠. 실은 그 무시무시한 비바람 속에서 커다란 슈트케이스를 끌고 공원 쪽으로 걸어가는 비옷 차림의 수상한 인물이 목격되었습니다."

"그게, 범인이었나요?"

"아마도 그렇겠죠. 슈트케이스에 들어가지 않아서 두 팔을 잘랐을지도 모릅니다. 그래도 머리는 멀쩡히 있어서 피해자의 신원은 판명되었습니다. 그렇지만 아직 범인은 잡히지 않았어요. 시모쓰키 양은 역 구내에서 보지 못했나요?"

미쓰노부에 의하면, 목격자의 증언을 토대로 그려진 범인의 간단한 몽타주와 현장에 남겨진 슈트케이스의 특징을 기록한 경찰의 전단지가 다타센아키역에 붙어 있다고 한다.

"다만 태풍이 몰아치던 날 밤에 차 안에서 목격했을 뿐이니, 범인 몽타주라고 해도 거의 도움이 되지 않겠죠."

산책로에서 느낀 오싹한 기척은 그 공원의 사건과 관계가 있는 것일까……. 그렇게 무서운 상상을 하려다 마이코는 황급히 고개를 저었다.

그건 그렇고 갑자기 이런 화제를 꺼내다니, 이 사람은 대학의 문예부에서도 분명 호러 쪽을 담당했음이 틀림없다.

그렇게 그녀가 짐작하는 동안, 응접실로 안내받았다. 소파에 앉은 뒤로도 계속해서 토막 살인에 대한 이야기를 나누고 있는데, 서른 살 전후의 여성이 홍차 세트를 올린 티 왜건tea wagon(차 도구를 옮기는 데 쓰는 수레형 운반대_옮긴이)을 밀고 왔다.

"안녕하세요, 아내인 히나코입니다."

마이코는 황급히 일어나서 인사를 하면서 아름다운 사람이구나, 하고 놀랐다. 평범한 용모의 미쓰노부에게는 어떻게 봐도 아까운 상대다.

다만 대단한 미인이라는 첫인상이 지나간 뒤에는 눈앞에 앉은 히나코를 다시 바라보는 동안, 마이코는 이상한 기분에 사로잡혔다.

확실히 히나코의 용모는 단정했다. 머리카락, 이마, 눈썹, 속눈썹, 눈가, 콧날, 뺨, 귀, 입술, 턱, 목을 봐도 전혀 트집 잡을 곳이 없다. 하지만 전체를 보고 있으면 어째서인지 위화감을 느끼게 된다.

뒤틀린 듯한 느낌…….

문득 그런 말이 떠올랐다. 이 하카마야 저택을 바라보았을 때 밀려왔던 그 감각과 비슷한 것이, 어째서인지 히나코에게서도 느껴지는 것이다.

성형수술을 한 걸까?

그렇다면 설명이 된다. 그러나 마이코의 본능은 그렇지 않다고 말하고 있었다. 그러면 대체 무엇인가. 아무리 히나코를 보아도 알 수 없었다.

홍차를 마시며 잠시 이야기를 나누고 있는데, "아직 준비할 게 있어서요" 라며 히나코가 이야기를 끊고 자리에서 일어섰다.

"부부 동반으로 어딘가 가시는 건가요?"

여행이라도 가나 싶어서 묻자, 의외로 미쓰노부는 "업무입니다"라고 짧게 대답했다. 게다가 두 사람의 용무는 각기 다른 듯했다.

"이렇게 두 사람이 한 번에 외출하는 경우가 별로 없어서요."

그래서 빈집을 지킬 사람을 찾고 있었다며, 간신히 본론으로 들어갔다.

"이야기는 들었을 거라고 생각하는데, 이 집에는 아내의 백모님도 살고 계십니다."

"네, 그렇게 들었습니다."

"내가 아내와 결혼하기 전에, 아직 사귀고 있었을 무렵부터 백모님께는 커다란 신세를 졌어요. 지금 하는 업무를 맡게 된 것도 백모님의 도움이 있었기 때문이고, 지금까지 헤쳐 올 수 있었던 것도 여러 가지로 그분이 조언을 해주셨기 때문이죠. 그래서 내게도 백모님은 아주 소중한 분입니다. 그건 아내와 마찬가지인데……."

거기서 미쓰노부는 일단 말을 끊은 뒤에 아주 말하기 어렵다는 듯이 입을 열었다.

"다만 아내의 경우에는 그게, 조금 도가 지나쳐서 말이지요."

어떻게 대응해야 좋을지 알 수 없어서 마이코는 난처해졌다.

"백모님을 소중히 하고 있다는 차원이 아닙니다. 말하자면

숭배하고 있다고 해야 할지, 그야말로 떠받들고 있는 상태라서 말이지요."

이때 마이코는 오다기리가 말했던 대사—백모가 실은 그 집안의 수장이며 모든 사업을 뒤편에서 관장하는 것은 아닐까—를 떠올렸다.

"아무리 두 사람 모두 집을 비운다고 해도, 어린애도 아니고 하물며 거동이 불편한 나이도 아닙니다. 일부러 빈집을 봐줄, 같이 집에 있어줄 사람을 데려올 것까진 없는 게 아닐까 나는 생각해요."

아무래도 일의 흐름이 묘해지기 시작해서, 마이코는 가만히 입을 다물기로 했다.

"그것보다도 안이하게 타인을 집에 들이는 쪽이…… 아, 이건 딱히 시모쓰키 양이 어떻다는 의미는 아닙니다."

미쓰노부는 얼굴 앞으로 한 손을 살짝 흔들어 보였다.

"빈집을 지킬 사람이 아무리 믿음직스러운 인물이라고 해도, 실제로 백모님께는 낯선 사람이 집 안에 있는 쪽이 더 부담되는 게 아닐까 생각했어요."

"확실히 그런 문제가 있을지도 모르겠네요."

마이코는 무심히 대답했을 뿐이지만, 마치 동조자가 나타나기라도 했다는 듯이 미쓰노부는 기쁨을 드러내며 말을 이었다.

"그러니까 시모쓰키 양에게는 이상하게 들리겠지만, 백모님은 상관하지 않았으면 해요. 아니, 전혀 어려울 것 없는 일입니다. 백모님은 주로 3층에서 지내시기 때문에 거의 내려오시지 않거든요."

그 창가의 인물은 역시 백모님이었구나, 하고 마이코는 생각했다.

"3층에는 부엌에 냉장고에, 욕실과 화장실까지 생활에 필요한 것들이 전부 마련되어 있습니다. 그런 설비에 관해서는 어지간한 독신자의 집보다 충실하지 않을까 싶어요."

밖에서 올려다보았을 때는 그 정도로 넓어 보이지는 않았지만, 분명 실제는 다른 것이겠지.

"어쨌든 시모쓰키 양은 3층에만 올라가지 않으면 됩니다. 다른 곳은 자유롭게 돌아다녀도 상관없고, 사용하고 싶은 것이 있으면 부담 갖지 말고 사용해도 괜찮습니다."

"혹시 백모님께서 내려오시거나 하면……."

"그럴 일은 없을 거라 생각합니다만, 그때는 마주치지 않도록 노력해줄 수 있을까요? 아, 영화는 좋아합니까? 시어터 룸이 있는데, 그곳이라면 절대 백모님도 들어오지 않을 겁니다. 뭐, 당신이 3층에 가지 않는 한, 별 문제 없겠지요."

"알겠습니다. 절대 3층에는 올라가지 않겠습니다."

그렇게 약속하고 나서 문득 마이코는 그 첨탑이 신경 쓰여 물어보았다. 그랬더니…….

"아, 올라가도 상관없습니다. 백모님의 방 옆에 계단이 있으니까, 거기를 지날 때만 조용히 하면 딱히 문제는 없어요. 이 근방은 밤이 되면 아주 어두컴컴해서, 가키사와 쪽을 바라보면 맨션들의 야경이 참 아름답죠."

그런 뒤에 미쓰노부는 시어터 룸과 도서실로 마이코를 안내해주었다.

시어터 룸에서는 벽에 설치된 거대한 텔레비전 화면을 보고 감탄했지만, 삼면의 벽을 메우고 있는 비디오 컬렉션에도 깜짝 놀랐다.

대충 훑어보기만 해도 그 대다수가 미스터리나 호러 영화라는 것을 알 수 있었다. 그것은 도서실도 마찬가지여서, 서가를 가득 메운 것은 미스터리와 호러 소설들뿐이었다.

도서실에서 피터 스트라우브의 『줄리아』(1975)와 그 작품을 영화화한 <더 헌팅 오브 줄리아>(1977)에 관한 이야기를 미쓰노부가 하고 있는데, 히나코가 나타났다.

"여보, 준비는 다 됐어?"

"아니, 아직 하던 중이었어. 시모쓰키 양의 안내를 부탁해."

황급히 나가는 미쓰노부를 배웅하더니, 히나코는 도서실에 있는 독서용 소파로 자연스럽게 마이코를 이끌고서 새삼스러운 어조로 이야기를 꺼냈다.

"백모님에 대해 할 이야기가 있어요."

분명 미쓰노부에게서 들은 것과 같은 주의 사항일 거라고 마이코는 생각했다.

“미리 알려드려야 할지 상당히 망설였습니다만……. 만약 집에 불이라도 났는데 그것 때문에 돌이킬 수 없는 사태가 벌어지기라도 한다면, 하는 생각이 들어서 이 사실은 밝혀두는 편이 좋겠다고 저 나름대로 판단했습니다.”

그렇게 예고한 뒤, 히나코는 말도 안 되는 소리를 시작했다.

“실은 백모님 말씀인데, 이미 돌아가셨습니다.”

“네에?”

무슨 소리를 하는 건지 전혀 이해할 수 없었다. 한순간 이 사람이 제정신인가 마이코는 진심으로 걱정했다.

그러나 그런 마이코의 반응에 동요하지 않고, 히나코는 진지한 눈빛과 잘 타이르는 어조로 말했다.

“백모님이 돌아가신 것은 작년 여름 끝무렵이었습니다. 몸이 좀 편찮으시던 시기에 무더위가 겹쳐서인지, 감기에 걸린 건가 싶었는데 그만 손써볼 틈도 없이 돌아가시고 말았어요.”

“장례식은, 치르셨나요?”

바보 같은 질문을 하고 있다고 생각했지만, 저도 모르게 마이코는 확인했다.

“네, 가족들끼리만 모여서. 그러니까 당연히 묘도 있습니다.”

요컨대 백모가 죽은 것은 사실이며, 간단히 확인도 할 수 있다는 것을 히나코는 말하고 싶은 듯했다.

"하, 하지만……."

"맞습니다. 남편에게 백모님은 아직 살아 계시는 거죠. 정확히는 그분의 죽음을 인정하고 싶지 않다는 이야기가 될까요. 저와 사귄 사람들 중에 남편만큼 백모님의 마음에 들었던 남자는 없었어요. 결혼하기 전에도 그랬고, 우리 집안에 데릴사위로 들어온 뒤로는 더욱 귀여움을 받았지요."

"그래서 남편께서는 백모님이 돌아가셨다는 괴로운 현실을 좀처럼 받아들일 수 없었다…… 라는 이야기가 되는 건가요?"

히나코가 고개를 끄덕이는 것을 보고, 마이코는 좀 더 깊이 물어보고 싶어졌다.

미쓰노부는 백모가 살아 있다고 생각하는 척하는 것뿐일까, 아니면 정말로 살아 있다고 믿는 것일까…….

하지만 두려워서 물어볼 수 없었다. 만약 후자라면 정신적으로 상당히 위험하지 않을까, 하고 느꼈기 때문이다.

"이 이상, 사정을 밝히고 있을 시간은 없습니다."

히나코는 도서실 문에 흘끗 시선을 던지더니 말을 이었다.

"어쨌든 남편의 장단에 맞춰주세요. 그렇다고 뭔가를 할 필요는 없습니다. 그 사람은 백모님에게 상관하지 말라고 말했을 테니, 그 말대로 해주시면 돼요. 실제로 백모님이 돌아가시고 나서, 저도 남편도 백모님의 방에는 들어가지 않았습니다. 그대로 놔두고 있어요. 그러니까 당신도 이 집에서 하룻밤 동안, 영화를 보거나 독서를 하면서 자유롭게 보내시면…….”

그때 미쓰노부가 돌아왔다. 이후로 1층의 주방과 거실, 그리고 2층의 침실을 안내받은 후 마침내 설명이 끝났다.

다만 조금 묘했던 것은, 계단을 오르내릴 때 미쓰노부가 늘 가장자리로 다녔다는 점이다. 난간을 붙잡기 위해서일지도 모르지만, 그렇다고 해도 가장자리에 바짝 붙어 있었다. 생각해 보면 복도에서도 그는 가장자리를 걷고 있었던 것 같다. 버릇일까? 그러나 복도 한가운데를 걸었던 곳도 있었다. 장소에 따라 다른 걸까.

마이코는 고개를 갸웃거렸지만, 이내 히나코도 같은 행동을 하는 것을 깨닫고 아주 이상한 기분에 휩싸였다.

“내일 낮에는 둘 다 돌아올 예정이니, 같이 점심 식사를 하도록 하죠. 아르바이트비도 그때 드리겠습니다.”

현관까지 두 사람을 배웅한 마이코에게, 미쓰노부가 말을 걸었다.

“잘 부탁드립니다.”

히나코는 미소를 지으면서 인사를 했지만, 그 눈빛에는 ‘백모님은 없으니까 편하게 지내세요’라는 메시지가 명백히 깃들어 있었다.

두 사람이 각자의 차를 타고 출발하자, 집 안이 쥐죽은 듯 고요해졌다. 마이코밖에 없으니까 당연한 일이지만, 이 갑작스러운 정적은 참으로 기분 나빴다.

마이코는 대학 근처의 싸구려 연립주택에서 자취하고 있다. 그곳에서의 생활이란 곧, 주위에서 늘 어떠한 소리가 들리는 환경에 익숙해져야 하는 삶이었다. 옆집이나 위층 사람이 내는 소리, 길거리를 오가는 사람들의 소리, 집 주위에서 노는 아이들의 함성 등. 밤늦은 시간이 되지 않는 한 고요해지는 일은 없다. 아니, 심야에조차 자동차 달리는 소리가 들린다. 잡음이 멈추는 일이 결코 없는 곳이었다.

그런데 하카마야 저택은 무서울 정도로 적막했다. 귀가 먹먹해지는 듯한 고요함이라는 것이 이런 거구나 하는 생각이 들 정도로, 아무런 소리도 들리지 않는다.

밖에서는 까악까악, 하고 까마귀 울음소리가 들린다. 그것이 집 안의 적적함을 한층 돋보이게 만드는 것 같아서 싫었다. 더군다나 짙고 흐린 하늘에 금세 어둠이 퍼지기 시작했다. 앞으로 수십 분 안에 이 집은 완전히 밤의 장막에 덮여버리겠지.

조금 일찍 저녁을 먹자.

마이코는 주방에 가서 냉장고의 냉동실을 열었다. 그곳에 있는 음식으로 저녁 식사를 하라는 말을 들었는데, 종류가 너무 다양해서 깜짝 놀랐다. 이런 것까지 냉동식품으로 나왔구나 싶은 식재료도 있어서 놀랐다.

그래도 모험을 할 생각은 없어서, 무난하게 피자를 골라 전자레인지로 조리했다. 그 접시와 오렌지주스를 담은 유리컵을 식당의 식탁 매트 위에 놓고 막 먹으려고 하다가, 마이코는 망설였다. 집 안의 고요함이 다시금 신경 쓰였기 때문이다. 식사를 할 수 있는 분위기가 아니었다.

어쩔 수 없이 장소를 거실로 옮기고, 텔레비전을 보면서 먹기로 했다. 평소라면 절대 보지 않는 버라이어티 방송을 선택했다. 하지만 그 시답잖은 내용이 지금은 큰 도움이 되었다. 어쨌든 시끌벅적하기만 하면 뭐든 좋았다.

그러나 저녁 식사가 끝나고 텔레비전에만 집중하고 있자니, 다시 집 안의 정적이 신경 쓰이기 시작했다. 텔레비전 방송의 활기찬 분위기가 강해지면 강해질수록, 마이코를 둘러싼 고요함이 강조되었다. 하카마야 저택에 무겁게 내린 숙연함을 불식하기에는 텔레비전 속 버라이어티 쇼의 활기찬 분위기는 완전히 언 발에 오줌 누기, 아니 오히려 역효과일지도 모른다.

그렇다고 해서 티브이를 끌 용기가 그녀에게는 없었다. 헛된 저항인지도 모르지만, 지금 그녀가 할 수 있는 일은 볼륨을 높이는 것 정도다.

쿵.

그때, 위층에서 소리가 났다. 마치 시끄럽다고 항의하는 듯한 소리였다.

하지만 집 안에는 지금 마이코밖에 없다. 히나코의 백모는 세상을 떠났으니까…….

집이 삐걱거리는 소린가?

아무리 고급스러운 주택이라도 이따금씩 영문 모를 묘한 소리가 나는 법이다. 옛날 사람은 '야나리家鳴り'라는 요괴가 일으킨 것이라며 책임을 돌렸다. 마이코가 어릴 적 시골에 계신 할머니가 알려주었다.

그럼에도 불구하고 그녀는 곧바로 텔레비전을 껐다. 어째서인지는 스스로도 알 수 없다. 굳이 이유를 찾자면, 이상한 소리를 다시 듣고 싶지 않았기 때문일까. 그렇게 되면 그녀가 조금 전의 소리를 항의의 표시로 받아들인 게 되겠지만…….

마이코는 챙겨 왔던 토마스 하디의 단편집 「마녀의 저주」 문고본을 가방에서 꺼내지 않고, 바로 도서실로 향했다. 자취방에서 짐을 꾸릴 때, 장편소설을 가지고 가야 할지 망설였다. 하지만 아무리 백모의 시중을 들지 않아도 된다고는 해도, 독서에 너무 몰두하는 것도 문제일지 모른다고 생각해 단편집을 골랐던 것이다.

그러나 지금 와서는 하룻밤에 읽지 못할 분량의 장편을 읽으며 시간을 잊을 정도로 푹 빠지고 싶었다. 그렇게 시간을 보내다가 정신이 들고 보니 이미 한밤중이어서 바로 잠드는 상황이 되기를 바랐다. 당연한 이야기지만, 괴기소설은 제외하고 말이다.

그녀는 도서실의 책장에서 재미있어 보이는 본격 미스터리 장편을 발견하고 소파에 앉아 읽기 시작했다. 다행히 이 집의 오싹하리만치 고요한 환경이 독서에는 적합했는지, 어렵지 않게 작품 속 세계에 빠져들 수 있었다. 이거라면 눈 깜짝할 사이에 시간이 지나갈 게 틀림없다.

그런데 소설에 빠지면 빠질수록, 문득 현실로 돌아왔을 때 느끼는 적요가 더 어마어마해졌다. '무음의 압박감'이라고 형용해야 할 감각이 바짝 밀려든다. 이야기가 매력적이어서 열중하는 만큼, 잠깐이라도 현실로 돌아오면 도저히 견딜 수가 없다. 저택 안에 떠도는 적막한 공기가 피부를 찌르는 양 따갑게 느껴진다.

어떻게든 계속 읽으려고 했지만 소용없었다. 그 어떤 걸작이라도 이런 환경에서 제대로 읽는 것은 극히 어려울 듯했다.

아직 밤까지는 한참 남았는데…….

마이코는 기가 막혔다. 책을 읽을 수 없다면 뭘 해야 한단 말인가.

아, 영화 감상이 있었지!

곧바로 시어터 룸에서 봤던 수많은 비디오 컬렉션이 그녀의 뇌리에 떠올랐다. 이런 상황에서는 능동적인 독서보다는 수동적인 영화 감상이 분명 도움이 될 것이다.

그렇게 생각하고 도서실을 나와서 시어터 룸으로 향하는데…….

……터벅, 터벅, 터벅.

마치 2층 복도를 누군가 걷고 있는 듯한 기척이 났다.

그냥 집이 울리는 소리야.

그렇게 생각하려고 했지만 애초에 '야나리'라고 불리는 것은 집의 구조물이 삐걱거리는 소리라서, 방금 전과 같은 소리는 나지 않는다. 그것은 그녀도 알고 있었다. 그래도 억지로 스스로를 위안하며 서둘러 시어터 룸으로 향했다.

뛰어들 듯이 방 안에 들어가서 곧바로 벽을 뒤덮듯이 펼쳐진 비디오 선반을 바라보았지만, 무시무시한 제목들이 늘어서 있는 모습에 마이코는 금세 후회했다.

이웃집과 상당히 떨어져 있는 교외의 대저택에서, 혼자인 밤중에 일부러 무서운 영화를 보다니 완전히 자살행위다. 평소였다면 이런 상황을 즐겼을지도 모른다. 그렇지만 지금은 아니다. 그럴 여유는 티끌만큼도 없다.

거기서 마이코는 비디오 재킷 뒤에 적혀 있는 소개문을 눈으로 훑으면서 수수께끼 풀이가 메인인 미스터리 작품만을 고르기로 했다. 관객의 지적 흥미에 호소하는 내용이라면, 이런 환경에서도 감상할 수 있을 것이다.

우선 1959년에 제작된 프랑스 영화 <위험한 초대>를, 이어서 1973년 작 미국 영화 <쉴라호의 수수께끼>를 보았다. 중간에 부엌으로 주스를 가지러 갔던 것 외에는 계속 영화 감상에 전념했다. 덕분에 두 편의 감상을 끝내자 밤 11시가 지나 있었다.

한 편을 더 볼까 망설이다가, 마이코는 자신이 조금 지쳤음을 깨달았다. 이제는 샤워를 하고 쉬는 편이 좋을 것 같았다.

욕실은 넓고 화려해서, 미리 욕조에 물을 채우지 않은 것을 마이코는 조금 후회했다. 이 정도로 사치스러운 욕조에 잠길 기회는 좀처럼 없을 것이란 생각이 들었다. 샤워만 하고 끝내기에는 아까운 기회일지도 모른다.

욕실에서 나와 몸을 닦고, 가져간 잠옷으로 갈아입은 다음 그녀가 부엌으로 향하고 있을 때였다.

쿵.

위층에서 문이 닫히는 듯한 소리가 났다. 마치 누군가, 그녀가 욕실에 들어가 있는 것을 확인하기 위해 나왔다가 지금 막 방으로 돌아간 것처럼.

설마…….

한순간 그 자리에 얼어붙었다가, 황급히 주방으로 향했다. 냉장고에서 시원한 물을 꺼내 컵 한가득 따라서 단숨에 마셨다.

안도의 한숨도 잠시뿐, 마이코는 천장을 올려다본 뒤에 지금까지 방치하고 있던 문제에 간신히 생각을 집중했다.

애초에 백모는 살아 있는 걸까, 아니면 죽은 걸까…….

미쓰노부의 설명이 옳은 걸까, 혹시 히나코의 부정이 사실일까…….

그렇지만 히나코는 장례식도 치렀고 묘도 있다고 말했다. 양쪽 모두 조사하면 알 수 있는 일이다. 금방 들킬 거짓말을 일부러 할까?

히나코는 불이라도 난다면 어쩌고 하는 이야기를 했는데, 만일 그런 사태가 벌어졌을 때 마이코가 존재하지도 않는 백모를 구하려다가 변을 당하기라도 했다간 큰일이라고 걱정했기 때문일 것이다.

백모님은 역시 없고, 이상한 소리도 단순히 집이 삐걱거리며 난 게 아닐까.

그렇게 다시 생각했지만, 마이코는 이 집을 찾아왔을 때 3층 창가에 서 있던 사람의 형체가 문득 기억이 났다.

그러면 그건 대체……?

백모 사후에 3층 방에는 아무도 들어가지 않았다고 히나코는 말했다. 그렇다면 그 사람의 형체는 누구일까.

백모의 장례나 묘를 확인하는 일은 지금의 마이코에게는 불가능한 일이다. 그녀가 할 수 있는 일은 3층 방을 확인하는 정도일 것이다.

주방을 나가서 계단 쪽으로 향하려는 마이코를,

그곳에 가면 안 돼.

마음의 목소리가 멈춰 세웠다. 그러나 이대로 아무 일도 없었다는 듯이 잠드는 것은 도저히 불가능하다. 그녀를 움직이게 만든 것은 호기심이 아니라 명백한 공포심이었다.

미쓰노부에게 안내받았을 때는 깨닫지 못했는데, 계단에도 다른 곳과 같은 아치 형태로 장식이 되어 있었다. 2층의 복도도 마찬가지였다. 아무래도 문부터 집 안까지 그것들이 이어지고 있는 듯했다.

2층 복도 구석까지 나아가서 3층으로 올라가는 계단 아래까지 왔을 때, 역시나 마이코는 주저했다.

백모의 존재 유무를 떠나서, 하카마야 부부에게 3층에는 올라가지 않겠다고 약속을 했다. 이 계단을 올라가는 것은 두 사람의 신뢰를 짓밟는 짓이 된다. 이것은 빈집 지키기를 맡은 사람이 취해서는 안 되는 행동이 아닐까.

성실한 성격의 마이코는 한동안 이 문제로 갈등했다. 그런데 거기서 묘안이 떠올랐다.

그 탑에 올라가면 되잖아.

탑에는 들어가도 괜찮다고, 미쓰노부도 허가해주었다. 그러기 위해서는 3층으로 올라가야만 한다. 번듯한 구실이 생기지 않는가.

마이코는 3층으로 이어지는 계단을 천천히 한 계단씩 오르기 시작했다. 1층과 2층은 계단과 복도는 물론 실내의 모든 공간에 불이 켜져 있었다. 다만 이제부터 향할 3층은 아주 어두컴컴했다.

귀를 기울이면서 조심조심 계단을 오른다. 위층에서 뭔가 소리가 들리거나 조금이라도 기척을 느끼면 곧바로 뒤돌아 뛰어 내려갈 수 있도록 대비하고, 주의를 기울이며 나아간다.

이윽고 상반신이 3층의 어둠 속으로 들어가고, 갑자기 눈앞이 잘 보이지 않게 되었다. 저도 모르게 몸을 돌릴 뻔했지만, 어떻게든 참고 견뎠다.

어둠에 눈이 익기를 기다렸다가 나머지 계단을 다 오른 뒤, 서둘러 스위치를 찾아 불을 켰다.

계단에서 쭉 뻗어나간 3층 복도에 다다르자 복도 끝에 있는 중후한 문과 그 맞은편의 철제 계단, 그리고 양쪽 벽과 천장을 덮고 있는 낯익은 아치들이 보였다. 게다가 문 주위에는 문에 필적할 정도로 훌륭하게 장식된 아치가 있었다.

그 모양을 보고, 마이코는 어떤 사실을 깨달았다. 1층과 2층의 복도에는 아치가 없는 곳이 존재했는데, 3층의 복도와 두 개의 계단에는 그것들이 연속해서 만들어져 있었다.

어쩌면 일련의 아치는 문부터 건물 3층에 있는 백모의 방까지, 마치 방문자를 인도하는 것처럼 이어지고 있는 것이 아닐까. 어쩌면 반대로 백모의 방에서 하카마야 저택 밖으로 이어지는 이정표 역할을 하고 있을지도 모른다.

대체 무엇을 위해서……?

물론 어떤 용도인지는 완전히 불명이다. 다만 아치 자체에 뭔가 마음에 걸리는 것이 있었다. 그것을 떠올렸다고 해서 수수께끼가 풀릴 리는 없겠지만, 중요한 것을 깜빡하고 있다는 기분이 들어서 견딜 수가 없었다.

그런 생각을 하는 동안, 마이코는 어느새 문 앞에 서 있었다. 복도에 있는 다른 어느 방보다도 호사스러운 문이, 그곳에 있었다.

살며시 문의 표면에 한쪽 귀를 대자, 싸늘한 감촉이 뺨을 타고 전해져서 부르르 몸을 떨었다. 그래도 참고 귀를 기울이며 가만히 실내를 살폈다.

…… 아무런 기척도 없다.

역시 백모는 없고, 조금 전에 들었던 소리는 집이 삐걱거리는 소리에 지나지 않는 게 아닐까.

문손잡이에 손을 대고 마이코는 주저했다. 이 방을 엿보는 것은 명백히 도를 넘은 행위다. 무엇보다, 분명 잠겨 있을 것이다. 그렇게 생각하고 손을 떼려고 했지만, 다음 순간에는 문손잡이를 쥐고서 돌리고 있었다.

철컥철컥.

역시 돌아가지 않는다. 잠겨 있다. 유감스럽다기보다, 이것으로 간신히 안도할 수 있다며 마이코는 기뻐했다.

오던 복도를 돌아가다가, 모처럼 3층까지 왔으니까 탑에 올라가보기로 했다.

철제 계단을 걸어 올라가고, 층계참에서 방향을 꺾고, 눈앞에 나타난 문을 열고, 더 위로 올라갔더니 탑의 전망대가 나왔다. 저택 주위를 360도로 볼 수 있게 되어 있다.

미쓰노부가 말했던 대로 북쪽 가키사와 방면의 야경은 아주 훌륭했다. 빽빽이 들어서 있는 거대 아파트 단지의 창문으로 비치는 불빛이 맑은 밤하늘을 배경으로 반짝이고 있다. 그 밖에 다른 높은 건물이 없기 때문에, 더욱 아름답게 보인다.

하지만 그에 비해 하카마야 저택 주변은 거의 어둠에 가라앉아 있었다. 공원과 보도에는 가로등의 불빛이 보이지만 드문드문 멀찍이 떨어져 있고 그 수도 너무나 적다. 그래서인지 밤의 어둠을 불식한다기보다는 오히려 어둠을 돋보이게 만들고 있어서, 바라보는 것만으로도 어쩐지 등골이 오싹해졌다.

자신이 처한 상황을 다시 한번 인식하고 으스스함을 느낀 마이코는 얼른 2층의 침실로 돌아가서 쉬자고 마음먹었다.

탑에서 내려와, 문을 열고 층계참으로 나간다. 그리고 철제 계단에 한 발을 내딛었을 때, 앗 하고 숨을 삼켰다.

복도의 불이 꺼져 있어…….

탑으로 올라가기 전에는 확실히 켜져 있었다. 스위치는 마이코가 직접 켰고, 끈 기억은 전혀 없다. 그런데도 지금, 3층은 암흑천지였다.

밖으로 나갔었기 때문에 다행히 눈은 암흑에 적응해 있다. 그래도 발밑을 주의해서 조심스럽게 계단을 내려가며, 마이코는 시선을 **그 문**에서 떼지 않았다. 조명이 꺼진 원인이 3층의 저 문 안쪽에 있는 것은 아닐까 너무나 불안했기 때문이다.

그렇게 어둠 속에서 문을 응시하며 철제 계단을 내려가는 도중에, 그녀는 있을 수 없는 광경을 목도했다.

문이 조금씩 열리고 있어…….

실내에 불이 켜져 있는지, 문이 열리며 길쭉한 빛줄기가 서서히 굵어진다. 동시에 역광 속에 검고 섬뜩한 사람의 형체가 서 있는 것이 보이기 시작했다.

부스스한 긴 머리카락을 늘어뜨리고, 잠옷 위에 입는 여성용 가운 같은 것을 걸친 사람의 형체가, 조금씩 문 뒤편에서 나타나기 시작했다.

이윽고 문이 반쯤 열리고 사람의 형체가 온몸을 드러냈을 즈음, 마이코는 계단을 다 내려가기까지 세 단 정도 남은 지점에서 있었다.

한순간 공백이 있었다. 1, 2초도 채 되지 않을 시간일 것이다. 하지만 그녀에게는 몇 분처럼 느껴졌다. 그러다 갑자기, 서로 동시에 움직이기 시작했다.

마이코는 세 계단째에서 뛰어내리자마자 쏜살같이 2층으로 이어지는 계단을 향해 달렸다. 그녀의 등 뒤에서 **그것**이 쫓아왔다. 돌아보지 않아도 기척만으로도 충분히 알 수 있었다.

계단에 도달하자, 거의 구르듯이 뛰어 내려간다. 실제로 몸이 앞으로 기울어져서 조금만 더 기울어졌다간 머리부터 앞으로 구르게 될 것 같아 황급히 난간을 쥔다. 식은땀이 줄줄 흐른다. 계단 저 아래에서 목을 부자연스러운 방향으로 돌리고 있는 자신의 모습이 머릿속에 그려졌다. 등줄기에 식은땀이 흘렀다. 그러나 그러는 한편으로, 마이코는 순식간에 머리를 정신없이 굴리고 있었다.

대체 **저것**은 무엇인가.

어디로 도망쳐야 하는가.

전자를 생각할 여유는 전혀 없었고, 후자에 대해서는 곧바로 도서실과 시어터 룸이 떠올랐다. 어느 쪽인가로 뛰어 들어가서 문을 잠그면 되지 않을까 했지만, **저것**이 열쇠를 가지고 있으면 끝장이다. 백모의 방에 있었으니, 그럴 가능성이 높지 않을까.

그때 뒤에서 쿵쿵쿵쿵, 하고 계단을 뛰어 내려오는 발소리가 들려서 머릿속이 새하얘졌다. 남은 계단을 무사히 다 내려가는 것 외에는 생각할 수 없다.

2층의 계단에 내려서자, 묘한 아치들을 따라 1층으로 이어지는 계단으로 향한다. 뜻밖에도 아치가 길잡이가 되어준 것인

데, 그 순간 마이코는 깨달았다

밖으로 도망칠 수밖에 없어.

집 안에서는 붙잡힐 위험이 있다. 그렇게 생각을 고쳤지만, 가지고 왔던 짐을 어찌할지 고민했다. 가방은 거실에 놓아두었다. 벗은 옷가지들은 탈의실 바구니 안에 있다. 하지만 양쪽 모두 가지러 갈 겨를이 없다. 집 안을 이리저리 도망 다니면서 회수할 수 있지 않을까도 생각했지만, 쿵쿵쿵 쫓아오는 등 뒤의 발소리를 듣자마자 짐은 포기했다. **그것**과의 거리가 확실히 좁혀지고 있다.

마이코가 1층으로 이어지는 계단을 뛰어내리기 시작하자, 이내 **그것**의 기척도 뒤를 따라오기 시작했다. 둘 사이에 있는 것은 아마도 두세 계단 정도가 아닐까.

따라잡히겠어!

그렇게 겁먹은 순간, 오른쪽 어깨를 뭔가가 꽉 쥐었다.

"안 돼!"

비명과 함께 뿌리치며 더욱 속도를 높이려고 하다가, 발이 미끄러졌다.

콰당콰당콰당콰당!

엉덩이와 등을 모서리에 부딪히면서 계단을 굴러떨어진다. 공포와 아픔에 절규했지만, 한편으로는 거리를 벌렸으니 뿌리치고 달아날 수 있을지도 모른다고 생각했다.

그러나 계단 아래까지 떨어진 마이코는 곧바로 일어설 수 없었다. 온몸이 쑤셨다. 하지만 꾸물거리고 있다가는 모처럼 벌려놓은 거리가 금세 좁혀질 것이다.

초조해하는 그녀 곁에, "쿠당탕탕!" 하는 무시무시한 소리와 함께 **그것**이 내려왔다. 아무래도 마찬가지로 발을 헛디딘 것 같다.

황급히 몸을 비틀어 마이코가 피한 자리에 **그것**이 굴러떨어졌다. 그녀와 달리 앞구르기를 하는 듯한 자세였다. 그랬기 때문인지, 그대로 움직이지 않고 있었다.

거친 숨을 헉헉 몰아쉬면서도, 마이코는 눈앞의 **그것**에서 눈을 뗄 수 없었다. 한시라도 빨리 그 자리에서 벗어나고 싶을 텐데, **그것**이 신경 쓰였다. 지금 바로 도망쳐야 한다고 생각하면서도 도무지 몸이 움직이지 않았다.

그러자 **그것**이 슥 고개를 들었다. 얼굴 앞을 가린 긴 머리카락 사이에서 보이는 번쩍이는 눈동자가, 가만히 마이코를 노려보고 있다.

**그것**과 시선이 마주친 순간, 마이코의 목덜미 털이 곤두섰다. 오싹하는 느낌이 들자마자 그녀는 벌떡 일어나 도망치고 있었다. 아무리 심한 몸의 아픔도, 역시 압도적인 공포 앞에서는 경감되는 듯하다.

하지만 뒤쪽에서도 마찬가지로 **그것**이 일어선 기척이 느껴졌다. 대체 **저것**을 움직이는 것은 어떤 감정일까.

비틀거리면서 마이코는 현관으로 향했다. 어쨌든 이 집 밖으로 도망칠 필요가 있다. 나머지 일들은 나중에 생각해도 된다.

뒤에서 곧바로 불규칙한 발소리가 쫓아왔다. 하지만 조금 전의 추락으로 상당한 타격을 입은 듯했다. 지금이 거리를 단숨에 벌려서 완전히 도망칠 수 있는 찬스였다.

간신히 현관에 도달해 신발을 신고 문을 열려고 하다가, 자기도 모르게 그녀는 절망의 비명을 질렀다.

문에는 두 개의 잠금장치와 도어체인이 채워져 있었다. 그 세 가지를 잠근 사람은 물론 마이코다. 하카마야 부부가 나가자마자 그녀 본인이 채웠다.

문득 돌아보니, **그것**이 복도 구석에서 막 모습을 드러내고 있었다.

마이코는 두 손을 사용해서 거의 동시에 두 개의 잠금장치를 풀었다. 그리고 오른손으로 도어체인을 푸는 찰나에, **그것**이 단숨에 달려드는 기척을 느꼈다. 서둘러 체인을 풀고 문을 열었다. 그리고 밖으로 뛰쳐나가자마자 사력을 다해 문을 닫았다.

"쿵!" 하는 묵직한 소리를 등 뒤로 들으며 필사적으로 문을 빠져나온 그녀는, 곧바로 계단을 뛰어내려서 하카마야 저택 부지에서 뛰쳐나왔고, 그 뒤로는 다타센아키역을 향해 달려갔다.

비틀거리면서도 끊임없이 뒤편에 주의를 기울였다. 지금이라도 **그것**이 길을 따라 추격해오지 않을까 신경이 쓰여 견딜 수 없었다.

지칠 대로 지쳐서 쓰러지기 일보 직전에야 간신히 역이 눈에 들어오기 시작했다. 행인은 많지 않았지만, 모두가 잠옷 차림의 그녀를 호기로운 시선으로 바라본다.

딱 한 대 주차돼 있던 택시에 올라타고 목적지인 자취방에 가면 돈이 있다고 말하자, 운전사는 잠시 주저했지만 곧 차를 출발시켰다. 사정을 물어보지 않을까 걱정했지만 주행 중에도 아무 말이 없어서 가슴을 쓸어내렸다. 가령 질문을 받았다고 해도 제대로 대답할 수 없었을 것이다.

상당한 거리를 달려서 요금이 많이 나왔을 즈음에 간신히, 자취하는 연립주택 앞에 도착했다. 우편함의 문 뒤편에는 만일을 대비해 여벌의 열쇠를 테이프로 붙여두었다. 문에는 숫자 조합식 자물쇠를 채워두었으므로 안심이다.

택시비를 내고 집에 돌아온 뒤, 마이코는 침대에 쓰러지듯 드러누웠다. 흥분으로 잠이 오지 않았지만 그대로 아침까지 시간을 보내고, 다음 날은 집에서 한 발짝도 나가지 않았다.

그리고 그다음 날, 하카마야가家에서 택배가 도착해서, 깜짝 놀라는 한편으로 무서워졌다. 조심조심 상자를 열어보니, 그 안에는 마이코의 가방과 의복, 그리고 오다기리에게서 들었던 금액의 열 배에 달하는 아르바이트비가 들어 있었다.

연휴가 끝나고 학교에 간 마이코는, 동아리 선배들에게 오다기리에 대해 물어보았다. 그때 알게 된 사실인데, 실은 아무도 오다기리를 몰랐다. 오다기리가 몇 년 전에 졸업했던 부장의 이름을 말했기 때문에 선배들도 오다기리가 자기들 이외의 부원과 면식이 있을 거라고 굳게 믿어버린 듯했다. 그 정도로 오다기리가 능숙하게 행동했다는 이야기가 된다.

이 가짜 졸업생은 문예부의 고학년들에게, 상경해서 자취하는 신입생이 없는지 넌지시 알아보았다고 한다. 연휴 기간 중에 조건 좋은 아르바이트가 있는데, 원래 예정되었던 사람이 건강이 나빠졌다는 설명과 함께.

참고로 과거의 인명부를 조사해본 결과, 미쓰노부는 확실히 문예부에 속했던 졸업생임이 판명되었다. 그렇지만 알게 된 사실은 그것뿐이었다.

결국 그날 밤의 사건을, 마이코는 누구에게도 말하지 않았다. 짐은 전부 돌아왔고, 고액의 아르바이트비도 받았다. 무엇보다 그녀 자신이 더 이상 기억해내고 싶지 않았다.

그 기억이 되살아난 것은 그해 여름 방학에 친구와 모 지방으로 놀러가서 어느 신사에 참배했을 때였다. 그곳에서 마이코는 문득 떠올렸다.

하카마야 저택에서 봤던 문과 일련의 아치들은 혹시 도리이鳥居(신사의 입구에 세우는 기둥 문_옮긴이)였던 게 아닐까. 백모의 방과 외부의 어딘가를 잇는 역할이, 그 아치들에 있었던 것은 아닐까. 그렇기에 미쓰노부도 히나코도, 그 아치가 있는 계단과 복도에서는 늘 가장자리로 걸었다. 왜냐하면 도리이부터 신사를 잇는 참배 길의 한복판은 신이 다니는 길이기 때문이다. 옛날에 할머니에게 그렇게 들었다.

물론 이 해석이 옳다고 한들, 그럼에도 알 수 있는 게 없다는 사실은 그대로다. 이것저것 생각해봤자 헛수고인지도 모른다.

하지만 몇 달이 지났음에도 그날 밤에 대체 내게 무슨 일이 일어나려 했던 걸까, 하는 상상을 하는 것만으로 마이코는 등골이 오싹해지는 것을 느꼈다.

그때였다. 다타센아키의 공원에서 발견되었다던 유기 사체의 의미를, 마이코는 별안간 이해한 듯한 기분이 들었다.

두 다리를 벌리고 눕혀진 시체의 배 위에, 절단된 두 짝의 팔이 가로로 얹혀 있다…….

그 시체의 하반신 형태는 도리이를 나타내고 있는 것이 아닐까. 마이코는 키가 크고, 팔다리가 길다…….

동기는 전혀 알 수 없지만, 범인이라면 짐작 가는 인물이 있었다.

부스스하게 흐트러진 가발의 긴 머리카락 사이로 보이던, 광기 서린 미쓰노부의 눈동자를 마이코는 아직도 잊을 수 없었으니까…….

하지만 그것도 잘 생각해보면 이상했다. 왜냐하면 마이코가 문에서 인터폰을 누르고 현관으로 미쓰노부가 맞으러 나올 때까지, 3층의 창문에는 계속 사람의 형체가 비치고 있었기 때문이다.

그렇다면 그 형체는 대체…….

# 막간 (1)

그다음에 도키토 미나미와 만난 것은 2013년 9월 초순이다. 그 만남이 이루어지기 석 달 정도 전에 메일을 받았던 것으로 기억한다. 왜냐하면 내가 그해 ≪소설 스바루≫ 8월호에 '특별 요리'라는 제목의 칼럼을 썼기 때문이다.

두 번째 용건도 ≪소설 스바루≫에 실을 괴기 단편 집필 의뢰였다. 다만 지난번 같은 호러 특집호가 아니라 2014년 1월호의 '신년맞이 인기 작가 특집호'에 써줬으면 한다는 말을 들었다. 결코 '인기 작가'가 아닌 나는 상당한 낯간지러움을 느꼈지만, 물론 기꺼이 받아들였다.

그리고 잠시 잡담을 나눈 뒤,

"너무 성급한 것 같아 죄송합니다만, 두 번째 작품의 구상은 해두신 게 있나요?"

그렇게 도키토가 질문해왔다. 바로 전작에 나온 것을 연상한 건지 모르겠지만, 나는 어느 카세트테이프와 MD의 존재를 떠올렸다.

"실은 편집자로 일하던 시절에, 취미로 실화 계열 괴담을 취재한 적이 있습니다."

"네. 잘 알고 있습니다. 쓰신 작품들 속에서도 그 취미에 대해 언급하고 있지요."

"아, 그랬던가요?"

"그때 취재하셨던 이야기가 두 번째 작품의 기반이 되는 건가요?"

그녀가 흥미진진한 눈빛으로 물어서, 나는 황급히 손을 내저으며 말했다.

"아뇨, 구체적인 근거가 있는 것은 아닙니다. 그냥 체험자에게 이야기를 들을 때, 최대한 상대의 허가를 받고서 카세트나 MD에 녹음하고 있었다는……."

그렇게 말하는 중에 갑자기 도키토가 끼어들었다.

"그, 그 카세트나 MD는 아직 남아 있나요?"

"네? 음……. 본가에 있기는 할 텐데……."

나는 눈빛이 달라진 도키토를 불안하게 바라보며 대답했다.

"「죽은 자의 테이프 녹취록」이라는 첫 번째 작품이 그런 내용이었죠. 그걸 생각하면, 선생님께서 지금 괴담이 녹음된 카세트나 MD의 존재를 갑자기 떠올리신 것도 운명인 것처럼 들립니다."

"그런가요?"

"네. 그러니까 다음 작품도, 녹음된 괴이담을 기초로 해서 써주시는 것은 어떨까요? 물론 독자는 알 수 없는, 말하자면 이면의 규칙입니다만."

"요컨대 카세트와 MD에 녹음된 체험담에서 두 번째 소재를 찾는다는 겁니까?"

"그렇습니다."

"생각대로 잘될까요? 확실히 양은 좀 되지만, 대부분이 써먹기 힘든 이야기라고 생각하는데."

도키토의 열렬한 의지와는 반대로, 나는 시큰둥했다.

"유감스럽지만 이런 쪽 이야기는 당사자에게는 전율이 이는 체험일지라도 제삼자가 들으면 아무렇지도 않은 경우가 많습니다. 그중에서 소설의 소재가 될 만한 체험을 발견하는 것은 실은 상당히 어렵죠."

"그런가요?"

도키토는 아쉬워하는 표정을 지었지만, 금세 마음을 추스르며 말했다.

"하지만 모처럼의 기회니까 제가 그 카세트와 MD를 들어보는 건 어떨까요?"

그녀가 깜짝 놀랄 만한 제안을 해왔다.

"원고 마감까지 다행히 아직 시간이 있습니다. 그렇죠. 다음 주중에 카세트와 MD를 보내주시면, 전부 다 듣기는 힘들어도 어느 정도 확인은 할 수 있을 거예요. 그리고 제가 듣는 동안, 선생님께서는 만일을 대비해서 두 번째 작품의 구상을 해두시는 거죠."

"소재가 되는 이야기가 발견되지 않았을 때의 보험인가요?"

"이 방법이라면 선생님의 시간을 헛된 것으로 만들 걱정도 없고요."

"하지만 그러면 도키토 씨가 수고를……."

"괜찮습니다. 이것도 편집자의 업무니까요."

진지하게 대답한 뒤에, 도키토가 갑자기 싱긋 웃었다.

"그리고 솔직히 말하자면, 개인적으로 아주 흥미가 있어요."

"괴담이 녹음된 카세트와 MD에?"

"네. 뭐니 뭐니 해도 체험자의 육성이잖아요. 그걸 직접 들을 수 있다니, 그런 경험은 좀처럼 하기 힘들죠."

이때의 그녀의 표정은 이미 편집자의 그것이 아니었다. 어떻게 봐도 괴담 애호가의 얼굴이었다.

나는 잠시 망설였지만 결코 나쁜 제안은 아니었기에 결국 받아들이기로 했다. 본가에 연락해서 카세트테이프와 MD를 보내달라고 한 뒤, 그것이 재생 가능한지를 확인한 다음 도키토에게 보냈다. 그러는 동안, 왠지 흐릿한 불안을 계속 느꼈다. 하지만 어째서인지는 알 수 없었다.

이런 일은, 그만둬야 하지 않을까?

내면의 목소리가 그런 식으로 귓가에 속삭이는 기분이 들었다. 그러나 그 이유를 전혀 알 수 없었기에 점차 나는 초초해지기 시작했다. 도키토와 의논할 때는 내 쪽에 아무런 리스크도 없을 거라고 생각했는데, 엄청난 오산이었는지도 모른다.

이런 불안과 초조함이 수그러든 것은, 도키토에게서 "몇 가지 재미있는 체험담을 찾아냈습니다"라는 내용의 메일이 도착했을 때였다. 놀랍게도 그녀는 체험자의 이야기를 받아 적은 문서 파일을 첨부했다. 읽자마자 괴기 단편의 소재로 써먹을 만한 이야기를 발견함과 동시에, 그녀의 대응에 몹시 감탄했다.

이렇게 완성시킨 것이—신년호에 어울리는 내용은 아니었지만—《소설 스바루》 2014년 1월호에 발표한 「빈집을 지키던 밤」이다.

첫 번째와 두 번째 작품의 의뢰 사이에 공백이 있었기 때문에 세 번째 의뢰가 있다고 해도 아마 시간이 걸릴 거라고 생각했는데, 도키토에게 금방 연락이 와 2014년 5월 하순에 다시 만나게 되었다. 앞의 두 번과는 달리, 이탈리아 식당이 아니라 모 패밀리 레스토랑에서 만난 것으로 기억한다. 의뢰는 마찬가지로 괴기 단편의 집필이었지만, 이후로는 정기적으로 써줬으면 한다는 말을 들었다. 게다가 도키토는 연작 단편을 희망했다. 요컨대 한 편씩은 독립된 이야기지만, 단행본으로 엮어서 모든 단편을 읽으면 전체적으로 이어지는 구성이다.

물론 반가운 제안이었다. 하지만 이때 나는 잡지 ≪메피스토≫에 괴기 단편을, ≪미스터리 매거진≫에 '범죄 란포환상'의 연작 단편을 집필하고 있었다. 게다가 신작 장편 의뢰도 상당히 쌓여 있는 상황이었다. 그런 데다 ≪소설 스바루≫에는 두 작품을 이미 발표한 상태였기 때문에 그것들을 감안해서 연작으로 써나가야만 하는 문제도 있었다.

그렇다고 해도 내게 괴기 단편이란 너무나도 쓰고 싶은 분야와 형태가 어우러진 소설이기에, 다소 무리해서라도 받아들이고 싶은 마음이 강했다.

그녀와 상담한 결과 다른 두 잡지와 마감이 겹치지 않게, 그러면서도 같은 간격으로 게재가 되도록 고려하여 ≪소설 스바루≫에는 넉 달마다 싣기로 했다. 삽화는 앞선 두 작품과 마찬가지로 내가 좋아하는 나라키 하치 씨에게 계속 의뢰하기로 결정했다.

어려웠던 연작 단편의 구성도, '괴담의 테이프'라는 이면의 설정을 사용하는 안을 생각했다. 도키토에게 제안하자 "재미있어 보이네요"라면서 응해주었다. 다만 각 작품을 발표 순서

대로 늘어놓기만 해서는 평범한 단편집이 되어버린다. 독자에게 연작의 의미가 전해지지 않는다. 그래서 간단히 내가 '머리말'을 쓰기로 했다. 모든 작품의 소재가 꽤 오래전에 녹음된, 괴이현상을 겪은 사람들의 체험담이라고 글 첫머리에 설명하는 것이다.

"이것으로 저도 카세트와 MD의 녹취에 더더욱 의욕이 생기네요."

그 말대로 도키토는 신속하게 쓸 만한 체험담을 텍스트로 옮겨서 메일로 계속 보내주었다. 덕분에 《소설 스바루》 2014년 9월호에 실린 「우연히 모인 네 사람」을 쓸 수 있었다.

그런데 도키토가 보내온 메일에, 여름 끝자락부터 묘한 문장이 섞이기 시작했다. 처음에는 뭔가 실수로 썼으려니 했지만 아무래도 그렇지가 않은 듯했다. 마치 내게 읽으라고 쓰고 있는 듯했다. 아니, 아무런 설명도 없으므로 단언할 수는 없지만 그렇게 느껴졌다.

그 내용이란 것이…….

'홍차를 마시려고 하면, 어쩐지 이상한 것이 비칩니다.'

'자판기 안에 뭔가 있는 걸까요?'

'샤워를 하고 있으면 맑은 날인데도 빗소리가 들립니다.'

이렇게 너무나 엉뚱한 것들이었다. 전후 문장과 조금도 관계 없는, 맥락 없는 한 문장이 갑자기 섞여 있다. 도무지 의미를 알 수 없다. 물론 적혀 있는 내용은 이해할 수 있지만, 무슨 말을 하고 싶은지 도통 이해할 수 없었다.

역시나 신경이 쓰여서 전화를 걸어보았다. 처음에는 에둘러 물어보았지만, 진전이 없어서 단도직입적으로 물었다. 그랬더니 도키토는 잠시 입을 다물었다가 대답했다.

"그런 이상한 문장이, 제가 드린 메일에 적혀 있었다는 말씀이신가요?"

"네. 그것도 갑자기 튀어나온다고 할까, 중간에 끼워 넣은 느낌이라고 할까."

설명을 하다 보니, 그녀의 말투가 조금 마음에 걸렸다.

"이 전화를 받고 놀랐다는 것은, 실제로는 아무것도 쓰지 않았다는 겁니까?"

"…… 네."

"하지만 왠지 모르게 도키토 씨가 납득하는 기미가 느껴지는 건 내 기분 탓일까요?"

그렇게 말을 잇자 다시 그녀는 침묵하다가 대답했다.

"…… 역시 선생님은 예리하시네요."

"그렇다면 분명?"

"그 기묘한 문장의 내용은, 요 몇 달 사이에 제가 직접 체험했던 일들이거든요."

"네에?"

이번에는 내가 말을 잃을 차례였다.

"하지만 저는 선생님께 보낸 메일에 그런 내용은 한마디도 적지 않았습니다. 저는 메일을 다 쓴 뒤에는 반드시 다시 한번 읽어보거든요. 그러니까 만일 그런 문장이 섞여 있었다면 보내기 전에 반드시 깨달았을 거예요."

"참으로 이상한 일이군요."

요컨대, 문제의 문장에 거짓은 없다는 이야기다. 하지만 도키토는 그런 문장을 쓴 기억이 전혀 없다. 평소 같으면 그녀의 짓궂은 장난이 아닐까 의심했겠지만, 아무리 생각해도 그건 아니다. 그녀와는 고작 세 번밖에 만나지 않았지만, 그 정도의 판단은 할 수 있다.

"도키토 씨가 겪었다는 체험을, 구체적으로 설명해주실 수 있겠습니까?"

전화로 들은 이야기를 정리하면 아래와 같다.

그녀는 매일 아침마다 홍차를 마시는 습관이 있었다. 설탕과 우유를 넣지 않은 홍차를, 매일 아침마다 빵이나 과일과 같이 먹는다. 어느 날 아침, 평소와 마찬가지로 홍차를 마시려고 하는데 컵 안에 묘한 것이 비쳤다.

반원형의 그림자…….

호박색에 가까운 홍차의 수면에, 그녀가 입을 대려고 한 컵 가장자리의 반대편에 그것이 아주 작게 비치고 있다. 처음에는 벌레인가 했지만, 그런 것은 어디에도 없었다. 그렇다고 해서 빛이 반사된 것도 아닌 듯했다. 도무지 이유를 알 수 없었지만, 출근 전이라 시간이 없어서 깊이 생각하지 않고 그날은 그대로 출근했다.

그 뒤에도 그녀는 이 기묘한 그림자를 보게 되었다. 매일은 아니지만, 그것은 갑자기 나타났다. 게다가 형태가 조금씩 바뀌어간다.

반원에서 커피콩 같은 모양으로…….

커피콩 모양의 한쪽 끝이 움푹 들어가고, 조금 늘어난 형태로…….

조금 늘어난 끝이 좌우로 넓어지고, 커피콩의 두 배도 넘는 크기로…….

솔직히 더 이상 보고 싶지 않았지만, 도키토는 어느새 그것의 변화에서 눈을 뗄 수 없게 되어버렸다. 하지만 어느 날 아침, 그 형체의 정체를 깨닫자마자 소름이 돋았다.

사람의 형체였다. 요정처럼 작은 사람의 상반신이 홍차의 수면에 아른거리고 있었다. 마치 컵의 가장자리 밖에 달라붙어 조금씩 기어서 올라온 것처럼.

그녀는 아침 식사 때 홍차 마시기를 그만두었다고 한다.

두 번째는 회사 근처의 자동판매기를 이용하려고 하다가, 문득 주저했던 이야기였다. 그 자판기에서 몇 번인가 녹차나 생수를 샀고, 이제까지 특별히 문제도 없었다. 그럼에도 불구하고 어째서인지 갑자기 불안해졌다.

이 기계 안에 뭔가가 있어서, 내가 무슨 음료수를 고르더라도 그것과는 다른 물건을 배출구로 떨어뜨리는 것이 아닐까.

갑자기 그런 생각이 뇌리에 떠올랐다. 너무나도 엉뚱한 망상이라서, 자신이 더위를 먹었나 하는 생각에 조금 당황했다. 그늘로 자리를 옮겨 마음을 가라앉히자 곧바로 그 이상한 생각이 옅어지기에 역시 더위 탓이라고 생각했다.

그런데 다시 자판기 앞에 서자마자 같은 공포가 엄습해왔다. 그 뒤로 그곳은 피해 다니고 있다고 한다.

세 번째는 회사에서 퇴근 후, 밤늦게 욕실에서 샤워를 하고 있을 때의 이야기다.

쏴아아…… 하는 소리가 갑자기 들려오기 시작했다. 퇴근길에는 맑았는데, 아무래도 비가 내리는 모양이다. 요즘 이야기하는 게릴라성 호우인 듯했다. 그렇게 생각하면서 물을 잠그자, 빗소리도 뚝 끊어졌다.

…… 우연인가?

그렇다고 해도 부자연스럽다. 다시 한번 샤워기를 틀었더니, 쏴아아…… 하고 빗소리가 나기 시작했다. 물을 잠그자 그 소리도 멈췄다. 샤워기 물줄기 소리가 아니다. 이제까지 비슷한 현상은 한 번도 없었다. 게다가 묘한 소리는 물을 틀고 잠그는 타이밍과 약간 어긋난 채로 시작된다.

이 괴상한 소리도 갑자기 들리기 시작했기 때문에, 결국 샤워를 꺼리게 되고 말았다. 귀찮아도 목욕물을 데워서 욕조 안에서 몸을 씻게 되었다고 한다.

"어떻게 생각하시나요?"

이야기를 마친 뒤에 도키토가 물었다.

"호러 작가 입장에서는, 사연이 있는 카세트와 MD의 녹취를 한 탓에 그 앙화殃禍가 미친 게 틀림없다⋯⋯ 라고 말해야 좋을지도 모르겠지만, 솔직히 전혀 모르겠습니다."

"역시 저의 착각, 기분 탓일까요?"

"음, 아마도 그럴 거라고 생각합니다. 그렇다고 해도 각각의 현상이 이상할 정도로 구체적이어서⋯⋯."

"엑⋯⋯ 그렇다면 그 카세트나 MD가⋯⋯."

"정말로 영향을 미친 것처럼 생각되기도 하지만⋯⋯."

일단 그렇게 긍정하고 나서, 나는 중요한 지적을 했다.

"그럴 경우 「빈집을 지키던 밤」이나 「우연히 모인 네 사람」의 소재가 되는 체험에 가장 가까운 괴이와 만나지 않을까요?"

"아, 그러네요."

그녀의 목소리가 갑자기 바뀌기에, 나는 이어서 구체적인 사례를 열거했다.

"이제까지의 작품에 난쟁이 같은 괴물이 나온다든가 자판기나 샤워기 물소리에 관한 기괴한 사건이 그려졌다든가 하는 공통점이 있다면야 그나마 이해가 될 것도 같지만, 실제로는 그렇지 않지요."

"선생님께서 자주 쓰셨듯이 '영문 모를 괴이에도 실제로는 어떤 법칙성이 감춰져 있는 경우가 많다'라는 진리군요. 그걸 떠올렸어야 했어요."

"아니, 그런 것을 '진리'라고 부르는 건 아무리 그래도 좋지 않아요."

"그런가요? 실화 괴담을 소재로 한 작품들로 그걸 몇 번이나 증명하셨잖아요."

"저기, 그게……."

나는 설명이 궁해졌다. 도키토가 떠올렸을 내 작품 중 몇 가지는, 분명 그런 해석이 가능한 작품이다. 그러나 나는 그것들을 어디까지나 소설로서 쓰고 있다.

하지만 결국, 나는 아무 말도 하지 않았다. 지금의 대화로 그녀가 납득하고 자신에게 일어난 기묘한 현상에 대해 그저 기분 탓이라며 안심했다면, 그대로 놔두는 편이 좋다고 생각했기 때문이다.

그렇지만 더 이상 그 카세트와 MD에 관여하게 놔둬서는 안 된다고 생각했다. 그래서 다음번 《소설 스바루》에 실을 작품 소재는 내가 직접 찾을 테니까 더 이상 괴담 테이프를 녹취할 필요는 없다고 전했고, 그녀도 "알겠습니다"라고 순순히 대답했다. 하지만 그것으로는 충분하지 않았다. 내 생각이 어설펐다고 말할 수밖에 없다.

# 怪談のテープ起こし

# 우연히 모인 네 사람

대여섯 명에서 열 명 정도의 서로 처음 만나는 사람들이 우연히, 혹은 초대를 받아서 산속에 있는 오래된 성이나 외딴섬의 대저택에서 만나게 된다. 그리고 그곳에서 무시무시한 사건이 벌어진다…….

이런 이야기는 미스터리 계열 소설이나 영화에서 옛날부터 선호되어온 설정이다.

서로의 정체를 모르기 때문에 사건이 벌어지면 누구를 믿어야 할지 알지 못하고, 괜한 의심에 사로잡히게 된다. 그렇게 서스펜스 넘치는 환경을 손쉽게 만들어낼 수 있다는 점이 이 설정이 인기를 끄는 이유 중 하나라고 생각한다.

그 대표작으로 가장 먼저 애거사 크리스티의 『그리고 아무도 없었다』(1939)를 꼽는 것에 아마도 이견은 없으리라 생각한다.

U. N. 오언이라고 자신을 소개한 수수께끼의 인물로부터 편지를 받고 데본주 앞바다의 병정섬(초판의 '흑인섬'도 개정판의 '인디언섬'도 차별적 표현으로 간주되어 현재는 이렇게 표기되고 있다)의 대저택에 찾아온, 나이도 직업도 경력도 제각각인 열 사람의 남녀. 초대자가 모습을 보이지 않는 식탁에 오싹한 마더구스 동요가 흐르고, 초대 손님 전원의 과거 범죄를 폭로하는 목소리가 들려온다. 이윽고 한 명, 또 한 명…… 열 명의 손님들은 동요의 가사대로 차례차례 살해되어간다…….

이 작품이 무대에서, 영화에서, 그리고 텔레비전 드라마에서 몇 번이고 언급되는 것은 이와 같은 기묘한 설정이 너무나도 매력적이기 때문이다. 일면식도 없는 사람들이 한 장소에 모인다는 상황을 다룬 작품 중 플롯을 포함하여 이 작품이 가장 성공적이었음은 자명한 사실이다.

영화로는 <그리고 아무도 없었다>(미국, 1945), <모습 없는 살인자>(영국, 1965), <그리고 아무도 없었다>(이탈리아·프랑스·스페인·서독, 1974), <열 명의 흑인 소년>(소련, 1987), <사파리 살인 사건>(미국, 1987)까지 다섯 번이나 만들어졌다. 다만 원작에 충실한 것은 소련 작품뿐이고, 다른 것들은 작가가 이 작품을 무대극으로 만들기 위해 집필했던 각본을 바탕으로 했기 때문에 각기 나름의 변주가 이루어져 작품들 간에 상당한 차이가 있다.

참고로 여섯 번째 영화화는 아널드 슈워제네거 주연의 액션물 <사보타지>(미국, 2014)라고 하니 참으로 놀랄 일이다. 대체 원작의 요소가 얼마나 남아 있을지 불안해하는 것은 나뿐만이 아닐 것이다.

이와 같은 서론을 늘어놓았다고 해서 이 글에서 소개하는 오싹한 체험담이 『그리고 아무도 없었다』와 비슷한 이야기인 것은 결코 아니다. 당시 체험자의 심정을 헤아려보는 데 이 정도로 어울리는 작품은 없으리라 생각해서 처음에 언급한 것일 뿐이다.

또한, 이제부터 적게 될 오싹한 이야기를 체험자—'오쿠야마 가쓰야'라고 해두자—로부터 내가 직접 들은 것은 아니다. 특정 분야의 전문서를 많이 내는 모 출판사의 아는 편집자가 어느 자리에서 한 이야기를, 내가 카세트테이프에 녹음한 것뿐이다. 본래대로라면 그 편집자에게서 체험자를 소개받아 내가 다시 취재를 해야 하겠지만, 그 사람과는 이미 연락이 끊겨 도저히 찾을 수 없었다.

지금부터 소개하는 이야기는, 문제의 체험담을 오쿠야마 가쓰야의 시점에서 재구성하고 정리한 것이다. 만일을 위해 말해두자면, 이 원고에 나오는 고유명사 대부분은 가명이다. 그럼에도 문제가 생긴다면, 그 책임은 저자에게 있음을 밝혀둔다.

# 2

오쿠야마 가쓰야는 이마의 땀을 닦으면서 약속 시간보다 3분 늦게 S역 남쪽 출구에 간신히 도착했다. 고작 3분이라고 생각하는 사람도 있겠지만, 약속한 상대가 가쿠 마사노부라면 이야기가 다르다. 그런데 아무리 주위를 둘러보아도 가쿠의 모습이 보이지 않았다.

아직 안 왔나?

그는 안도하면서도 곧바로 고개를 갸웃했다.

무슨 일에나 꼼꼼한 가쿠는 아르바이트를 할 때도 언제나 시간을 엄수했다. 약속 시간에 늦다니, 전혀 가쿠답지 않다.

그렇지만 이 상황에서는 가쿠 씨를 기다릴 수밖에 없겠네.

그렇게 생각하면서 개찰구 주위를 둘러보자, 자신과 같은 목적으로 와 있는 게 틀림없어 보이는 세 사람이 눈에 들어왔다. 배낭을 메고 산행을 하려는 복장에, 등산화를 신고 있다. 그런 옷차림을 한 사람은 저 세 명 외에는 아무도 없다.

가쓰야의 추측을 뒷받침하듯 세 사람 모두 다른 두 사람에게 흘끗흘끗 시선을 보내고 있다. 하나같이 소극적인 성격인지 행동에 나서려는 사람이 아무도 없었다. 물론 그중에는 가쓰야도 포함되어 있다. 아무래도 네 사람 모두, 가쿠 마사노부가 도착하기만을 애타게 기다리고 있는 듯했다.

왜냐하면 이번 산행, 아마치 지방의 네가히산 하이킹 계획을 세운 사람이 가쿠였고, 참가자들은 그의 지인이라는 공통점이 있을 뿐이지 서로 전혀 면식이 없었기 때문이다. 요컨대 가쿠가 오지 않으면 아무것도 시작할 수 없었던 것이다.

그럼에도 불구하고 약속 시간으로부터 10분이 지나도록 가쿠는 나타나지 않았다.

무슨 일이라도 생긴 건가?

가쓰야의 걱정에 보조를 맞추듯 오늘의 동행 멤버라고 여겨지는 세 사람 역시 손목시계로 시선을 떨어뜨리거나 주위의 인파를 둘러보거나 휴대전화를 확인하는 등, 점차 차분함을 잃어가고 있었다.

맞다. 휴대전화…….

여기까지 달려오는 도중에 휴대전화가 울린 것을 가쓰야는 기억해냈다. 어쩌면 그것이 가쿠 마사노부의 '약속 시간에 늦을 것 같다'라는 연락이 아니었을까.

당황하며 전화기를 꺼냈더니 아니나 다를까, 부재중 메시지가 남겨져 있었다. 전파 상태가 나쁜지 우우우웅, 하는 아주 시끄러운 소리가 섞여서 잘 들리지 않았다.

가쓰야는 필사적으로 귀를 기울였다. 잠시 후, 그의 얼굴이 서서히 굳어갔다.

"……산………이니까, 오늘은 갈 수 없어. ……하지만 오쿠야마 군이 리더가 되어서…… 예정대로………해줄 수 있을까? 차표나……는, 시라미네 군………있고, …………에 대해서는……미사키 씨가……… 그러면 즐거운……………잘 부탁해."

이유는 들을 수 없었지만, 요컨대 자신이 참가할 수 없게 되었으니 가쓰야가 리더가 되어 나머지 세 사람과 함께 계획대로 하이킹을 가라고 가쿠 마사노부는 말하는 듯했다.

말도 안 돼, 내가 어떻게?

가쓰야는 망연자실했지만, 그때 다른 세 사람이 어느샌가 자신을 바라보고 있음을 깨달았다. 그가 부재중 메시지로 가쿠의 전언을 들은 것은 아닐까 하고 다들 같은 생각을 했는지도 모른다.

가쓰야가 결심하고 움직이자, 뿔뿔이 흩어져 있던 세 사람이 자연스럽게 가쓰야 쪽으로 모이기 시작했다. 그러나 아무도 입을 열지 않았다. 개중에는 고개를 숙인 채로 눈을 마주치지 않는 사람조차 있었다.

"저기, 그게…… 혹시 여러분께서는 가쿠 씨를 통해서?"

횡설수설하면서도 가쓰야가 '가쿠'라는 이름을 꺼내자, 세 사람이 일제히 고개를 끄덕였다. 가쓰야는 아직 오른손에 들고 있던 휴대전화의 부재중 메시지를 다른 이들에게 들려주기 위해 재생했다.

"미사키는 바로 저예요."

그러자 긴 흑발을 머리 뒤로 묶은 청초한 느낌의 여자가, '미사키 마리'라고 자신을 소개했다. 대학교 2학년이라고 한다.

"시라미네는 나를 말하는 거겠네."

이어서 체격이 좋기는 하지만 어딘지 모르게 움직임이 굼뜰 것 같은 인상을 주는 남자가 '시라미네 아키히코'라고 자신을 소개했다. 이쪽은 대학교 3학년이라고 한다.

두 사람 모두 가쿠 마사노부와는 아르바이트하던 곳에서 알게 되어 여러 가지로 도움을 받았다고 한다. 가쓰야도 마찬가지여서 그렇게 말하며 자기소개를 했다.

"가쿠 씨하고 같은 4학년이라면, 대학도 같은 곳인가요?"

마리가 질문해서 가쓰야는 고개를 저으며 대답했다.

"나도 가쿠 씨하고는 아르바이트를 하면서 알게 됐어. 게다가 4학년이라고 해도…… 가쿠 씨는 세 번이었던가? 유급을 했으니까."

"아, 그렇군요."

마리가 난처한 얼굴로 미소를 짓자, 가쓰야는 가슴이 조금 두근거렸다.

"이 중에서는 가쿠 씨가 연장자네. 그 사람하고 알게 된 아르바이트도, 대학도 전부 제각각이고……."

그렇게 말하다가 아직 세 번째 사람이 한마디도 하지 않은 것을 깨닫고, 곧바로 말끝을 흐렸다.

"그쪽은?"

몸집이 작은 데다 호리호리한 몸매에 얼굴까지 어려 보여서, 자칫 중학생으로 오해할 정도인 세 번째 남자에게 가쓰야가 말을 걸었다.

"…… 야마이 쇼조입니다."

여전히 시선을 맞추지 않는 채로 이름만 말한 쇼조에게, 가쓰야가 몇 가지 질문을 했다. 그 결과, 그가 대학교 1학년이며 가쿠와는 1년 전에 등산을 하다 만난 사이라는 걸 알게 되었다.

뭐야, 여기에 번듯한 경험자가 있었잖아.

한순간 가쓰야는 기뻐했지만, 상당히 소극적인 성격인 듯한 야마이 쇼조가 리더를 맡기는 어려워 보였다. 게다가 쇼조는 이 중에서 가장 어렸다.

"시간이 없어."

그때 아키히코가 가만히 중얼거렸다. 손목시계를 보니 확실히, 승차 예정이던 특급열차의 출발 시간이 다가와 있었다.

"그게, 차표가……."

"가쿠 씨가 나한테 표를 사두라고 했었어요."

아키히코가 옷 주머니에서 특급열차 승차권을 꺼냈고, 가쓰야가 그것을 받아들어 일동에게 나누어주었다.

"어쨌든 열차에 타죠."

일행을 개찰구로 인도했다. 그리하여 결국 가쓰야가, 네가히산 하이킹의 리더를 맡고 말았다.

특급열차의 지정석은 2인석의 앞뒤 자리가 잡혀 있었다. 그래서 앞자리를 180도 회전시켜서, 마주 보고 앉도록 세팅했다.

"미사키 씨는 진행 방향의 창가 자리에 앉도록 하고……."

일단 가쓰야는 홍일점인 마리를 우대하려고 했지만 본인이 사양했다. 그래서 반쯤 강제로 자리에 앉힌 뒤에, 그러면 남자는 어떻게 할까 생각했다. 그런데 시라미네 아키히코가 앞으로 슬쩍 나오더니, 잠시 망설이는 기색을 보이다가 잽싸게 마리의 앞자리에 앉아버렸다.

이럴 때만 아주 날쌔게 움직이네.

가쓰야는 화가 난다기보다는 어이가 없었다. 망설이는 듯 보인 것은 마리의 옆에 앉을까 앞에 앉을까를 잠깐 고민한 탓일 것이다.

이렇게 되면 자신이 마리의 옆자리에 앉고 싶다고 가쓰야는 생각했다.

"시라미네 군은 몸집이 크니까, 옆자리는 야마이 군이 좋겠네."

실제로 누가 봐도 자연스러운 조합이었으므로 가쓰야도 그다지 양심의 가책은 없었다. 그렇지만 야마이 쇼조가 권유를 순순히 받아들였을 때에는 남몰래 가슴을 쓸어내렸다.

네 사람이 앉기를 기다렸다는 듯이 열차가 곧바로 플랫폼을 벗어났다. 한동안은 모두가 차창 밖 풍경에 눈길을 두고 있었지만, 이내 어색한 공기가 흐르기 시작했다. 아무도 입을 열지 않은 탓이다.

이제부터 약 한 시간 반 동안이나 이런 상태가 이어지는 건가…….

그렇게 생각하니 벌써부터 가쓰야는 두 손을 들고 싶은 기분이었다.

행락 철인 가을인 데다 타고 있는 것이 관광지행 열차인데도 불구하고, 평일이어서인지 좌석에 여유가 있었다. 그래도 60대 정도로 여겨지는 여성 그룹이나 비슷한 연배의 부부 동반 여행객이 몇 그룹이나 눈에 띄었다. 게다가 어느 자리에서나 담소가 끊이지 않는다. 차량 안에서 가장 젊은 가쓰야 일행의 자리에만 아주 무겁고 답답한 침묵이 떠돌고 있다.

일부러 여자 앞자리에 앉았으면 뭔가 얘기라도 해보라고.

아키히코에게 그렇게 말하고 싶었지만, 가쓰야는 잠자코 있었다. 두 사람이 사이가 좋아지는 것은 내심 바라지 않으므로, 이 상황은 오히려 환영해야 할지도 모른다.

그래도 자기들 좌석만 계속 고요한 상태가 이어지자, 어쨌든 누구라도 좋으니 뭔가 이야기를 꺼내주었으면 좋겠다는 생각이 들었다.

"저기……."

결국 말문을 연 사람은 가쓰야였다. 가쿠에게 리더로 임명받았…… 아니, 억지로 떠맡겨졌으니 어쩔 수 없다.

"다들, 네가히산에 가는 것은 처음인가?"

마리는 "네"라고 대답했고, 아키히코는 의젓하게 고개를 끄덕였으며, 쇼조는 졸고 있는 것처럼 고개를 꾸벅 숙였다.

"가쿠 씨 말로는 등산보다는 하이킹에 가까운 산행이니 산에 익숙하지 않은 우리들이라도 괜찮을 거라고 했어. 다만 가쿠 씨가 오지 못해서, 우리가 가지고 있는 지도라곤 아마치 지방 가이드북에 실려 있는 작은 것밖에 없는 상황이야. 산 정상까지는 외길로 보이니 별 걱정은 없을 거라고 생각하지만, 솔직히 조금 불안이……."

그렇게 말하고 있는데, 쇼조가 접힌 쪽지를 쓱 내밀었다.

"이건?"

받아들고 펼쳐보니, 네가히산 주변의 약도가 그려져 있었다.

"가쿠 씨가 직접 그린 약도구나. 다행이네."

가쓰야는 고마우면서도 한편으로는, '이런 걸 가지고 있으면 좀 일찍 내놓지 그랬어'라고 속으로 불평했다.

"그 밖에 또 가쿠 씨에게 뭔가 받은 사람은 없어?"

있다면 당장 내놓기를 바라며 가쓰야가 한 사람씩 바라보자,

"받았다든가 한 건 아니지만……."

마리가 휴대전화를 꺼내면서 의외의 말을 시작했다.

"실은 사흘 전에 가쿠 씨한테 메일이 왔었는데, 지금 네가히산에 있다고 했어요."

"엑, 무슨 소리야?"

놀란 사람은 가쓰야뿐이 아니었다. 아키히코도 커다란 몸을 앞으로 내밀며 반응했다.

"저도 깜짝 놀랐어요. 가쿠 씨의 말로는, 바로 전 주말에 아마치 지방에 집중호우가 있었기 때문에 걱정이 돼서 확인차 보러 갔다고 해요."

"오늘 거가 갈 예정이었는데? 사흘 전에도 갔다는 거야?"

"저희들은 산행에 초심자니까요. 그래서 가쿠 씨가 안전한지 확인하러 일부러 조사하러 갔던 것 같아요."

듣고 보니 너무나도 가쿠 씨다워서 가쓰야는 납득했다. 분명 그는 보통의 사람들보다 훨씬 더 산행을 좋아한다.

그러자 마치 그것을 증명이라도 하듯이 쇼조가 가만히 입을 열었다.

"그 사람이 좋아하는 장소 중 한 곳이 네가히산이었으니까요……."

두 사람이 알게 된 장소가 어딘가의 산이었던 만큼, 가쿠의 취향에 대해서 자세히 아는 듯했다.

"저는 예전에 가쿠 씨에게 네가히산에 대한 이야기를 들은 적이 있어요."

"나도 들었어."

마리와 아키히코가 동의하는 말을 듣다가, 가쓰야는 그러고 보니 자신도 들은 기억이 있다는 사실을 떠올렸다.

"그러니까 가쿠 씨는 만일 그 산을 사전에 한 번 오르게 되었다고 해도 전혀 힘들지 않았을 거예요."

"오히려 기뻐했을지도 모르죠."

그런 마리의 지적에, 가쓰야는 그녀와 얼굴을 마주하며 서로 미소를 주고받았다.

"메일에는 그 밖에 또 뭐라고 적혀 있었나요?"

그때 아키히코가 눈치 없이 끼어들었다. 가쓰야는 울컥했지만, 마리는 황급히 휴대전화 화면을 들여다보았다.

"예정된 루트에 바닥이 질척이는 장소가 있긴 하지만, 가쿠 씨는 걷기에 별 문제 없다고 판단했어요."

"지도에도 '발밑 주의'라고 적혀 있는 곳이 있어."

가쓰야는 우선은 마리에게, 그리고 쇼조와 아키히코에게 해당 장소를 가리키면서 지도를 보여주었다.

가쿠 마사노부에게서 온 메일에 적혀 있던, 그 밖의 주의 사항도 거의 빠짐없이 지도에 적혀 있는 것을 확인하고 가쓰야는 안심했다.

"과연 가쿠 씨네. 꼼꼼해."

가쓰야는 새삼 감탄하다가, 문득 마리의 눈치가 이상하다는 것을 깨달았다.

"뭔가 문제라도 있어?"

"그게……."

그녀는 전화기 화면을 천천히 가쓰야에게 보이면서 말했다.

"이런 메일, 사흘 전에는 없었는데……."

뭘까 하고 들여다보니, 다음과 같은 문장이 있었다.

'산 친구들과 만났어. 새로운 루트를 발견. 예쁜 돌을 사람 수만큼 챙겨줬어. 산행 당일의 즐거움이 늘었네.'

다 읽었지만 특별히 이상하다는 느낌은 없다. 다만 어째서인지 마음에 걸렸다. 이유는 알 수 없지만 가쓰야는, 왠지 모르게 기묘하다…… 라는 인상을 받았다.

그는 솔직한 감상을 이야기했다. 그러자 마리가 말했다.

"사흘 전의 메일 뒤에는 이런 내용이 없었어요."

그녀는 메일의 내용보다도 그 점을 더 신경 쓰고 있었다.

"메일이 도착한 날짜는?"

"…… 사흘 전, 다른 메일의 바로 뒤에 와 있었어요. 하지만 정말로 그랬다면 저는 메일이 왔다는 걸 바로 알아차렸을 거예요."

"으음, 메일이란 건 도착할 때까지 시간이 엄청 오래 걸리는 경우가 간혹 있으니까 이것도 그런 경우일지도 몰라."

"메일을 보낸 곳이 산 위였을 테니까요."

마리는 그렇게 말하면서도 완전히 납득하지는 못하겠다는 어조였다.

"이 '산 친구'란 건 누굴까?"

"야마이 군 같은 사람일까요?"

마음을 추스른 듯 마리가 대답했지만,

"만약 그렇다면 가쿠 씨는 분명 오늘의 멤버로 그 사람도 초청하지 않았을까……."

마지막 부분은 거의 혼잣말 같은 느낌으로 중얼거렸다.

"누군가 짐작 가는 사람이라도 있어?"

가쿠의 산 친구라는 쇼조에게 물어보았지만, 그는 고개를 숙인 채로 가로저었다.

"그렇다고 해도 어쩐지 이상한 메일이네. 어떻게 이상한지는 잘 설명 못 하겠지만."

"갑작스러워."

가쓰야의 의문에 아키히코가 그야말로 갑작스레 대답했다.

"이 메일이?"

"내용이."

조금 더 붙임성 있게 말할 수 없는 건가, 하고 화가 났지만 가쓰야는 리더라는 입장을 생각해서 꾹 참기로 했다.

"확실히 그러네. 좀 더 설명이 있어도 괜찮았을 텐데."

"필요한 것만 전했다는 느낌이 드네요."

그 뒤를 마리가 받아 이어주었다.

"하지만 예쁜 돌이 선물로 준비되어 있다고 생각하면, 조금은 설레네요."

그리고 마리는 산행이 기대된다는 발언으로 그 자리의 분위기를 누그러뜨렸다.

마리와 친근하게 이야기할 수 있던 것은 좋았지만, 다른 남자 두 사람은 상대하기가 골치 아프다며 가쓰야는 마음속으로 투덜거렸다. 그런데,

"이렇게까지 준비를 했는데, 가쿠 씨는 갑자기 갈 수 없게 되어서 아쉽겠네요."

완전히 잊고 있었던 사실을 마리가 환기했다. 갑자기 부재중 메시지를 통해 불참한다는 것과 리더 역할을 떠맡은 것 때문에 미처 거기까지 머리가 돌아가지 않았던 것 같다.

"잠깐 전화하고 올게."

세 사람에게 이야기하고 자리에서 일어난 가쓰야는, 객차 연결부로 나와서 가쿠의 휴대전화로 전화를 걸었다.

그런데 "…… 전원이 꺼져 있거나 전파가 닿지 않는 곳에……"라는 안내 메시지만 나올 뿐 음성사서함으로 전환되지도 않았다. 어쩔 수 없이, 네 명이 예정대로 특급열차를 탔다는 사실과 큰 병이 난 건 아닌가 걱정하고 있다는 이야기 등을 간

단히 메일로 적어 보냈다. 곧바로 답신이 오지 않을까 잠시 기다려보았지만 전화도 메일도 전혀 없어서, 가쓰야는 이루 말할 수 없는 불안감에 빠졌다.

설마 사고라도 난 건 아니겠지?

자기도 모르게 최악의 상상을 했지만, 그렇다면 부재중 메시지 같은 것을 녹음할 수는 없었을 것이라며 생각을 고쳐먹었다. 잘 들리지는 않았지만, 적어도 음성사서함 속 가쿠는 자연스럽게 말하고 있었다.

역시 급한 용무일까?

당일 약속 시간 직전에 전화해서 불참 사실을 전한다는 것은 정말로 가쿠답지 않다. 돌발 사태가 벌어졌다고밖에는 생각되지 않는다.

자리로 돌아간 가쓰야는 현재 가쿠에게 연락을 취할 수 없는 상황이고, 아마도 어쩔 수 없는 용무가 갑자기 생긴 게 틀림없다는 생각을 세 사람에게 전했다.

"이런 대응은 가쿠 씨답지 않으니 아마도 급한 사정이 있을 거라고 봐요."

마리가 그렇게 이해한다는 듯 말하자,

"그렇지."

아키히코가 맞장구를 쳤다. 그러나 그것은 가쓰야에 대한 대답이 아니라, 마리의 말을 향한 수긍인 것처럼 보였다.

쇼조는 역시 시선을 맞추지 않은 채로 조용히 고개를 끄덕일 뿐이다.

이런저런 와중에 열차는 아마치역에 도착했다. 특급열차를 타고 가는 내내 어색한 침묵을 견뎌야 하는 건가 싶던 가쓰야의 염려는 의외로 기우로 끝났다. 다만 적극적으로 이야기를 한 것은 오쿠야마 가쓰야와 미사키 마리 두 사람뿐이었지만, 가쓰야는 오히려 만족스러웠다. 열차 안에서 나눈 대화로 마리와 가까워진 기분이 들었기 때문이다.

아마치역에서 치오선으로 갈아타자, 하이킹을 하러 간다는 것을 한눈에 알 수 있는 옷차림의 승객들이 단숨에 늘었다. 그렇다고 해도 젊은이는 가쓰야 일행 정도였고 나머지는 중장년층이나 그보다 나이 든 사람들뿐이었다.

내릴 예정인 하라가유역에 도착할 때까지 20분 정도밖에 남지 않았기 때문에, 가쓰야는 갈아탄 열차의 좌석에 앉자마자 가쿠가 그린 지도를 일행 앞에 펼쳐놓고 루트를 철저히 확인했다. 원래대로라면 인원수만큼 복사를 해서 나눠줘야겠지만, 쇼조에게 지도를 건네받은 것이 특급열차 안이었다. 만일을 위해 열차에서 내리면 바로 편의점을 찾아볼 생각이었으나, 차창 밖 풍경으로 미루어볼 때 편의점이 있을 가능성은 몹시 낮았다.

무인역으로 착각할 만치 자그마한 하라가유역에 도착하자, 가쓰야 일행 외에도 몇 그룹인가가 열차에서 내렸다. 주위를 둘러볼 것도 없이, 편의점은 고사하고 구멍가게 하나 눈에 띄지 않는다. 애초에 민가조차도 드문드문 세워져 있다.

먼저 내린 연배 있는 여성들 무리를 뒤따라가는 형태로, 가쓰야 일행은 우선 네가히산 기슭에 있는 고쿠지츠 신사로 향했다. 사전에 가쓰야가 읽었던 가이드북에 의하면 이곳은 고쿠지츠 신사의 사토미야이며, 오쿠미야는 산 정상에 있다고 한다(하나의 신사에 두 곳 이상의 제단을 두고 있는 경우가 종종 있다. 이때 산기슭에 있는 신사를 가리켜 사토미야里宮, 산 정상에 있는 신사를 가리켜 오쿠미야奧宮 혹은 야마미야山宮라고 부른다_옮긴이). 그래서 자동차나 버스를 타고 갈 수 있는 오쿠미야와 달리, 가장 가까운 역에서 상당히 오래 걸어가야만 한다—주변 도로가 협소해서 소형차밖에 들어갈 수 없다—사토미야는 참배객도 적은 듯했다. 한데 네가히산에 오를 거라면 반드시 오쿠미야에 참배해야만 한다. 이를 소홀히 했다가는 산속에서 외눈에 외다리인 마물과 마주치게 된다는 무서운 전승이 이곳에 전해 내려오고 있는 탓이다.

다만 마물 운운하는 것은 가이드북의 정보가 아니라 인터넷상의 괴담 사이트에서 발견한 체험담이다. 그것도 한 사람이 아니라 여러 명의 체험이 적혀 있어서, 그런 쪽 이야기를 좋아하는 편인 가쓰야조차도 조금 오싹하게 느낄 정도였다. 괴담 이야기를 듣거나 읽거나 하는 것은 즐겁지만, 자신이 실제로 **그곳**에 가게 되면 역시 이야기는 달라진다. 그래도 참가한 것은 여러

가지로 의지가 되는 가쿠 마사노부가 함께 가기 때문이었다.

그런데…….

고쿠지츠 신사의 사토미야에 참배하면서, 가쓰야는 무사히 하이킹을 마칠 수 있기를 기원했다. 가쿠가 없다면 이제는 신에게 비는 수밖에 없다.

참배를 마치고 돌아보니, 미사키 마리와 시라미네 아키히코가 열심히 두 손을 모으고 있다.

마리는 둘째 치고, 이 남자가……?

그렇게 의외라고 생각했지만, 실눈을 뜬 아키히코가 흘끗흘끗 마리 쪽을 보는 것을 알아차리고 곧 납득했다.

아키히코가 자기보다 오랫동안 열심히 빌고 있다고, 마리가 생각하게 만들고 싶은 건가.

그것으로 어떤 효과를 노리는 것인지는 가쓰야로서는 알 수 없지만, 일단 마리의 관심을 끌기 위해서라는 건 명백하다.

어라, 다른 한 명은?

어디로 간 걸까 초조해하며 주위를 둘러보자, 이미 신사의 도리이 앞 비석 옆에서 기다리고 있는 야마이 쇼조의 모습이 눈에 들어왔다.

이제까지의 소극적이던 태도와는 아주 딴판이네. 과연 가쿠 씨의 산 친구라는 건가.

어이없어하면서도 가쓰야는 감탄했다. 산행 경험이 있어도 거의 도움이 되지 않을 거라고 생각했는데, 섣부른 판단이었는지도 모른다.

참고로 쇼조 쪽에 있는 비석은, 고쿠지츠 신사의 참배 길에서 네가히산의 산길로 이어지는 곳의 표식이 되는 '기점 비석'이었다. 거기서 조금만 넘어가면 바로 산속이다.

아직 참배하고 있는 두 사람을 불러 산길의 기점 비석까지 가자, 갑자기 쇼조가 입을 열었다.

"선두는 오쿠야마 씨, 두 번째는 미사키 씨, 세 번째는 시라미네 씨, 맨 마지막은 제가 가도록 하죠."

"그, 그럴까?"

갑작스러운 말에 놀라서 가쓰야는 말을 더듬었다.

"산에 대해 잘 아는 야마이 군이 앞서가는 게 좋지 않겠어요?"

가쓰야가 주장하고 싶었던 의견을, 마리가 대신 말해주었다.

"확실히 산에 익숙한 사람은 저 혼자뿐인 것 같네요."

그때까지 말없이 있었던 게 마치 거짓말인 양, 쇼조는 갑자기 말이 많아졌다.

"그러니까 반대로 일행 전체가 시야에 들어오는 맨 뒤에서 제가 걸어야 해요. 지쳐서 속도가 늦어질 기미가 있는 사람이 일행에서 뒤처지지 않도록 주의를 기울이는 역할이죠. 오쿠야마 씨는 리더니까 맨 앞에, 미사키 씨는 유일한 여자니까 리더 뒤에 가는 게 맞겠죠. 그러면 시라미네 씨는 자동적으로 세 번째가 되죠. 이게 제일 좋은 순서 아닐까요?"

과연 그의 발언에는 설득력이 있었다. 눈을 마주치지 않고 이야기하는 부분은 여전했지만.

"그러네."

마리도 아키히코도 특별히 반론을 제기하지 않아서, 가쓰야는 자신이 선두에 서는 것은 내키지 않았지만 어쨌든 쇼조의 제안을 받아들이기로 했다.

기점 비석에서 산 쪽으로 한 걸음 발을 들이자, 포장도로가 단숨에 흙길로 바뀌었다. 게다가 길의 폭도 좁아져서 한 줄로 걸어갈 수밖에 없었다. 그 길을 오쿠야마 가쓰야, 미사키 마리, 시라미네 아키히코, 야마이 쇼조의 순으로 나아간다.

처음에는 완만한 언덕길 정도였지만 금세 경사가 심한 오르막이 되었다. 여름날의 수풀에서 풍기는 진한 초목 냄새에 금세 둘러싸였다.

산에 갓 들어섰을 때의 가쓰야는 "발밑을 주의해" 라고 마리를 챙길 정도로 여유가 있었다. 하지만 점차 그럴 상황이 아니게 되었다.

아키히코는 말수는 적어졌어도 경사가 심한 곳에서는 등 뒤에서 마리를 밀어 올려주기도 했다. 그러다가 슬쩍 그녀의 엉덩이를 건드릴 속셈이 아닐까 하고 가쓰야는 불쾌감을 느꼈다. 하지만 시간이 지나자 아키히코도 그럴 상황이 아니게 된 듯했다. 그녀가 넘어질 뻔해도 모르는 체했기 때문이다.

정작 당사자인 마리는 가쓰야의 목소리나 아키히코의 배려가 없어져도 전혀 상관없는 듯했다. 선두에 선 가쓰야에게 뒤처지지 않고 제대로 따라오고 있다. 다만 산에 막 들어섰을 때는 "저 꽃은 아주 예쁘네요"라는 잡담도 했었지만 지금은 한마디도 하지 않고 있다.

결국, 산길에 익숙하지 않은 세 사람은 금세 자기 몸 하나 간수하는 것만으로도 버거워진 것이다.

"이 산은 아마치 지방뿐만 아니라, 옛날부터 지오 지방 사람들의 신앙을 모으고 있었어요."

쇼조는 예외였다.

"죽은 자는 모두 이 산으로 돌아온다고 믿었기 때문이죠."

이제까지의 소극적인 태도와는 완전히 딴판이 되어, 마치 앞으로 나아가면 나아갈수록 기운이 난다는 듯 이야기를 술술 늘어놓고 있다.

"세상을 떠난 육친과 만나고 싶다고 바라는 사람은, 조금 전의 고쿠지츠 신사에 참배를 하고 산 정상으로 올라가곤 했어요."

누가 질문하지도 않았는데 갑자기 네가히산에 대한 해설을 시작해서 가쓰야도 깜짝 놀랐다.

"네가히산에는 '삼도천의 강변'이 있어요. 물론 진짜 강이 흐르는 건 아니에요. 돌멩이 밭이 띠처럼 길쭉하게 이어지고 있는 경치를 강으로 빗대어 부르고 있는 거죠."

그렇다고 해서 걱정은 하지 않았다. 나머지 세 사람은 이야기할 기력도 없으니, 마침 잘되었다고 생각했을 정도다.

"그곳에서 죽은 사람의 이름을 부르면서 돌을 두들겨 소리를 내면, 그 사람의 영혼이 나타난다고 전해지고 있어요."

게다가 쇼조가 하는 이야기는 이 산에 대한 가이드였다. 오히려 감사해야 할지도 모른다.

"이 의식에서 주의해야 할 점은, 마냥 돌을 두들기며 소리를 내서는 안 된다는 점이에요. 그러면 관계없는 망자까지 나와서 그대로 산에 머무르게 되어버린다고 해요."

다만 그 내용이 조금 문제였다.

"또, 한 사람이 같은 돌을 계속 사용하는 것도 금지되어 있어요. 그런 행동을 하면 그 돌에 죽은 자의 사념이 깃들기 때문이죠."

산을 둘러싼 전승이라기보다, 아무래도 괴담 같은 이야기로 점점 변해갔다.

"물론 삼도천의 강변 외의 장소에서 돌을 두들겨 소리를 내는 행동도, 절대 해서는 안 돼요. 망자를 불러들일 뿐이니까 말이죠……."

자신들이 그런 무서운 장소에 침입한 상태라고 생각하는 것만으로도 가쓰야는 도저히 차분해질 수가 없었다. 하물며 쇼조가 하는 이야기는 평범한 괴담이 아니라 몇백 년의 역사로 뒷받침된 괴이이니 더욱 그렇다.

"이 산에서 누군가와 만났을 때, '안녕하세요'라고 인사했는데 상대가 '어어이!' 하고 마치 먼 곳에 있는 사람을 부르는 듯한 반응을 보였을 경우에는 즉시 그 자리를 벗어나야 해요. 절대 그대로 대화를 나누어선 안 돼요. 그런 짓을 했다간 **그것**에 끌려가니까요……."

그럼에도 불구하고 귀를 기울이게 되는 것은 쇼조의 능숙한 화술 때문일까, 아니면 들어두지 않으면 후회하게 될 것 같기 때문일까.

그러나 마리도 아키히코도 거의 듣는 둥 마는 둥 하는 눈치였다. 특히 아키히코는 체력이 있어 보이는 건 겉모습뿐이었는지, 금세 기진맥진해버렸다. 쇼조의 이야기를 귀 기울여 듣고 있다고는 도저히 생각되지 않는 모습이었다.

가쓰야도 당초에는 먼저 오르기 시작한 몇 그룹의 등산객들을 뒤따라가면서 얼마 안 가 앞지를 거라고 생각하고 있었다. 하지만 아키히코가 제대로 발목을 잡았다. 따라가기는 고사하고 그들의 뒷모습조차, 아무리 시간이 지나도 보이지 않았다.

네가히산은 기점 비석부터 산 정상 사이에 이정표 역할을 하는 석불이 거의 같은 간격으로 모셔져 있다. 가이드북은 두 개인가 세 개의 석불마다 휴식을 권하고 있었는데, 아키히코는 석불이 나올 때마다 쉬기를 바랐다.

"너무 자주 쉬다가는 오히려 더 지치지 않을까?"

쉴 때마다 주저앉아 폭포수처럼 흐르는 땀을 수건으로 닦으면서 물통의 차를 벌컥벌컥 마시는 아키히코에게 부드럽게 주의를 주었지만, 아무런 반응도 보이지 않는다. 아무래도 가쓰야에게 뭐라 쏘아붙일 기력도 없는 모양이다.

그야말로 달팽이 같은 걸음걸이로 간신히 가쿠 마사노부가 그린 지도의 7부 능선 정도에 도착했을 즈음에는, 원래 정상에서 먹을 예정이던 점심시간이 되어 있었다.

"벌써 점심시간인데 어떡할까? 여기서 먹기에는……."

이정표 석불 옆에 간신히 두 사람 정도 앉을 수 있는 공간이 있을 뿐, 나머지는 경사가 가파른 산길뿐이다. 참고로 석불 옆에는, 당연하지만 아키히코가 앉아서 물을 마구 들이켜고 있다.

"무리해서 앞으로 나아가봤자 상황이 별로 달라지진 않겠네요."

난처한 듯 주위를 둘러보는 가쓰야와 마찬가지로 마리도 망연자실한 표정이다.

"배는 고프고…… 그런데 식욕이 없어."

일정이 대폭 늦어진 원인이 된 아키히코가 나직하게 중얼거리는 소리가 들렸다.

야, 대체 누구 때문에 이렇게 된 줄…….

그렇게 호통을 치고 싶은 마음을 가쓰야가 꾹 참고 있는데, 쇼조가 의외의 말을 꺼냈다.

"혹시 거기에 다른 길은 없나요?"

쇼조가 가리킨 쪽은 석불 뒤쪽의 깊이 우거진 수풀이었다.

"어디에?"

그러나 가쓰야가 아무리 눈을 크게 뜨고 찾아봐도 울창하게 우거진 초목밖에 보이지 않는다.

"아, 진짜 있네."

먼저 알아차린 사람은 마리였다. 아키히코도 신경이 쓰이는지 몸을 돌려 수풀을 바라보고 있었는데, "정말이네"라며 금방 문제의 길을 발견해냈다.

자신만 소외된 기분이 된 가쓰야는 당황하며 수풀로 다가가 자세히 관찰했다. 그러자 자연스럽게 우거져 있는 것처럼 보이는 덤불이, 실은 풀과 나무를 엮어 만든 커다란 덮개 같은 것임을 알고 깜짝 놀랐다.

"덤불처럼 보이는 덮개로 여기를 가리고 있었던 건가."

언뜻 본 것만으로는 결코 알아차릴 수 없이 위장된 덮개를 집어 들어 옆으로 치우자, 또 다른 길이 나타났다.

"이게 가쿠 씨가 메일에 적었던 '새로운 루트'가 아닐까요?"

마리의 흥분한 목소리에,

"분명히 그거야. 지름길이야."

갑자기 기운이 난 듯한 아키히코의 목소리가 이어졌다. 하지만 어째서인지 가쓰야는 순순히 기뻐할 수 없었다.

"돌이 있어."

정확히는 바위라고 불러야 할 정도로 큼직하고 중후한 분위기의 돌이, 불쑥 눈앞에 나타난 산길 한가운데 떡하니 자리 잡고 있다.

"마치 길을 막고 있는 것처럼 보이지 않아?"

가쓰야에게는 그것이 마치 통행금지 표식같이 느껴졌다.

"일부러 누군가 저곳에 놔둔 걸까요?"

마리의 생각에 잠긴 듯한 어조와는 대조적으로, 아키히코가 태평스러운 목소리로 대답했다.

"처음부터 있었던 거겠지."

"그럴까?"

곧바로 가쓰야는 의문을 드러냈다.

"가는 길을 막고 있는 바위도 그렇고, 산길을 감추듯이 덤불로 보이게 만든 덮개도 그렇고, 이 길로 잘못 들어가는 등산객이 없도록 누군가 손을 쓴 게 아닐까?"

"생각이 너무 많으시네."

완전히 기운을 되찾은 아키히코가 곧바로 부정했다.

"하지만 말이지……."

반론하려던 가쓰야에게, 쇼조는 초등학생처럼 "저기요" 하고 한 손을 들면서 말했다.

"여기서 점심을 먹을 수는 없고, 이대로 올라가도 적당한 장소가 있을 거라고 생각되지도 않아요. 어쨌든 이 길로 가쿠 씨도 들어가셨던 것 같으니, 시험 삼아 조금만 걸어가보는 건 어떨까요? 들어가서 확인해보고, 역시 위험하다고 생각되면 바로 돌아오면 되니까요."

마리 쪽으로 눈길을 돌리니 쇼조의 제안에 찬성하는 듯해서, 가쓰야도 새로 발견한 길을 살펴보자고 떨떠름하게 동의했다.

감춰져 있던 길은, 좌우로 바짝 붙어 자란 나무들과 초목이 밀집해 거의 머리 위까지 덮고 있는 상태였다. 그 때문에 꼭 어두컴컴한 터널 속을 나아가는 느낌이었다. 거의 햇살이 비치지 않는 탓인지 흙길도 물컹물컹했다. 그래서 더 지하동굴이 연상된다. 앞을 내다보려 해도 너무 어두워서 거의 분간할 수 없었다.

이 길로 가는 것을 가장 내켜 하지 않았던 가쓰야가, 리더라는 입장 때문에 가장 먼저 발을 들이는 꼴이 된 것은 생각해보면 참으로 얄궂은 일이었다.

역시 영 내키지 않네…….

커다란 바위 옆을 돌아, 한낮인데도 앞이 잘 보이지 않는 길을 향해 눈을 크게 뜨고, 천천히 신중하게 걸음을 내딛으면서 가쓰야는 새삼 생각했다.

아무리 나뭇가지와 잎사귀가 햇빛을 가린다고는 해도 가려진 길에 떠도는 공기는 너무나 싸늘했다. 그 이상한 냉기가 땀 흘린 몸을 기분 좋게 식혀준다면 좋았겠지만, 오히려 반대였다. 땀이 마르는 듯한 상쾌한 느낌은 티끌만큼도 없다. 흡사 차가운 공기가 살갗 아래로 스며들어 피부의 안쪽을 직접 식히고 있는 것 같다. 그래서인지 신체 표면은 후텁지근함을 느끼는데도 내부에는 오한이 퍼지는, 그런 불쾌감이 든다.

얼른 이곳을 빠져나가고 싶어.

그 일념으로 가쓰야가 걸음을 재촉하던 때였다.

"이거, 가쿠 씨 발자국 아닌가요?"

뒤에서 마리의 목소리가 들렸다.

곧바로 흙길 쪽으로 눈길을 떨어뜨리자, 걸어가는 일행의 바로 옆쪽에 발자국 같은 것이 점점이 또렷하게 찍혀 있었다.

"역시 가쿠 씨가 발견했다던 길이 이 길이었나 봐요."

완전히 안심한 듯 기뻐하는 마리의 목소리를 들으면서도, 가쓰야는 묘한 위화감을 느꼈다.

햇빛이 별로 비쳐 들지 않기 때문에 항상 축축하게 젖어 있는 길이라지만, 아무리 그렇다고 해도 사흘 전에 찍힌 발자국이 남아 있을까?

가장 먼저 그런 생각이 들었다. 가만히 바라보면 바라볼수록, 발자국이 새겨진 지 얼마 되지 않은 듯 보이는 것도 그의 의심을 부채질했다.

하지만 이 길이라면 그럴 수도 있으려나.

단순히 습기가 많다는 이유에서만이 아니라, 이 길쭉한 공간을 채우고 있는 섬뜩한 공기가 가쓰야로 하여금 그렇게 느끼도록 만든 듯하다.

그런데…… 그렇게 납득하면서도 어째서인지 위화감은 사라지지 않았다. 더욱 그 발자국을 응시하게 된다.

대체 뭐가 신경 쓰이는 걸까?

걷는 속도를 조금 늦추고 물컹한 흙길에 남아 있는 발자국을 찬찬히 관찰하는 동안, 가쓰야는 묘한 사실을 깨달았다.

좌우 균형이 이상하지 않나?

평범하게 걸었다면 느린 걸음이든 종종걸음이든, 좌우의 간격이 거의 일정할 것이다. 그런데 저 발자국들은 어떻게 봐도 따로따로다. 게다가 그 점 말고도 이상한 부분이 있었다.

왼쪽보다 오른쪽 발자국이 나중에 생긴 것 같은데?

조금 전에는 발자국이 새겨진 지 얼마 안 된 것 같다고 판단했는데, 가만히 보니 그렇게 말할 수 있는 것은 오른쪽 발자국뿐이었다. 그에 비하면 왼쪽의 발자국은 명백히 그것보다 오래된 발자국이었다.

요컨대 왼쪽의 발자국이 전에 났고, 그 며칠 뒤에 오른쪽의 발자국이 찍혔다. 즉 이 발자국을 찍은 자는 외다리로 걸었다는 이야기가 된다. 외다리의 **그것**은 우선 감춰져 있는 진흙길로 발을 들였고, 다시 외다리로 이 길을 통해 나왔다. 그런 이야기가 되는 것일까.

외눈에 외다리의 마물…….

인터넷에서 읽었던 이 산에 얽힌 괴담이 문득 뇌리에 되살아난다.

설마…….

역시나 그 괴담을 믿고 싶지는 않았다. 그렇다고 웃어넘기는 것도, 어째서인지 불가능했다. 터널 같은 진흙길이 조금만 더 이어졌다면 분명 가쓰야는 "아아악!" 하고 비명을 지르면서 무시무시한 기세로 뛰었을 것이다.

갑자기 눈앞이 밝아진다 싶었는데, 어느새 일행은 작은 풀밭으로 나와 있었다. 그곳은 주위 일대가 억새풀로 둘러싸인 신기한 장소였다. 만약 자신들이 네가히산의 7부 능선까지 올라왔다는 사실을 잊고 있었다면 어딘가의 강변으로 나왔다고 착각했을지도 모른다.

"점심을 먹기에 딱 좋은 바위가 있네요."

마리의 말대로 풀밭 저편에 넓적한 바위가 보였다. 네 사람이 앉아서 점심을 먹기에 안성맞춤인 크기였다.

자연스럽게 모두의 발이 그 바위로 향한다. 산 정상에 도착한 것도 아닌데 모두의 발걸음이 가볍다. 제대로 휴식을 취할 수 있다는 생각에 모두가 기운이 난 듯하다.

기분 나쁜 발자국 때문에 왠지 모를 불안을 느끼고 있던 가쓰야도 조금이나마 마음을 추스를 수 있었다. 이렇게 푸른 하늘이 보이는 풀밭에 몸을 두고 있으니, 그 길에서 사로잡혔던 생각이 금세 바보 같은 것으로 느껴지기 시작했다.

빈 배를 채우고 휴식을 취하면, 남은 것은 정상으로 가는 것뿐이야.

가쓰야는 어느덧 긍정적인 마음가짐을 하고 있었다. 리더로서 자각이 다시 싹튼 느낌이었다. 그런데도 바위가 가까워짐에 따라, 또다시 형언할 수 없는 불안감에 휩싸였다.

어쩐지 이상한데?

그때까지는 막연히 직사각형의 테이블처럼 보이던 바위를 두 눈으로 또렷하게 포착한 순간, 마치 무언가의 제단 같다는 느낌을 받았다.

오싹하다.

그냥 자연 속에 있는 바위인데 왠지 모르게 인공물 같은 느낌도 든다. 그렇지만 언제, 누가, 무엇을 위해 이런 것을 준비했을까. 그렇게 생각하면 그냥 기분 탓이라는 생각밖에 들지 않는다. 하지만 그럼에도 불구하고 뭔가가 계속 마음에 걸린다.

개운치 않은 떨떠름한 기분에 가쓰야가 사로잡혀 있는데,

"아, 있어요!"

마리의 기뻐하는 목소리가 들렸다.

"분명히 저게 가쿠 씨의 선물일 거예요."

그녀는 종종걸음으로 넓적한 바위에 도착한 뒤에, 가쓰야 일행을 빙글 돌아보며 자신의 오른손을 내밀었다.

그곳에는 달걀 정도 크기의 아주 예쁜 돌이 얹혀 있었다. 표면이 무척 매끄러운 게 계란과 정말로 비슷했다. 백색과 회색과 흑색이 뒤섞여 있는 색조도 결코 어둡지 않고 오히려 은근히 차분한 느낌이다.

"예쁜데?"

어느샌가 아키히코가 그녀 곁에 서서 그 돌을 손바닥에 올리고 있다.

"보물 같아."

게다가 아키히코에게는 어울리지 않는 대사를 내뱉으며 마리와 미소를 주고받는 것이 아닌가.

"오쿠야마 씨 것도 있어요."

마리의 목소리를 듣고 넓적한 바위 위를 보니, 정말로 계란돌이 하나 남아 있었다.

"저기, 나는……."

돌의 생김새가 너무나도 아름다웠기 때문에 자기도 모르게 손바닥으로 움켜쥐고 싶은 충동에 휩싸였지만, 가쓰야는 간신히 자제했다.

…… 기분 나빠.

넓적한 바위에서 받았던 것과 같은 혐오감을, 그 돌을 보면서도 느꼈다.

어째서 이 돌은 이렇게나 알과 닮은 걸까.

어떻게 하면 이렇게 매끄럽고 아름다운 표면이 되는 걸까.

애초에 이것은 자연적으로 만들어진 것일까, 아니면…….

가쓰야가 꼬리에 꼬리를 무는 생각에 잠겨 있는데,

"사양하실 것 없어요."

그의 태도를 완전히 착각한 듯한 마리가 그렇게 말했다.

"우리에게 줄 선물로 가쿠 씨가 준비한 물건이니까요."

"아니, 하지만……."

거절의 말을 생각하며 쩔쩔매는데, 남은 돌이 하나인 것을 가쓰야는 새삼스럽게 깨달았다.

"남은 게 하나뿐이니까, 이건 야마이 군에게 양보할게."

"어라? 그러고 보니 세 개밖에 없네요."

마리가 넓은 바위 구석구석을 둘러보았지만, 그 밖에 계란돌 같은 것은 어디에도 보이지 않았다.

"저는 괜찮습니다."

세 사람에게서 조금 떨어진 지점에 멈춰 서 있던 쇼조가, 이제까지 해오던 것처럼 고개를 숙인 채로 대답했다.

"사양할 거 없어."

가쓰야는 마리의 말을 그대로 따라 했지만, 쇼조는 고개를 저었다.

"실은 같은 걸 이미 가지고 있거든요."

이제 더 이상 방법이 없다. 그러나 가쓰야는 절대 그 돌을 건드리고 싶지 않았다.

"여기를 출발할 때 다시 짐을 쌀 거 아냐? 돌은 그때 배낭에 넣기로 하고, 일단 점심을 먹을까?"

그래서 참으로 구차한 핑계로 어떻게든 그 순간을 넘겼다.

점심 식사를 하는 동안에도 마리와 아키히코는 계란돌에 정신이 팔려 있었다. 서로의 돌을 교환하거나, 가쓰야의 몫이라는 돌과 바꿨으면 좋겠다는 말을 꺼내거나, 역시 원래의 돌이 좋다고 도로 가져가는 등등, 여하간 계란돌 이야기만 했다.

쇼조가 필요 없다고 하니 어느 한 사람이 두 개를 가져도 괜찮지 않을까. 이 상태라면 분명 어느 쪽이든 기뻐하지 않을까. …… 그렇게 가쓰야는 생각했다.

하지만 점심시간과 약간의 휴식을 끝내고 출발할 때가 되자, 두 사람은 세 번째 돌을 바위 위에 돌려놓았다.

간신히 자신의 돌이 무엇인지 알았다.

마리도 아키히코도, 그런 말을 하는 듯한 개운한 얼굴을 하고 있다. 그래서일까, 이미 세 번째 돌에는 아무런 흥미도 보이지 않는다.

이대로 모르는 체하자.

두 사람의 눈치를 살피면서 가쓰야는 그렇게 마음먹었다.

"산 정상까지 이제 얼마 안 남았어. 물론 도중에 휴식은 취하겠지만, 한 번만 쉬기로 할 거니까 남은 길은 열심히 올라가자."

가쓰야가 기운을 북돋자, 마리뿐만 아니라 웬일로 아키히코도 "네!" 라고 기운차게 대답했다.

"그러면 출발하자."

조금 빠른 걸음으로 가쓰야는 바위 테이블을 벗어났다. 얼른 이 장소에서 벗어나고 싶다. 그것만이 가쓰야의 바람이었다.

그런데 몇 걸음 떼지도 않았을 때, 등 뒤에서 목소리가 들렸다.

"받으세요."

돌아보니, 쇼조가 계란돌을 얹은 한 손을 내밀고 있다.

"아, 그건……."

곧바로 거절하는 말이 나오지 않는 가쓰야에게,

"받으세요."

계속해서 쇼조가 돌을 내민다.

"…… 나는, 됐어."

마리 일행에게는 들리지 않을 정도로 작은 소리로 속삭이고, 쇼조에게만 보이도록 손을 가슴 앞에서 흔들었다.

"받으세요."

그러나 쇼조는 계속해서 돌을 내밀었다.

"아니, 그러니까 나는 됐다니까……."

"받으세요."

그렇게 말하며 쇼조가 천천히 고개를 들었다.

…… 눈과 눈이 처음으로 마주쳤다.

한쪽 눈의 각막이 이상할 정도로 컸다. 이른바 검은자위 부위다. 흰자위 부분이 거의 없다. 새까만 검은자위만이 크게 자리하고 있다. 다른 한쪽 눈은 정반대로 동공과 홍채와 각막을 합쳐도 깨알만 한 크기밖에 안 되고 나머지는 흰자위뿐인, 새하얀 눈이었다.

한쪽 눈만이 이상할 정도로 검다…….

그것만은 틀림없는데도 좌우 어느 쪽의 눈인지 도저히 분간이 가지 않았다. 하얗다고 보였을 다른 쪽 눈도 마찬가지다.

"받으세요."

쑥욱 내밀어진 계란돌에서 억지로 시선을 돌리자, 쩍 입을 벌린 터널 같은 길과, 그곳에서 넓적한 바위까지 펼쳐진 풀밭이 눈에 들어왔다. 풀밭에는 가쓰야 일행이 지나온 흔적이 남아 있다. 그중 세 사람이 남긴 흔적은 평범했지만, 한 사람의 것만이 눈에 띄게 이상했다.

마치 외다리로 걸은 것 같은…….

“받으세요.”

다시 내밀어진 돌에 눈길을 떨어뜨리고 있는 동안, 가쓰야의 머리는 혼란스러워지기 시작했다. 여러 가지 의심이나 생각이 차례로 떠올랐다가 사라져간다.

가쿠는 선물로 주려던 돌을 어째서 숨겨진 길 끝에 있는 바위에 놓아두었을까. 우리가 그 길로 발을 들이리라는 것을 가쿠는 어떻게 안 것일까.

새로운 등산로에서 만난 친구를, 가쿠는 어째서 소개하지 않은 것일까.

만약 가쿠가 이번 등산에 예정대로 참가했더라면 특급열차의 좌석이 부족하지는 않았을까.

아니면 가쿠는, 그 산 친구를 초청한 것일까.

그리고 가쿠 대신에 그 사람이 온 것일까.

그 사람은, 야마이 쇼조일까.

가쿠가 마음에 들어 한 장소 중 하나가 “네가히산이었으니까요……”라고, 그때 쇼조는 과거형으로 말하지 않았던가.

쇼조는 신사의 도리이를 지나서 참배하지 않고, 처음부터 석비 옆에 있지 않았던가.

가쿠는 지금, 대체 어디에 있는 것일까.

“받으세요.”

계속해서 내밀어지는 계란돌을, 눈앞의 공포에서 도망치고 싶은 마음에 가쓰야는 기어이 받아 들고 말았다. 다만 그 이후의 기억은 상당히 애매해서, 도무지 기억이 나지 않는다.

예정 시간보다 많이 늦은 시간에 산 정상에 도착했던 것은 기억한다. 우선은 고쿠지츠 신사의 오쿠미야에 참배를 했는데, 야마이 쇼조의 모습이 보이지 않는다는 것을 가쓰야는 그때서야 간신히 깨달았다.

그런데 미사키 마리도 시라미네 아키히코도, 그런 사람은 처음부터 없었다고 부정했다. 가쿠가 참가하지 않게 되어서 셋이 왔다는 게 아닌가. 그 증거로 특급열차 표 한 장을 그냥 날려버리지 않았느냐며 아키히코가 어이없다는 투로 말했다.

그럴 수가…….

도저히 믿을 수 없었지만, 두 사람이 거짓말을 하는 눈치는 조금도 엿볼 수 없었다. 아키히코 혼자라면 어떨지 몰라도, 마리까지 같은 말을 하고 있다.

문득 정신을 차리고 계란돌에 대해서 물어보았더니, 두 사람 모두 의기양양하게 그걸 꺼내서는 손바닥에 올려놓고 재미있다는 듯 이리저리 굴리기 시작했다. 가쓰야는 잽싸게 그것들을 빼앗아서 자신의 돌과 함께 저 멀리 던져버렸다.

"야!"

"뭐 하는 거예요!"

두 사람은 불같이 화를 내면서 돌을 찾으러 가려 했다. 가쓰야가 필사적으로 말리고 있는데, 마침 하산하는 버스가 출발 신호를 보내기에 거의 억지로 두 사람을 버스에 태웠다. 물론 가쓰야도 바로 버스에 탔다.

이른 오후였는데도 버스는 그리 붐비지 않았다. 그럼에도 불구하고 두 사람은 가쓰야와는 떨어진 좌석에 앉았다. 몹시 화가 나 있는 듯했다. 일단 이 산에서 벗어나는 것이 목적이었으므로, 가쓰야도 두 사람을 그냥 내버려두었다.

그 녀석은 대체 뭐였을까?

가쓰야는 자연스레 야마이 쇼조에 대해서 생각했다. 하지만 버스에 타고 있다고는 해도 아직 산속에 있다고 생각하니, 갑자기 두려워지기 시작했다.

이 산을 벗어날 때까지 머리를 비워두자.

하지만 아무런 생각도 하지 않는다는 것은 어려운 일이다. 그래서 산기슭의 경치가 눈에 들어왔을 때, 가쓰야는 안도하는 것과 동시에 묵직한 피로를 느꼈다.

그때 갑자기, 가슴이 술렁였다. 이유는 짐작도 가지 않는다. 다만 버스가 달리는 것에 따라, 점점 더 불안해졌다. 꺼림칙한 산에서 멀어지고 있는데도 어째서 그런 기분에 사로잡히는지 알 수 없었다.

설마…….

황급히 옷의 주머니와 배낭 속을 뒤져보았더니, 놀랍게도 그

계란돌이 나왔다. 분명히 두 사람의 돌과 함께 저 멀리 던져버린 돌이, 배낭 바닥에 들어 있었던 것이다.

서둘러 창문을 열고 돌을 바깥으로 던져버렸다. 두 사람에게도 주의를 주려고 하는데, 버스가 산의 영역 밖으로 나온 것을 이내 깨달았다. 물론 경계선이 보인 것은 아니지만, 아마도 틀림없을 것이다.

두 사람과는 S역까지 같이 돌아갔지만, 이동하는 내내 아무리 말을 걸어도 한마디도 반응하지 않았다. 그래서 두 사람에게도 그 돌이 돌아왔는지 어떤지는 결국 알 수 없었다.

그다음 주, 두 사람에게서 거의 동시에 휴대전화로 메시지가 날아왔다. 용건은 아마치의 네가히산에 가자, 라는 것이었다.

'야마이 쇼조 군이 안내해줄 거예요.'

가쓰야는 답신하지 않고 두 사람의 전화번호에 수신 거부 설정을 했다. 그 뒤로 두 사람에 대해서는 아무것도 모른다. 가쓰야 대신 누군가를 초청해서 다시 네 사람이 함께 그 산을 오르는 것은 아닐까, 하는 생각이 머릿속에서 떨쳐지지 않을 뿐이다.

가쿠 마사노부에게는 몇 번이나 연락을 취하려고 했다. 그러나 휴대전화는 받지 않았고, 그가 아르바이트를 하던 곳에 사정사정해서 알아낸 연립주택의 자취방은 언제 가봐도 비어 있었다. 우편함에는 신문이 쌓여 있었는데, 바깥으로 밀려나와 있는 최근 일자 신문들이 가쿠가 오랫동안 돌아오지 않았음을 알리고 있었다. 한편 본가의 연락처를 아르바이트하는 곳에도 물어보았지만 그것까지는 모른다는 말을 들었다.

오쿠야마 가쓰야는 대학을 졸업하고 도쿄에서 취업했다. 그는 그 일이 있은 뒤로 누가 아무리 간절하게 청하더라도 산이나 그 주변에는 절대 가지 않게 되었다고 한다.

"올라간 산속에서 불쑥 누군가와 만나게 되었을 때를 생각하면……."

무서워서 도저히 갈 수 없다는 듯했다.

이 원고를 끝낸 뒤, 담당 편집자와 전화로 이야기를 나눌 기회가 있었다. 거기서 나는 이 이야기에 등장하는 야마이 쇼조에 대한 어떤 해석을 이야기했다. 그러자 편집자가 재미있어하며 꼭 덧붙여달라는 부탁을 해왔다. 그래서 사족임을 알면서도 그 해석을 아래에 적어둔다.

야마이 쇼조山居章三의 성씨 '山居'를 일본어 발음이 같은 한자 '病'로 바꾸고, 그것을 부수 '疒'로 표기한다. 그리고 이름인 쇼조의 첫 글자인 '章'과 합치면 '瘴'자가 된다. 남아 있는 '三'자를 일본어 발음이 동일한 한자 중 하나인 '山'으로 바꾸고 두 한자의 앞뒤를 바꾸면 '山瘴'이 된다.

'山瘴('산쇼'로 읽는다_옮긴이)'란 산이 지닌 독기나 산속의 나쁜 공기를 가리키는 말이다.

怪談のテープ起こし

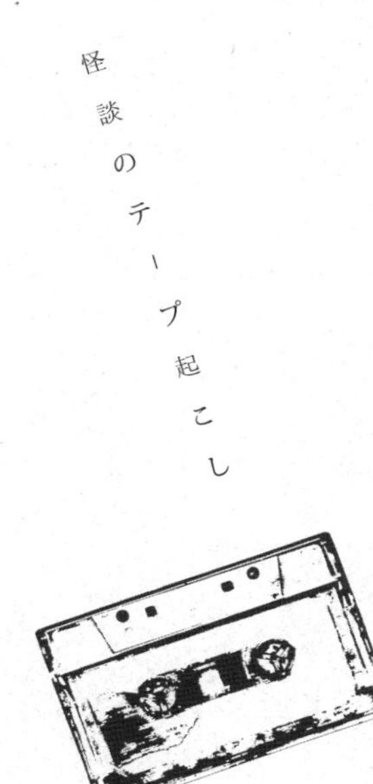

시체와

잠들지 마라

신참 편집자였던 20대 중반쯤, '의료와 종교를 생각하는 총서' 시리즈를 담당한 적이 있다. 내가 직접 기획하지 않아서 책을 가지고 있지는 않고, 물론 당시의 자료도 남아 있지 않으므로 불확실하긴 하지만 거의 아래와 같은 내용이었다고 기억한다.

우리나라에는 서로 교류가 적은 의학계와 종교계 현장에서 각각 유식자를 초청해 강연을 하고, 장기이식이나 연명 의료 등의 까다로운 문제를 넓은 시야에서 생각하려는 취지의 모임이 있었다. 그 강연록의 출간을 D출판사가 하게 되었고 담당 편집자로 내가 지명되었다. 매번 새로운 테마를 잡고, 강연자의 면면을 고려하면서 네 개의 강연을 한 권으로 정리한다. 그것이 기본적인 구성이었다. 나는 첫 번째 권부터 네 번째 권까지를 담당했고, 다른 사람이 다섯 번째 권과 여섯 번째 권을 냈을 텐데 그 뒤에 어떻게 되었는지는 잘 알지 못한다. 모임의 활동이 줄어들었든 D출판사가 손을 떼었든, 어쨌든 그리 활발해지지는 않았다고 생각한다.

나는 강연 녹취 원고를 읽어보는 것뿐만 아니라 실제로 강연회에도 참석했다. 거기서 강하게 느낀 것은, 얄궂게도 의학계와 종교계의 '단절'이었다. 그때까지 교류했던 일이 극단적으로 적었기 때문에 그런 모임이 탄생한 것이므로, 발족한 의미는 아주 컸다고 지금도 생각한다.

그러나 병원이라는 현장에서 매일처럼 삶과 죽음을 접하는 의료 종사자와, 그 사람이 망자가 된 뒤에 관계를 갖게 되는 다수의 종교자는 강연에서 하는 말의 무게가 전혀 달랐다. 전자가 실제 증상을 거론하며 구체적으로 이야기하는 것에 반해, 후자는 자신이 믿는 종교의 사상을 이야기하며 추상적으로 이야기하게 된다. 당연하다고 할 수도 있지만, 양자의 강연을 교대로 들어보면 후자의 말이 참으로 공허하게 느껴진다.

참고로 그 모임에서는 특정 종교로 한정해서 강연을 의뢰하지는 않았다. 그렇다고는 해도 불교와 기독교 종파가 주가 되는 것은 틀림없다. 그중에서 가장 공허하게 들렸던 강연 중 몇 가지가 바로 불교계 사람들의 강연이었다. '장례불교'라고 야유받으면서도 많은 관계자들이 단가제도檀家制度(일본의 가정은 대부분 불교 사원에 소속되어 죽음에 관련된 의례를 일임하고 있다. 사자 의례를 중심으로 맺어진 불교 사원과 가정 혹은 개인 사이의 대를 이어가는 지속적인 관계를 일컫는다_옮긴이) 위에 가부좌를 틀고 앉아 있었으니 뭐, 무리도 아닐 것이다. 그 점에서 기독교 계열의 강연자는 달랐다. 그들에게는 호스피스의 역사가 있었기 때문이다.

호스피스의 기원은 중세 유럽의, 여인숙을 겸하고 있던 지방의 작은 교회까지 거슬러 올라간다. 그곳에 묵은 여행자 중에 질병으로 여행을 계속할 수 없게 된 사람을 간호했던 것이 시초라고 여겨지고 있다. 그런 시설이 이윽고 호스피스로, 그리고 무사無私의 정신으로 간호를 하는 성직자의 행위가 호스피털리티라고 불리고, 거기에서 '호스피털(병원)'이라는 말이 생겨났다고 한다. 오늘날에는 '터미널케어'를 행하는 시설, 또는 재택으로 이루어지는 말기간호를 호스피스라고 부르게 되었다.

이러한 실적이 있기 때문에 기독교계 강연자의 경우에는 종교적인 사상 이야기에 실제 사례가 당연히 따라온다. 이것이 가슴을 울리는 어떤 빼어난 교의보다도 설득력이 있다. 사람이 죽느냐 사느냐 하는 현장에 몸담고 있는 종교인이기에 갖는 고민과 긍지가, 아마도 그들에게는 있기 때문일 것이다.

이 호스피스에 대해서 불교계 관계자로부터 불평 섞인 말을 들었던 기억이 있다. 신부나 목사는 병원에 드나들어도 아무 말도 듣지 않지만, 중머리에 승복을 입은 그들이 들어가려 하면

"대체 누가 죽었느냐?" 라며 술렁거려서 난처하다는 것이었다. 하지만 그런 상황을 만든 것은 그야말로 장례불교가 되어버린 불교계의 책임이 아닐까. 본래 절이란 항상 문을 열어놓고, 찾아오는 이는 누구든 받아들이고 이야기를 들어주는 장소였을 것이다. 그러다 문을 굳게 걸어 잠그고, 죽은 사람이 생겼을 때만 열게 되었다. 이래서는 의료와 종교를 함께 생각하는 강연회에서 도움이 되는 이야기 같은 것을 할 수 있을 리 없다.

만일을 위해서 이야기해두는데, 절대적인 존재라 여겨지는 '신'을 믿는 기독교보다는 인간도 '부처'가 될 수 있다고 믿는 불교 쪽에 나는 보다 친근함을 느낀다. 다만 그것과 이 이야기에 적는 문제는 별개다.

불교계 관계자들 중에도 이 근심스러운 상황을 어떻게든 타개해보려고 행동에 나서는 이들이 있었다. '비하라' 활동이 그것이다. 비하라란 산스크리트어로 승원僧院이나 휴양하는 장소를 의미하며, 그것이 불교 호스피스를 가리키는 말이 되었다. 의료와 종교를 생각하는 강연회가 시작되기 3년 전쯤부터 활동을 시작했으므로 그야말로 아주 적절한 타이밍이었다. 비하라 외에도, 어떻게 의료 현장과 관계할지를 생각하는 젊은 승려들의 대처도 확실히 있었다고 기억한다.

그러나 그 이후로 비하라 활동이 불교계에 퍼졌는가 하면, 유감스럽게도 그렇지는 않다. 실은 당시에 몇 권째인가 책의 주제가 '종말기 간호'로 정해졌기 때문에 부제를 '호스피스와 비하라를 돌아보며'로 하려다가 기독교계 강연자의 강한 반발에 부딪친 기억이 있다. 요컨대 "양자는 역사도 실적도 비교가 되지 않으니 동일하게 취급하지 마라"라는 뜻인 듯했다. 그때는 "참 속도 좁네"라고 생각했는데, 지금 와서 돌아보면 어느 정도 이해가 되는 말이기도 했다.

이런 이야기부터 본 원고에 쓰기 시작한 것은 분명한 이유가 있다. 올해 봄에 나라시 와카쿠사 중학교의 동창회가—반 모임이 아니라 학년 전체 모임이—있어서, 그리운 면면들과 만날 수 있었다. 참고로 본교는 졸작 『작자미상』 속에서 '료쿠요 중학'이라고 이름을 바꿔서, 괴이에 쫓기는 주인공이 도망쳐 들어가는 장소로 등장한 바 있다.

간사이 지방을 떠나 산 지 오래된 나에게, 동창회는 수십 년 만에 만나는 사람이 많아서 여러모로 즐거운 한때를 보낼 수 있게 해주었다. 그런데 그중에서도 3학년 때 같은 반이었던 K와의 대화가 인상에 남았다.

당시에는 통통했는데 지금은 홀쭉해진 그녀는, 내가 작가가 되었다는 사실을 알더니,

"역시나. 미쓰다 군은 분명 작가가 될 거라고 생각했었어"라고 자신만만하게 말해서 놀랐다.

"왜?"

깜짝 놀라며 되묻자, '반 노트'에 적은 내 화제의 대부분이 미스터리 이야기였기 때문이라고 했다.

반 노트란 같은 학급의 대여섯 명으로 이루어진 반 멤버들 사이에서 돌려 쓰는 교환 일기 같은 것으로, 일주일에 한 번 정도 빈도로 돌아온다. 거기에는 무슨 내용이든 적어도 좋지만, 반 멤버 외에는 교사를 포함해서 누구도 봐서는 안 된다는 암묵적인 룰이 있었다. 말하자면, 반 멤버들의 친목을 다지는 도구였다.

그 노트에, 나는 질리지도 않고 미스터리 이야기만—그것도 태어나서 처음으로 집필한 「녹색관 살인 사건」에 대해서—열심히 적었다고 한다. 그걸 보고 작가가 되겠구나 하고 생각하는 것은 너무 성급했는지도 모르지만, "잘됐네!"라며 기뻐해주는 K를 보고서 어쩐지 나도 기분이 좋아졌다. 그녀의 말이 진심에서 우러나온 것이라고 느꼈기 때문이다.

각자 졸업 이후의 인생을 간추려 이야기하는 동안에 K가 전직 간호사였다는 것을 알게 되었고, 거기서 '의료와 종교를 생각하는 총서'로 화제가 이어졌다. 그리고 모임이 끝나갈 무렵에 나는, 그녀의 어머니와 같은 병실에 입원해 있었다던 기묘한 노인의 존재에 호기심을 느끼게 되었다.

K의 어머니는 시내에 있는 S병원 요양병동에 입원해 있었다. 어머니는 건강을 회복해서 자택으로 돌아갈 희망이 전혀 없는,

소량의 유동식을 경구투여 하는 것 외에는 주사만으로 연명하는 상태였다. 문병을 가면 자고 있는 경우가 많지만, 그녀가 말을 걸면 눈을 뜨고 조금은 이야기를 하는 듯했다. 그러나 무슨 말을 하는지 알아들을 수 없는 경우가 날이 갈수록 늘어났다. 그러다가 입으로 음식을 먹을 수 없게 되고, 목소리가 나오지 않고, 눈을 뜨고 있어도 딸을 알아볼 수 없고, 이윽고 계속 잠만 자게 되었을 때 주삿바늘을 뺄지 어떨지 판단을 해야만 한다고, K는 흐린 표정으로 말했다.

예전에는 번성했지만 지금은 완전히 쇠락해버린 상점가 중간에 S병원이 있었다. 다른 점포와 마찬가지로 건물이 오래돼서 아주 적적한 분위기가 감돌고 있다. 게다가 병원장이 오만불손해서 도저히 신뢰할 수가 없었다. 어머니가 처음에 입원했던 시립병원은 설비도 의사도 간호사도 훌륭해서 안심하고 맡길 수 있었다. 하지만 이 S병원으로 옮기도록 결정한 사람이 그 시립병원의 의사였다. K로서는 심경이 복잡한 듯했다.

K의 이야기를 듣고, 나는 초등학교 시절의 어떤 사건을 떠올렸다. 상점가 근처에 살던 초등학생이, S병원에서 맹장 수술을 받고 사망했다. 어느 날 그런 뉴스를 학교에서 들었다. 실제 사인은 불분명하기 때문에 뭐라 섣불리 말할 수는 없지만, "맹장 수술로 환자가 죽다니, S병원 의사는 사이비 의사다" 라는 소문이 곧바로 아이들 사이에서 퍼져나갔다. 그 기억이 되살아났지

만 물론 K에게는 말할 수 없다. 지금은 의사가 바뀌었겠지만, 현재 병원장에 대해 들어봤을 때 아무것도 바뀌지 않은 듯도 하다. 그렇지 않아도 병원에 불신을 가지고 있는 K를 그 이상으로 불안하게 만들고 싶지는 않았다.

S병원의 요양병동에는 비슷한 환자가 많기 때문인지, 언제 문병을 가도 조용하다. 당초 2인실에는 어머니밖에 없었다. 따라서 밤에 K가 침대 옆에 앉아 있으면 건물 안에 자기들밖에 없는 듯한 기분이 들어서 문득 무서워진다. 그래도 이따금씩 어디에서 나는지 모를 소리가 들려오는데, 이게 참으로 오싹하다.

"……살려줘 ……살려줘 ……살려줘 ……살려줘."

어느 날 밤에는 그런 희미한 여자의 비명이 한동안 이어졌다. 그리고 또 다른 밤에는,

"……싫어, 그게 와…… 만나고 싶지 않은데, 그게 온다고" 라고 중얼거리는 듯한 남자의 속삭임이 들려 소름이 돋았다고 한다.

K도 전직 간호사이기 때문에 어지간한 일로는 흔들리지 않는다. 하지만 아무리 생각해도 상황이 다르다는 기분이 들었다. 다만 그녀는 그 위화감의 원인을 자신의 어머니에게서 찾았다. 아무리 전직 간호사라도 입원한 사람이 가족이면 상황이 다를 것이다. 정신적으로 조금 예민해진 것뿐이라고 그녀는 냉정하게 생각했다.

문병은 오후 1시부터 8시까지로 정해져 있었지만, 병원 측에서 뭐라고 하지 않는 것을 구실로 삼아 오전과 밤에 한 번씩, 하루에 두 번 가고 있었다.

K는 전업주부에 두 아이가 있었지만, 둘 다 잔손이 많이 가지 않는 나이였다. 관공서에서 근무하는 남편은 매일 문병하는 것을 이해해주었다. 그래서 어느 정도는 자유롭게 시간을 쓸 수 있었다.

어느 날 밤, 평소대로 병실에 찾아갔더니 어머니의 병실 명찰 옆에 '로쿠바 히로鹿羽洋右'라는 이름표가 걸려 있었다. 아무래도 병실을 같이 쓸 환자가 들어온 듯싶었다. 보통이라면 이제까지 개인 병실처럼 사용할 수 있었는데, 라며 아쉬워했겠지만 K는 달랐다. 동물을 좋아하는 어머니가 가장 좋아했던 동물이 나라 공원에서도 유명한 '사슴'이었기 때문이다. 이름에 사슴을 뜻하는 '鹿(록)'자가 들어간 로쿠바 씨와 같은 병실을 쓰게 된 것이다. K는 이것도 길조이거니 받아들이려고 했다.

살며시 문을 열고 들어가보니, 어제까지는 비어 있던 오른편 침대에 여든 전후로 보이는 노인이 누워 있다. 게다가 두 눈을 뜨고 있어서 K는 곧바로 인사했다.

"안녕하세요. 옆 침대를 쓰고 있는 환자의 딸입니다. 잘 부탁드립니다."

그런데 아무런 반응도 없었다. 두 눈은 뜨고 있지만, 애초에 그녀의 존재를 인식하고 있는지 어떤지조차 알 수 없었다. 그저 허공을 빤히 바라보고 있을 뿐이다.

어머니보다 상태가 심하구나.

그렇게 생각한 K는 황급히 눈을 돌렸다. 그 노인을 바라보고 있으면 가까운 장래의 어머니 모습이 상상될 것 같아서 갑자기 괴로워졌기 때문이다.

두 개의 침대는 각각 측면이 좌우의 벽에 붙어 있었다. 침대의 머리 쪽과 창문 사이에는 각각 수납장과 둥근 의자가 하나씩 있다. K가 항상 보충하고 있는 성인용 기저귀나 티슈 상자는 그 선반 안에 들어 있었다. 하나 있는 의자는 물론 문병객용이다.

침대와 침대 사이의 폭은 두 사람이 서로 옆으로 몸을 돌려야 간신히 지나갈 수 있는 정도다. 노인이 같은 병실에 올 때까지는 아무런 느낌도 없었는데, 갑자기 비좁다는 것이 신경 쓰이기 시작했다. 최대한 어머니의 침대에 바짝 붙도록, K는 몇 번이나 의자의 위치를 고쳤다.

이윽고 등 뒤의 노인보다 눈앞의 어머니에게 의식이 향하기 시작했다. 그날 밤의 어머니는 K가 병실에 들어왔을 때부터 계속 잠들어 있었다. 평소 같으면 딸의 기척을 느끼고 언제가 되더라도 눈을 뜨는 것이 보통인데, 전혀 깨어날 기미가 없었다. 그러기는커녕, 마치 악몽을 꾸는 것처럼 얼굴을 찡그리고 괴로워하는 듯 보였다.

설마, 몸 상태가 나빠지기라도 했나?

이제까지는 보이지 않았던 상태라서 K는 어머니가 걱정되었다. 하지만 전직 간호사의 경험으로 보아도, 그런 것 같지는 않았다. 정말로 나쁜 꿈을 꾸고 있을 뿐인지도 모른다.

"어머니, 괜찮아요? 저예요."

어머니의 야윈 어깨에 손을 대고 가만히 흔든다. 몇 번이고 천천히 흔들자, 점차 어머니의 표정이 풀리기 시작해서 K는 안도했다.

그러고 보니 어릴 적에 무서운 꿈을 꾸면서 신음하고 있으면 어머니가 이불 위를 자상하게 톡톡 두드리며 "엄마가 여기 있으니까 괜찮아요"라고 달래주던 장면이 문득 떠올랐다. 그것이 지금은 반대가 되어버렸다. 뭐라 말할 수 없는 기분을 느끼고 있는데, 어딘가에서 중얼중얼하는 목소리가 들려왔다.

또 옆 병실의 환자인가.

처음에는 그렇게 생각했지만, 곧 문제의 목소리가 자신의 등 뒤에서 들려온다는 것을 깨닫고 깜짝 놀랐다. 천천히 뒤를 돌아보니, 얼굴을 옆으로 돌린 노인의 두 눈동자가 빤히 K를 응시하고 있었다. 조금 전의 공허한 눈동자가 아니라 명백히 그녀를 인식하는 빛이 그 두 눈동자에서 반짝이고 있었다.

"…… 아, 안녕하세요."

곧바로 인사를 한 K를 상관하지 않고, 노인은 계속 이야기를 하고 있다. 그녀에게 말을 걸고 있는 것은 틀림없는데, 정작 중요한 내용은 종잡을 수가 없었다. 확실히 어조에 명료하지 못한 부분이 있긴 하지만 알아듣지 못할 정도는 아니다. 그런데 어째서 그런 이야기를 일면식도 없는 그녀에게 하는 것인지, 그 이유를 알 수 없었다.

치매인가?

어쩌면 노인은 K를 다른 누군가와 착각하고 있는지도 모른다. 이 경우에는 그렇게 믿고 있는 것이라고 봐야 할까. 어찌 됐든 분명 노인은 자신의 지인에게 이야기하고 있다고 생각하는 것이리라.

그러나 그런 식으로 해석해도 어째서인지 K는 납득할 수가 없었다. 이쪽을 응시하면서 이야기하는 노인을 바라보면 바라볼수록 참으로 답답한 심정이었다. 이 묘한 감각은 무엇일까, 하고 그녀는 고개를 갸웃거렸다.

…… 위화감.

문득 그렇게 깨달았다. 이유는 전혀 알 수 없지만, 눈앞에서 계속 이야기하는 노인에게서 어떤 위화감을 느꼈다.

상대가 자신의 이야기에 흥미를 보였다고 생각한 걸까. 노인의 어조가 열기를 띠기 시작했다. 더욱 수다스럽게, 무언가를 전하려 하고 있다. 다만 얄궂게도 그 열의가 말을 너무 빠르게 만들었기 때문에 거의 알아들을 수 없게 되어버렸다.

"진정하세요, 좀 더 천천히."

자기도 모르게 입 밖으로 목소리를 낸 것은 역시 전직 간호사였기 때문일까.

이렇게 K는 흘러가는 상황상, 자연스레 노인의 이야기에 귀를 기울이는 처지가 되었다. 어머니의 문병과 간호가 최우선임은 말할 것도 없지만, 그 외에는 옆자리 환자의 이야기를 듣는 나날이 이어졌다. 가령 오늘은 듣고 싶지 않다고 생각하더라도, 상대가 멋대로 이야기를 하니까 어쩔 도리가 없다. 어머니가 깨어 있는 시간이 차츰 짧아져갔고, 그것과 반비례해서 K가 병실에 오래 머무르게 된 것도 이 기묘한 이야기를 듣도록 만드는 모양새가 되었다.

당초에는 무슨 말을 하는지—이야기의 내용은 이해한다고 해도—여전히 불명이었다. 시간 순서를 완전히 무시하고 사건의 토막을 주절주절 들려주고 있다…… 그런 느낌이다.

그렇다고 해도 이리 갔다 저리 갔다를 반복하며 똑같은 이야기를 몇 번이고 되풀이하는 노인의 이야기를 계속 듣는 동안, 조금씩 전체적인 형태가 보이기 시작했다.

이 사람이 어렸을 무렵의, 옛날의 체험을 이야기하는 거구나.

몇 살 때의 사건인지는 확실치 않지만, 왠지 열 살 정도가 아닐까 짐작했다. 다만 그가 지시받은 용무를 생각해보면 좀 더 나이가 많을지도 모른다. 어쨌든 노인은 어린아이였을 무렵으로 돌아가서 '저'라는 1인칭으로 당시의 체험을 이야기하는 듯했다.

이 간단한 사실을 좀처럼 깨닫지 못했던 것은, 그 이야기는 노인이 어린 시절에 겪은 이야기였음에도 그것을 미처 파악하지 못해 지금 눈앞에 있는 80세 전후 노인의 이야기로 받아들이고 있었던 탓이다.

위화감의 정체는, 이건가?

그렇게 납득했던 것도 잠시뿐, 또다시 K는 묘한 일그러짐을 느꼈다. 문제의 위화감은 해소되기는 고사하고 오히려 강해진 느낌마저 든다.

그게 아니야…….

어느샌가 그녀는 어째서인지 노인을 두려워하게 되었다. 애초에 이름 말고는 아는 것이 전혀 없었다. 아침과 밤에 한 번씩, 이제껏 해오던 대로 병실을 방문하는데 단 한 번도 노인의 친족이나 문병객과 만난 적이 없다는 것도 이상했다. 매일 같은 시간대에 오는 것은 아니다. 날에 따라서는 한두 시간 정도 뒤에 다시 오는 경우도 있다. 그런데도 불구하고 언제 와도 아무도 없는 것은 너무나도 이상하지 않은가. 아니면 노인은 천애고아인가?

안면이 있는 간호사에게 넌지시 물어봐도, 말을 흐릴 뿐 아무것도 알려주지 않았다. 개인정보이므로 당연하다고도 할 수 있지만, 꼭 다른 사정이 있는 것 같다는 생각밖에 들지 않는다.

오싹한 이야기를 하자면, 노인이 맞고 있는 주사액이 줄어드는 속도가 아주 빠르다는 점도 그랬다. 똑같은 500밀리리터 주사액이라도 환자의 상태에 따라서 줄어드는 속도가 달라진다. 그 사실을 K도 알고는 있었지만, 그렇다고 해도 이상할 정도로 빨랐다. 교환하러 온 간호사에게 큰맘 먹고 주사액에 대해 물어보았지만, 역시 얼버무리는 대답만이 돌아왔다.

그리고 무엇보다 소름 끼치는 것은, 노인이 되풀이하는 이야기의 내용이었다. 어째서 그는 그런 체험만을 이야기하고 싶어하는 것일까. 그것도 일면식도 없던 타인인 K에게. 우연히 같은 병실에 있게 되었을 뿐인, 옆 침대에 누워 있는 환자의 딸에게.

다만 노인은 때때로 K의 존재조차 인식하지 못한 듯 보이기도 했다. 그 이야기를 하자면, 자신이 S병원의 병실 침대에 누워 있는 것조차 전혀 이해하지 못하고 있을 가능성도 있었다. 그래도 이야기를 멈추지 않는 것은, 거의 망령이 든 머릿속으로 어릴 적에 조우했던 무서운 사건을 반복해서 추체험追體驗(다른 사람의 체험을 자신의 체험처럼 느끼거나, 또는 옛 체험을 다시 체험하듯 느끼는 것_옮긴이)하고 있기 때문일지도 모른다. 그 증거로, 이따금씩 도움을 청하는 말을 했다. 그래서 K에게는 더욱 꺼림칙하게 느껴졌으리라.

그러나 아무리 K가 싫어해도 병실에서 노인을 쫓아낼 수는 없다. 어머니를 다른 병실로 옮기는 것도 정당한 이유가 없으면 불가능하다. 그렇다고 병원을 옮길 정도의 문제도 아니다. 노인에게 오싹함을 느끼는 것은 어머니가 아니라 K니까.

…… 정말로 그런 걸까?

수수께끼의 노인이 같은 병실에 들어온 뒤로 어머니의 상태는 명백히 악화되었다. 우선 깨어 있는 시간이 줄었다. 가끔씩 깨어나도, 의사소통이 어려운 경우가 많다. 항상 무언가에 겁먹고 있는 듯 보이기도 한다. 심지어 잠들어 있을 때도 끊임없이 악몽을 꾸는 듯했다. 이 급격한 변화와 노인 사이에 어떤 관계가 있는 것이 아닐까.

K의 불안은 날이 갈수록 부풀어갔다. 역시나 전직 간호사인 만큼 자신의 의심에 대해서 "그건 말도 안 되는 생각이야" 라고 스스로 딴죽을 거는 마음도 있었다. 그러나 한편으로 전직 간호사인 만큼, 인간의 이성으로는 헤아릴 수 없는 불가사의한 경험도 적지 않게 해본 것이 사실이다. 게다가 무엇보다, 그 노인은 너무나도 이상하다. 괴상하다.

동창회에서 K와 만났을 때, 마침 그녀는 상당히 불안정한 정신 상태에 빠져 있던 참이었다.

나는 위로의 말을 하면서도, 같은 병실에 있다는 노인에게 적지 않은 흥미를 가졌음을 솔직하게 전했다. 화를 낼 거라고 짐작했는데, 오히려 그녀는 안도의 표정을 보였다.

"딱 한 번 남편에게 이야기했는데, 제대로 상대해주지 않았어. 그렇게 불쌍한 노인네를 어떻게 사신이라도 되는 것처럼 말할 수 있느냐며 비난하더라고."

"뭐, 상식적인 반응이지."

나의 말에 곧바로 K가 쓴웃음을 지었다. 하지만 그다음에 그녀는 놀라운 제안을 했다.

"소설의 소재로 써먹을 수 있을 것 같다면, 그 할아버지 이야기를 좀 더 자세히 알려줄 수도 있어."

물론 내게 이견은 없었다. 다만 동창회 이후로는 서로 시간이 나지 않아서, 나중에 메일을 주고받기로 했다.

그 뒤로 일주일 정도 지났을 무렵, K로부터 메일이 도착했다. 간단한 인사말과 함께 텍스트 파일이 첨부되어 있었다. 그것을 열어보니, 노인에게 들은 이야기가 거의 시간순으로 나열되어 있었다. 그것만으로는 앞뒤 내용이 이어지지 않는 부분도 있기 때문인지, 사이사이에 보충 설명까지 적어놓아서 몹시 감탄했다. 몇십 시간이나 노인을 상대하는 동안, 그 이야기 외의 부분까지 상상으로 보충할 수 있게 된 듯했다.

K의 텍스트를 기반으로, 우리는 몇 번이나 메일을 주고받았다. 그중에 몹시 헤맸던 것이 이야기 속 노인의 나이였다. 열 살이라는 K의 추측은 너무 어리다는 기분이 들었다. 소년이 맡은 중요한 용무를 감안하면 적어도 열넷이나 열다섯 정도가 아닐

까. 하지만 그렇게 되면 이번에는 반대로 나이에 비해 어린 언동이 눈에 띈다는 모순이 생겨난다. 결국 어떻게도 단정할 수는 없지만, 당시의 —아마도 쇼와 10년대(1935년 전후_옮긴이)의 —열 살은 요즘 열 살보다 정신적으로 성숙했으리라고 생각하면, 반드시 불가능하다고만은 할 수 없는 견해인지도 모른다.

노인의 이야기에는 설명이 부족한 부분이 많아서, K가 아무리 보충해도 하나의 이야기로 엮어내는 데 상당히 애를 먹었다. 그 점에 대해 불평하자, 곧 그녀에게서 답장이 왔다.

'그 부분은 작가의 풍부한 상상력으로 얼마든지 메울 수 있는 거 아니야?'

풍부한지 어떤지는 영 수상하지만, 그렇게 하기로 했다. 아무리 타인의 체험이라고 해도, 작가가 소설화를 한 시점에서 그곳에는 많든 적든 창작이 들어가는 법이다.

마지막에 남은 문제는 어떻게 생각해도 의미를 알 수 없는 말을 어떻게 처리할까 하는 점이었다. 노인의 발음이 명확하지 않은 것은 차치하더라도, 몇 번이나 들어도 여전히 불분명한 점이 몇 가지 존재했다.

그중 가장 신경 쓰인 것이 '휴대'란 단어였다. 발음이 확실치 않아서 우대, 후대, 휴대 중 하나가 아닐까 생각하지만, 어느 것도 확실치 않다. 그 단어 전후에 "가지고 있지 않다"라든가 "없다"라는 말을 하고 있으니 몸에 휴대한다는 의미라고 생각했는데 대체 무엇을 휴대하고 있지 않은 것인지, 가장 중요한 부분이 수수께끼였다. 게다가 어린아이가 뭔가를 가지고 있지 않은 것을 "휴대하지 않았다"라고 표현할까? 노인이 어린 시절의 자신으로 돌아가서 이야기하는 듯하다는 점은 일단 틀림없다. 그렇다면 우대든 유대든 휴대든, 전부 적절하지 않다.

어쩌면 '희대'를 잘못 들은 것일까 하고 의심해보았지만, 그러면 맥락이 불규칙해지는 데다 '희대' 역시 어린애가 쓸 만한 말은 아니다.

그 밖에 생각할 수 있는 것은, 특정한 지방에 전해지는 풍습과 관련한 용어가 아닐까 하는 견해다. 소년이 부여받은 용무와 그의 할머니의 언동으로 추측하면, 그런 해석도 충분히 가능할 것 같았다. 다만 유감스럽게도 약간의 조사만으로는 해당될 만한 단어를 찾을 수 없다. 하다못해 어느 지방인지만이라도 알면 또 다른 조사방법이 있겠지만, 노인의 이야기에 구체적인 지방의 이름은 전혀 나오지 않았다.

아니 단 하나, 지명이 아닐까 생각되는 단어가 있었다.

뉴루우스.

물론 정확한 발음도 표기도 모른다. K가 듣기에는 이렇게 들렸다는 것에 지나지 않는다. 이 말도 잠깐 조사해보았지만, 완전히 두 손 들었다. 비슷한 지명조차 발견할 수 없었다. 그래서 한때는 외국이 아닐까 하고 의심했지만, 소년이 맡았던 용무가 그것을 부정하고 있다.

K와 대화한 결과, 도저히 의미를 파악할 수 없는 단어나 표현은 전부 삭제하기로 했다. 그것들을 무시하더라도 노인의 이야기를 재구성하는 데 아무 문제가 없다고 판단되었기 때문이다.

노인의 체험담을 둘러싼 이런 다양한 검토들은 아주 자극적이어서 나를 몹시 흥분하게 만들었다. 그러나 그것이 벽에 부딪히게 된 것을 슬슬 인정할 시기가 왔다. 그렇게 그녀에게 전하자, 이제까지 엮은 이야기를 소설화하는 것만으로도 충분히 오싹한 이야기가 되지 않겠느냐는 대답이 돌아왔다.

그래서 이제부터, 내가 써낸 어느 노인의 기묘한 이야기를 풀어놓고자 한다.

실은 집필하던 도중에 한 가지 가설이 떠오르고 있었는데, 그것은 후술하기로 한다. 너무나 황당무계한 해석이라 분명 K도 받아들이지 못하는 게 아닐까, 하고 염려했기 때문이다.

대체 소년은 무엇을 체험한 것일까. 부디 독자들도 함께 생각해주었으면 한다.

2

소년이 눈을 뜨자, 어머니와 할머니의 눈치가 이상했다. 아무래도 소년이 낮잠을 자던 사이에 부고가 날아든 듯했다. 멀리 살던 친척 집에서 누군가 죽었다고 한다.

다만 소년이 이해할 수 있었던 것은 거기까지였다. 불행한 일을 겪은 집도, 죽은 인물도, 소년과는 전혀 친분이 없었다. 아직 어린아이였던 탓도 있지만, 평소부터 부모님과 할머니는 친척과의 왕래를 싫어했다. 가령 뭔가 용무가 생겼을 경우에도 늘 자기들끼리 처리하고 있었다. 그래서 소년은 친척들에 대해서 거의 몰랐다.

그렇게 말하면 친구들 대다수가 눈을 동그랗게 뜨고 놀라곤 했다. 평소에 친척과 교류가 없는 것은 이해할 수 있다. 그렇지만 어떤 사람이 있는지조차 모른다는 것은 조금 이상하다는 것이다. 그러나 옛날부터 소년의 집에서는 그것이 보통이었다. 그래서 그도 오늘까지 조금도 신경 쓰지 않았다. 이번 부고도 부모님이 대응할 것이라고만 생각하고 있었다.

그런데 아버지는 출장 중이라서 금방 돌아올 수가 없었고, 어머니는 감기 때문에 고열로 고생하고 있었다. 할머니는 며칠 전에 외출했다가 넘어지는 바람에 삐었던 오른쪽 발목이 아직 완치되지 않았다. 요컨대 집의 어른 중 아무도 장례식에 갈 수 없는 상태였다.

그래서 집의 사정을 저쪽에 연락하면 그것으로 끝날 것이라고 소년은 생각했다. 이제까지 해왔던 친척과의 교류를 돌아봐도, 그렇게 하는 것이 당연하다는 기분이 들었다.

하지만 뜻밖에도 그렇게 되지 않았다. 어머니는 할머니와 둘이 이야기를 주고받은 뒤에 터무니없는 말을 했다.

"애, 부의금을 가지고 저쪽 집에 가줄 수 있겠니?"

소년에게는 처음으로 존재를 알게 된 친척이다. 게다가 그는 학교 소풍을 제외하면 집에서 멀리 떠나본 적이 없다.

그러나 어머니는 소년의 불안 따윈 안중에도 없다는 듯 말을 이었다.

"할머니도 아버지도 어머니도 갈 수 없는 이유를 편지에 적어둘 테니까, 그걸 부의금과 함께 전달해주기만 하면 돼."

"둘 다 우편으로 부치면 되잖아요."

한 번도 가본 적 없는 낯선 사람의 집에, 그것도 멀리 떨어진 지방까지 자기 혼자 가는 상상을 하고 소년은 자기도 모르게 그렇게 대답했다.

"그게 말이지……."

곧바로 어머니는 뒤에 서 있는 할머니를 돌아보았다. 순간 두 사람이 눈짓만으로 대화를 나누는 듯이 보였다.

"그럴 수가 없거든."

결국 아무것도 변하지 않았다. 오히려 어린아이에게는 말할 수 없는 어른의 사정이 있다는 것을 소년이 눈치채고 말았다.

"조금 멀지만, 너도 이제 그 정도는 할 수 있잖아?"

소년이 힘없이 고개를 숙인 모습을 승낙의 표시로 받아들였는지, 곧바로 어머니는 편지를 쓰기 시작했다.

…… 큰일 났네.

소년이 침울한 기분에 잠겨 있는데, 할머니가 작은 목소리로 속삭였다.

"애, 할머니 방으로 오려무나."

시키는 대로 따라갔더니 할머니가 천천히 '곳쿠리 님(동전과 연필 등으로 하는 주술. 국내에서는 '분신사바' 등으로 알려져 있다_옮긴이)'을 하기 위한 준비를 시작해서, 소년은 가슴이 철렁했다.

백지 중앙에 간단히 도리이 형상을 그린 다음 그 좌우에 '네'와 '아니오'를 적고, 왼쪽 비스듬히 위부터 시계 방향으로 일본어 오십음도를 적어 넣는다. 그런 뒤에 도리이 위쪽에 동전을 놓으면 준비가 끝난다.

인생의 고비나 중요한 행사가 있기 전에 할머니는 반드시 '곳쿠리 님'을 했다. 그 덕분에 몇 번이나 도움을 받았다고 한다. 그 불가사의한 이야기는 몇 번이나 들었는데, 소년에게 가장 인상 깊게 남은 것은 그의 아버지가 초등학생 때 규슈로 수학여행을 떠나기 전에 받았던, 수수께끼의 계시에 대한 이야기였다.

고양이와 타지 마.

그대로 해석하면 "고양이하고 뭔가에 타지 마"라는 의미일까. 규슈까지는 열차로 가고, 현지에서는 버스로 이동할 예정이다. 그러나 버스는 대절해서 갈 예정이니 그곳에 고양이가 있을 거라고는 생각되지 않는다. 그렇다면, 혹 전철 탑승객 중에 고양이를 데리고 타는 사람이 있는 것일지도 모른다.

그래서 아버지는 열차에 타자마자 모든 차량을 살피고 다녔다고 한다. 그러나 고양이가 들어 있는 케이지 같은 것은 전혀 보이지 않았다. 규슈에 도착해서 탄 버스에도, 마찬가지로 아무런 이상도 없었다.

이번에는 빗나간 걸까?

그때까지 긴장의 연속이던 아버지가 간신히 안도의 한숨을 내쉬려고 할 때였다. 두 번째 버스에 올라타려는데, 문득 운전사의 이름표가 눈에 들어왔다.

'根子勝之'.

"서, 성함을 뭐라고 읽나요?"

떨리는 목소리로 물어보자, 운전기사는 웃으며 대답했다.

"'네코 가쓰유키'라고 읽는단다."

뜻밖에도 운전사의 성씨는 고양이라는 뜻의 일본어 '네코'와 발음이 같았다. 소년의 아버지는 갑자기 몸 상태가 나빠진 체하며, 아무리 교사가 달래도 그 버스에 타기를 완강히 거부했다. 그리고 결국, 나중에 출발하는 다른 반의 버스에 타게 되었다.

먼저 출발했던 아버지의 반 버스는, 운전 실수로 도중에 절벽에서 떨어져 학생 다수가 중경상을 입는 사고를 냈다. 만약 아버지가 탔더라면, 앉을 좌석의 위치로 보아 중상을 입었을 것이 틀림없다—자칫하다가는 죽었을지도 모른다—는 말을 들었다고 한다.

이 이야기는 소년의 마음에 곳쿠리 님은 무섭다, 라는 강렬한 의식을 심었다. 아버지의 목숨을 구해주었으니 원래대로라면 고마운 존재로 인식할 참이겠지만, 소년은 도저히 그런 식으로는 생각할 수 없었다.

무서운 계시를 하는 존재.

그것이 소년이 인식하는 곳쿠리 님이었다. 가능하면 관여하고 싶지 않은 존재였다.

안 그래도 꺼려지는데, 왜 할머니는 손자를 위해서 그 의식을 하려는 걸까. 그 이유를 알 수 없는 것도 소년을 불안하게 했다. 불행한 일이 생긴 친척에게 그냥 편지와 부의금을 전해주는 것뿐이다. 일부러 계시를 받아야 할 정도로 중대한 용무도 아닐 것이다.

물론 소년에게는 큰일이다. 가능하면 가고 싶지 않다. 하지만 어머니도 할머니도 그렇게 생각하지는 않는다. 짐이 조금 무거운 심부름이기는 해도, 이 정도 일은 괜찮을 거라고 생각하고 있다.

그럼에도 불구하고 할머니는 '곳쿠리 님'을 할 생각이다. 모순되지 않은가?

도리이에 얹은 동전 위에 할머니가 오른손 검지를 대고, 소년에게도 같은 행동을 하라고 재촉했다. 처음 하는 일이라 당황하자, "얼른 못 하겠니!" 라고 재촉했다. 어쩔 수 없이 마음을 단단히 먹고 조심스럽게 손가락을 댔다. 그러자마자 곳쿠리 님을 부르는 주문이 실내에 흐르기 시작했다.

이윽고 "오셨습니까?" 라는 할머니의 몇 번째인가의 물음에 스스스슥, 하고 동전이 '네' 쪽으로 움직였다. 소년은 화들짝 놀라서 엉거주춤하게 엉덩이를 들 뻔했다.

"안 돼!"

곧바로 할머니의 불호령이 떨어져서 움찔했다.

"곳쿠리 님이 돌아가실 때까지, 무슨 일이 있어도 손가락을 떼서는 안 돼. 자, 알았지?"

할머니는 소년이 주의 사항을 충분히 이해할 때까지 기다린 뒤에,

"곳쿠리 님, 곳쿠리 님. 부디 손자에게 계시를 내려주실 수 있겠습니까?"

그렇게 부탁했다. 같은 말을 수없이, 주문처럼 외웠다.

그런데 아무리 빌어도 동전이 전혀 움직이지 않는다. 할머니는 믿기지 않았는지, 미심쩍어하는 얼굴이다. 계속해서 곳쿠리

님에게 말을 걸자 결국 간신히 움직였지만,

무……섭……다.

세 글자에서 딱 멈춰버렸다.

"무섭다는 것은 두려운 일이라는 의미입니까?"

할머니의 물음에, 이번에는 재빨리 '네' 쪽으로 움직였다.

"대체 무엇이 무섭습니까?"

그렇게 이어서 물었지만, 또다시 동전은 멈춰버렸다.

할머니가 끈기 있게 같은 질문을 반복하자, 다시 '무섭다'라는 세 글자를 차례로 표시했다. 그래도 할머니는 포기하지 않고 같은 물음을 몇 번이고 반복했다. 이내 소년은 곳쿠리 님보다 할머니가 무서워지기 시작했다.

대체 얼마나 그런 대화가 이루어졌던 걸까. 마치 끈기 대결을 하는 것처럼 갑자기 동전이 새로운 글자를 나타내기 시작했다.

시……카……바……네……와……잠……들……지……마……라.

"시카바네라는 건, 시체(일본어 '시카바네しかばね'는 시체를 뜻하는 한자 屍의 훈독이다_옮긴이)를 말하는 것입니까?"

곧바로 할머니가 물었지만, 그 뒤로는 무엇을 물어봐도, 몇 번을 물어봐도 곳쿠리 님은 대답하지 않았다. 간신히 동전이 움직인 것은, "부디 살펴 돌아가십시오"라고 할머니가 말했을 때였다.

'곳쿠리 님'을 마친 뒤, 할머니는 골똘히 생각에 잠긴 채로 뭐라 중얼중얼하고 있었다.

"시카바네는 시체를 뜻하니까, 이 상황에서는 부고가 들어온 시신밖에 없겠지. 그렇지만 그 시신과 우리 손자가 같이 잠을 자다니, 그런 일은 있을 리 없어."

할머니는 그렇게 말하면서 소년의 얼굴을 빤히 바라본다. 그러고는 갑자기,

"아니, 아니. 설마……."

두렵다는 듯이 고개를 절레절레 젓더니, 곧 소년에게 시골의 장례식 절차에 대해 가르쳐주었다. 그중에서도 그가 오싹했던 것은 탕관湯灌(불교식 장례에서 시신을 씻기는 일_옮긴이)에 대한 설명이었다.

대개의 지방에서는 시신을 천으로 닦는 정도고, 그것도 장의사가 해준다. 다만 아직 옛날 풍습이 이어지는 곳에서는 다양한 의례가 이루어지기도 한다고 한다. 예를 들면 장례식 전날 밤에 친족이 시신 옆에서 함께 자기도 한다. 이제부터 방문할 친척 집이 그런 곳이라고 단정할 수는 없다. 가령 그런 습관이 남아 있다고 해도 소년이 그것을 할 필요는 전혀 없다. 그러니까 걱정할 것 없다고 할머니는 말했지만, 그렇다면 곳쿠리 님의 계시는 어떻게 되는 것인가.

소년이 불안해하자,

"어쨌든 돌아가신 분을 뵌 뒤에는, 되도록이면 다가가지 말도록 해라."

할머니는 그렇게 진지한 얼굴로 충고를 해주었다.

"장례식 전날 밤에는 하룻밤 내내 선향 연기가 끊이지 않도록 시신 앞에서 밤을 새기도 하지만, 그건 그 집 사람이 할 일이지 너하고는 상관없어. 그러니까 괜찮을 거라고 생각하지만, 만약에 부탁을 받더라도 무조건 거절하거라. 알겠지?"

시체와 잠을 잔다…….

그런 상황이 되는 건 선향 당번을 맡는 사람 정도일 것이라고, 할머니는 생각하는 듯했다.

거기서 어머니가 소년의 배낭을 들고 나타났다. 하루를 묵으며 갈아입을 옷가지 등과 편지와 부의금이 들어 있을 것이다.

"열차를 갈아타는 법하고, 저쪽 역에 도착한 뒤에 찾아가는 길은 여기에 적어두었어."

그렇게 말하며 어머니는 한 장의 종이쪽지와 교통비를 소년에게 건넸다.

"조심하렴."

"계시를 잊지 말도록 해라."

어머니와 할머니의 배웅을 받으며, 그는 무거운 발걸음으로 집을 나섰다.

안 그래도 중요한 역할인데, 이것이 소년에게는 처음으로 혼자 떠나는 여행이었다. 게다가 곳쿠리 님의 섬뜩한 계시까지 딸려 있다. 발걸음이 굼떠진 것도 무리가 아니다.

그러나 역에 도착해서 열차에 타고 집에서 차츰 멀어짐에 따라, 어쩐지 기분이 고양되기 시작했다. 아직도 긴장되기는 하지만, 어째서인지 그것이 편안하게도 느껴진다. 별로 익숙하지 않은 역으로 열차가 향하고 있다는 사실도 그렇게 불안하지 않다. 오히려 모험심을 크게 자극받았다.

그런 심경의 변화는, 큰 역에서 열차를 갈아탄 뒤에 지방 기차역에 도착해서 낡아빠진 차량으로 다시 갈아타고, 그 열차가 한적한 시골 풍경 속을 달리기 시작할 때까지 어떻게든 지속되었다. 하지만 거기서부터가 문제였다.

열차의 좌석은 2인석 의자가 서로 마주 보게 되어 있는 횡좌석으로, 소년이 한 번도 앉아본 경험이 없는 형태였다. 그런 사소한 점이 우선 신경 쓰였다. 지정석도 아닌데, 어린애가 혼자 앉아 있어도 괜찮을까 하고 괜히 걱정되었다. 자리를 고르면서 봤을 때는 차량 내에 다른 승객은 그리 많이 눈에 띄지 않았다. 그러니까 어디에 앉아도 문제는 없을 테지만, 어째서인지 마음이 차분해지지 않았다. 자리에 앉아버리면, 같은 차량에 타 있는 사람이라도 전혀 보이지 않게 된다. 통로를 사이에 둔 맞은편 좌석에는 아무도 없기 때문에, 마치 자기 한 사람밖에 없는 듯한 기분이 든다.

차창으로 보이는 풍경은 어둠에 덮여가는 낮은 산들이 펼쳐진 논밭뿐이다. 조금 전까지 비추고 있었을 햇살은 미약하게 반짝일 뿐 이미 흔적도 없다. 앞으로 몇 분이 지나면 노을도 지고, 밤의 장막이 드리울 것이다. 창을 향할 때마다 참으로 우울해지는 경치였다.

그래도 소년은 어쩔 수 없이 창밖을 바라보고 있었다. 그밖에 시간을 때울 방법이 없었기 때문이다. 딱히 독서를 좋아하는 편은 아니었지만, 소년은 이럴 줄 알았으면 책이라도 가져올걸 그랬다며 후회했다.

계속 소년이 멍하니 차창을 바라보는데, 문득 창유리에 사람의 형체가 비쳤다. 누군가 통로를 걸어온 듯했다. 그러나 그 사람은 지나쳐 가지 않고, 어째서인지 좌석 옆에 멈춰 서 있다. 그리고 소년을 응시하고 있다.

…… 어, 뭐지?

유리에 비친 사람의 형체는 상당한 고령의 노인으로 보였다. 그런 사람이 내게 어떤 용무가 있다는 걸까. 아니면 뭔가, 도움을 바라는 걸까?

소년은 그쪽을 돌아보았다가 "우왓!" 하고 소리를 지를 뻔했다.

눈앞의 자리에, 노인이 앉아 있다.

방금 전까지 분명 그 노인은 통로에 서 있었다. 모습이 창유리에 비치고 있었으니 틀림없다. 그럼에도 불구하고 소년이 돌아보았을 때, 이미 노인은 눈앞의 좌석에 앉아 있었다. 그 옆에는 이름표가 달린 손때 묻고 낡은 여행 가방까지 놓여 있다. 어린애라면 몰라도, 이런 노인이 그렇게까지 잽싸게 행동할 수 있을 리가 없다.

소년이 멍청히 바라보자, 노인이 묘한 말을 했다.

"호오, 죽었구나."

지금의 '죽었구나'는 '사람이 죽었구나'라는 의미일까. 어쩌면 이 사람은 이제부터 방문할 친척 집 사람이고, 자기를 마중하러 온 것일까.

그렇게 소년은 생각하려 했지만, 금방 고개를 저었다.

불행을 당한 집 사람이, 자신에게 "사람이 죽었구나" 라고 확인할 리가 없다. 그렇다고 해서 친척의 이웃 사람이라고도 생각되지 않는다. 애초에 소년의 얼굴을 아는 사람이 이쪽에 있을 리가 없다.

이 할아버지는 대체…….

누구일까, 하는 생각에 무서워졌다. 애초에 어디에서 온 걸까? 지난 역에 정차했다가 출발한 지 시간이 벌써 상당히 흘렀는데, 이제서야 통로를 걸어온다는 것은 이상하지 않나? 게다가 차 안의 여기저기가 비어 있는데, 왜 하필 소년의 앞자리에 일부러 앉는 걸까. 게다가 영문 모를 소리를 하면서 흐릿하게 미소까지 짓고 있다.

흘끗흘끗 노인을 보면서, 소년은 초조해했다. 머리가 이상한 사람이면 어쩌지 겁이 났다. 가능하면 자리를 옮기고 싶었지만, 몸이 조금도 움직이지 않았다. 마치 노인의 시선에 의해 좌석에 그대로 묶여버린 것 같은 기분이다.

"그렇구나. 곳쿠리 님인가."

그러자 노인이 또다시 이상한 소리를 했다.

어떻게 봐도 노인이 말한 '곳쿠리 님'은 주술의 곳쿠리 님을 뜻하는 것이다. 그렇다면 집을 나오기 전에 할머니가 했던 그 곳쿠리 님을 말하는 걸까. 하지만 어째서 이 노인이 그런 것을 알고 있는 걸까.

분명히 우연이겠지.

머리가 이상한 노인이 의미도 없이 내뱉은 말이, 우연히 지금 소년의 상황에 들어맞은 것이다. 그게 틀림없다며, 어린아이인 소년은 나름대로 그렇게 받아들이려고 했다.

그런데…….

"죽은 사람하고 같이 자다니, 그거 참 싫겠구나."

그리고 노인이 세 번이나 터무니없는 소리를 해서, 소년은 부르르 떨었다.

이것은 곳쿠리 님의 계시 내용을 말하는 것이 아닐까. 이렇게까지 오싹할 정도로 일치하면, 그렇다고밖에 생각되지 않는다.

하지만 소년의 친척에게 불행한 일이 생긴 것도, 집을 나오기 전에 할머니가 곳쿠리 님을 한 것도, 거기에서 어떤 계시가 있었는가 하는 것도 이 노인은 어떻게 아는 것일까.

이제는 고개를 들고 있을 수 없었다. 시선을 바닥으로 떨어뜨리고 소년은 파르르 몸을 떨었다.

어떡하지…… 무서워, 무서워, 무서워.

도움을 청하고 싶었지만, 주위에는 아무도 없다. 애초에 주위의 좌석을 둘러볼 수가 없다. 그저 고개를 푹 숙이고 눈앞의 꺼림칙한 인물이 얼른 떠나가기를 바랄 뿐이다.

그런 소년의 바람을 산산조각 내듯이,

"걱정하지 않아도 되도록, 내가 옛날 얘기를 하나 해주마."

노인은 그렇게 운을 떼더니 끈적끈적한 어조로 옛날이야기를 시작했다. 예상 밖의 전개에 소년은 당황했지만, 귀를 막을 수도 없다. 어쩔 수 없이 노인의 이야기를 듣게 되었다. 그것은 다음과 같은 이야기였다.

행상인이 모 마을을 지날 때, 이쪽을 향해 이동하는 대규모 장례 행렬과 만났다. 마침 점심 무렵이어서, 그는 길옆의 큰 나무 밑에 앉아 도시락을 먹기로 했다. 밥을 먹으며 긴 장례 행렬을 구경하려고 했던 것이다.

이윽고 행렬이 다 지나가고 도시락도 다 먹어서, 행상인은 다시 길을 떠났다.

그리고 1년 후, 장사를 마치고 돌아가던 중에 그는 모 마을을 지나가게 되었다. 우연히도 1년 전에 장례 행렬을 마주친 것과 같은 날, 같은 시각이었다.

그날과 마찬가지로 행상인은 커다란 나무 밑에서 도시락을 먹고 있었다. 그런데 어느덧 눈앞에 젊은 여자가 서 있었다. 그리고 그의 얼굴을 들여다보더니 말했다.

"딱 1년 전, 당신은 여기서 저를 배웅하셨지요."

그리고 여자는 그런 말과 함께 웃으며 행상인을 끌어안았다.

그는 비명을 지르며 도망쳤지만, 마을 외곽의 지장보살상 앞에서 픽 쓰러져버렸다.

얼마 후 마을 사람에게 발견되어 가까운 집으로 실려 간 그는, 이제까지의 경위를 이야기한 뒤 그대로 숨을 거두었다고 한다.

노인은 틈을 두지 않고 두 번째 이야기를 시작했다.

한 남자가 이웃 마을의 장례식에 참석하고 해질 무렵에 집에 가기 위해 낮은 산을 넘고 있는데, 뒤에서 무언가 따라오는 기척을 느꼈다. 조심조심 뒤를 돌아보자, 옆으로 나란히 늘어선 세 명의 어린아이 모습이 보였다.

이런 산속에……?

그렇게 수상하게 생각하자마자, 그것들이 인간의 아이가 아님을 깨달았다.

황급히 갈 길을 서둘렀지만, 그것들이 변함없이 등 뒤를 따라오는 걸 알 수 있었다. 곧 산길 오른편에서도, 그리고 한동안 시간이 흐른 뒤에는 산길 왼편에서도 같은 기척이 느껴졌다. 흘끗 양옆을 보니 양쪽 숲속에서 작은 형체가 움직이고 있다. 남자의 걸음에 맞추듯이 그것들은 나무들 사이를 질주하고 있었다.

등 뒤의 세 사람 중 두 사람이 내 옆으로 돌아든 게 틀림없다.

그렇게 짐작한 남자는, 무서워서 견딜 수 없었다. 마침 내리막에 접어든 참이라 남은 길을 전속력으로 달렸다.

간신히 산기슭까지 내려와서 안도한 것도 잠시뿐, 길 앞쪽으로 나란히 서 있는 세 개의 작은 형체가 보였다.

…… 앞질러 왔구나.

너무나 무서웠던 나머지, 남자는 길가에 떨어져 있던 굵직한 나뭇가지를 집어 들고 세 사람에게 덤벼들었다.

닥치는 대로 두들겨 패다가 정신을 차려보니, 세 사람은 마을의 노파들이었다. 남자와 마찬가지로 이웃 마을의 장례식에 참석하고 귀가하는 중이었던 것이다.

남자는 노파들을 죽인 죄로 사형에 처해졌다고 한다.

노인은 이어서 세 번째 이야기를 했다.

한 부부가 네 명의 어린 자식들과 함께 마차를 타고 친척 집의 장례식에 참가했다. 그리고 집에 돌아가려고 시골길을 천천히 달리고 있는데, 길 저편에 걸어가는 하얀 옷차림의 순례자 모녀가 보였다.

어머니 쪽의 옷은 더럽고 상당히 남루한데, 딸만은 아주 깨끗했다. 어머니는 얼굴에 생기가 없고 몹시 지쳐 보였지만 딸은 아주 생기가 넘쳤다.

이상하다고 생각하면서도 불쌍하다고 느낀 부부는 두 사람을 마차에 태우려고 했다. 그러나 아이들이 싫어했다. 특히 나이 어린 두 명은 울고불고 난리였다. 그런 자식들에게 부부는 화를 내면서 두 모녀를 위해 자리를 비켜주라고 야단을 쳤다.

어머니는 몇 번이나 고개를 숙이면서 마차에 올라탔다. 하지만 딸은 감사 인사 한마디 없었다.

부부가 행선지를 묻자, 어머니는 "딸이 가는 곳으로"라고 대답했다. 영문을 몰라 당황하는 부부에게 어머니 쪽은 간살을 떠는 미소로 답했지만, 딸은 무표정한 채로 한마디도 하지 않았다.

이웃고 가족이 사는 마을 앞까지 오자, 갑자기 순례자 모녀는 마차에서 내리더니 어딘가로 가버렸다.

그 딸이 짐 꾸러미를 깜빡하고 가서 부부가 내용물을 살펴보았더니, 장례식 때 쓰는 삼각 두건만 잔뜩 들어 있었다. 어쩐지 기분이 나빠서, 부부는 그것을 근처의 잡목림에 버리고 돌아가기로 했다.

그날 밤, 부부의 네 아이는 한 명도 남김없이 죽었다고 한다.

그런 오싹한 이야기를 노인은 하염없이 이어나갔다. 어느 것이나 반드시 장례에 얽힌 내용이었고, 게다가 마지막에는 반드시 새로운 사망자가 생긴다. 분명 잠이 확 깰 만한 이야기뿐이었지만, 어째서인지 귀를 기울이고 듣는 동안 수마睡魔가 소년을 덮쳤다. 그리고 소년은 어느샌가 잠들고 말았다…….

소년이 눈을 뜨자, 어머니와 할머니의 눈치가 이상했다. 아무래도 소년이 낮잠을 자던 사이에 부고가 날아든 듯했다. 멀리 살던 친척 집에서 누군가 죽었다고 한다.

2

노인의 기분 나쁜 이야기를 소설로 꾸며서 그 텍스트 데이터를 K에게 보낸 뒤, 우연히도 본가에 볼일이 생겼다. 그래서 귀성하는 김에 그녀와 만나기로 했다.

본가에서의 볼일을 마친 다음 날, 약속 장소인 찻집에 가자 이미 K가 와 있었다.

"보내준 건 읽어봤어."

인사도 하는 둥 마는 둥하며 K는 갑자기 본론으로 들어갔다. 테이블 위에는 준비성 좋게, 종이로 출력한 내 작품이 놓여 있었다.

"처음에는 내가 들었던 이야기랑 많이 다르다는 기분이 들었는데, 잘 생각해보니 기본적으로는 맞아. 그 노인네의 이야기만으로는 뼈대밖에 없으니까 거기에 살을 붙인 느낌이랄까. 역시…… 미쓰다 군은 정말로 작가구나."

동창회 날로부터 오늘까지 시간이 있었을 테니 내 작품을 한 권 정도는 읽어주기를 바라긴 했지만, 나는 덤덤하게 "뭐, 그렇지" 라고 대답했다.

"이 소설, 잘 짜여 있네."

K는 계속해서 칭찬하면서도, 조금 분한 듯한 표정을 지으며 말했다.

"하지만 몇 번을 읽어도 여기에 적혀 있는 것 이상은 전혀 알 수가 없네. 그 노인이 어릴 적에 낮잠에서 깨어나니까 집에는 친척의 부고가 와 있고, 자신이 부의금을 가지고 가게 되었다. 그랬더니 열차 안에서 음침한 노인과 만나서 어쩐지 무서운 옛날이야기를 듣는 동안에 잠들어버리는데, 그리고 그다음은 낮잠에서 깨어난 이야기의 되풀이가 되면서 같은 이야기를 몇 번이고 반복할 뿐이다……."

"그렇지."

"하지만 미쓰다 군은 이 이야기에서 뭔가를 발견한 거지?"

귀성하기 전에, 노인의 이야기에 감춰진 비밀을 알아냈는지도 모르겠다고 K에게 메일을 보내두었다. 그래서 그녀는 자신도 수수께끼를 풀어보려고 시도한 모양인데, 결국 아무것도 찾아내지 못한 듯했다.

"발견했다기보다는 '망상했다'고 해야 할까."

"거짓말 하시네. 내가 받은 메일에서는 어쩐지 자신 있어 보이는 추리 같던데 말이야."

가볍게 K가 쏘아대기에 나는 황급히 한 손을 내저었다.

"추리라니 당치도 않아. 정말로 망상 수준이라고."

"아, 그러십니까요. 알았습니다. 그러면 그 '망상추리'란 건 뭐야?"

흥미진진하게 재촉하는 K의 얼굴을 보면서, 나는 알기 쉽게 타이르는 듯한 어조로 입을 열었다.

"소년이 열차에서 만난 노인은, 사실 로쿠바 히로가 아닐까?"

"……."

한순간 K는 로쿠바 히로가 누구야? 라는 표정을 지었지만, 이내 두 눈을 휘둥그레 뜨며 말했다.

"그건 그 병원의 할아버지 이름이잖아. 그 사람이 어릴 적에 노인이 된 자기 자신과 만났다는 거야?"

"그게 아니야. 친척 집의 장례식에 가던 어느 이름 모를 소년이 열차 안에서 로쿠바 히로라는 수수께끼의 인물과 만나고, 거기서 말도 안 되는 일이 벌어진 거지……."

"무슨 일이?"

이쯤에서 조금 주저했지만, 나는 나의 망상추리를 말했다.

"두 사람의 혼, 기억, 인격, 의식 같은 것이 그 자리에서 뒤바뀌었다……."

"뭐어?"

"S병원의 병실 침대에 누워 있는 로쿠바 히로라는 노인의 속에 들어 있는 것이, 실은 이름 모를 열 살 정도의 소년이었다고 한다면……."

"……."

"너는 그래서 위화감을 느낀 거야. 말하고 있는 건 노인일 텐데 어린애가 말하고 있는 것처럼 느껴진 진짜 이유가 거기에 있었다고 한다면……."

"자, 잠깐만……. 무슨 말인지 이해 못 하겠어."

몹시 당황하는 K를 앞에 두고, 나는 망상추리를 계속했다.

"곳쿠리 님의 계시는 옳았다고 생각해. 다만 '시카바네'라는 건 시체를 뜻하는 일본어가 아니라 로쿠바 히로의 이름을 의미했던 거지."

"'鹿羽'란 한자를 '로쿠바'가 아니라 '시카바네'라고 읽는다는 건가. 그것도 곳쿠리 님이…….”

“노인은 이름표가 붙은 가방을 가지고 있었어. 그런 것이 없어도 곳쿠리 님이라면 훤히 알고 있었을지도 모르지만…….”

“…… 시체가 아니라, 시카바네와 잠들지 마라.”

“그런데 소년은 노인의 옛날이야기를 듣다가 잠들고 말았지. 물론 그 노인이 그렇게 만든 게 틀림없어. 너무 나이를 먹어버린 늙은 몸을 벗어버리고, 젊고 새로운 몸을 손에 넣기 위해서.”

“설마…….”

K는 웃으려고 했지만 그럴 수 없었던 모양이었다. 긴장된 표정을 한 채로 잇따라 질문을 날렸다.

“애초에 로쿠바 히로란 건 누구야? 그 소년 이전에도 같은 일을 몇 번이나 하며 계속 살아왔다는 거야? 어린애하고 바뀌는 건 대체 어떻게 하는 건데?”

그러나 나는 그저 고개를 저을 수밖에 없었다.

“노인의…… 아니, 소년의 이야기만으로는 그런 것에 대해서는 아무것도 알 수 없어. 모든 것이 수수께끼지. 다만 망상이라도 괜찮다면, 그런 무서운 존재가 실제로 있으며 아주 오래전부터 숙주를 바꿔가며 계속 살아가고 있는 게 아닐까, 라는 상상은 할 수 있지. 분명 몸이 바뀌기 위한 조건도 있을 거야. 예를 들면 가족 중 누군가 불행을 당한 자라든가…….”

내가 말하는 사이에 K는 고개를 숙이고 생각에 잠겨 있는 듯 보였다. 그리고 천천히 고개를 들더니,

“역시 이상해” 라고 내 망상추리에 이의를 제기했다.

“소년이 로쿠바 노인의 몸에 들어간 지 70년 이상이 지났을 거 아냐? 그렇다면 그 할아버지는 150살이라는 얘기가 돼. 아무리 그래도 그건 불가능하다고.”

“지금으로부터 70년 정도 지난 사건이라고 간주한 건, 여든 살 전후로 보인 노인이 열 살 무렵에 겪었던 일이라고 생각했기 때문이겠지.”

“…… 아, 그런가. 그 조건이 무너졌으니까, 단 몇 달 전의 일일지도 모른다는 건가. 하지만 그렇다면…….”

K는 말끝을 흐리면서 찬찬히 나를 바라보며 말했다.

“역시 망상이라고밖에 생각되지 않아.”

“정말로 여든 살의 노인이 열 살 무렵에 겪었던 옛날 일을 회상하며 당시의 기괴한 체험을 되풀이해서 이야기하는 것이 아닐까, 라는 얘기야?”

“응.”

미안하다는 듯이 고개를 끄덕이는 K에게, 나는 조금 더 나아간 추리를 말하기로 했다.

“다만 그렇게 생각하기에는 걸리는 점이 몇 가지가 있어.”

“예를 들면?”

"소년의 아버지가 수학여행으로 규슈에 갔다는 부분. 소년의 나이로 봐서, 그 애의 아버지가 초등학교에 다니던 것은 아마도 메이지 시대(1868년부터 1912년까지_옮긴이)가 되겠지."

"…… 그 무렵에는 아직 수학여행이란 것이 없었다든가 하는 얘기야?"

"아니, 있었어. 다만 초등학교에서 수학여행을 실시하게 된 것은 쇼와 시대(1927년부터 1989년까지_옮긴이)에 들어서부터야."

"아버지의 이야기가 아니라, 사실은 자신의 수학여행 체험과 헷갈렸다든가 할 가능성은?"

"그것도 있을 수 없어. 태평양전쟁 이전의 수학여행은, 국가에서 신도神道에 대해 교육하기 위해서 이세 신궁이나 가시하라 신궁 같은 곳을 목적지로 삼았거든."

"그렇다는 얘기는……."

"소년의 아버지의 수학여행은 적어도 태평양전쟁 이후라고 생각돼. 그것도 경제적으로 조금은 풍족해진 시대지."

다시 생각에 잠긴 K에게, 나는 또 다른 추리를 이야기했다.

"그리고 소년의 할머니가 탕관에 대해서 설명할 때 '대개의 지방에서는 시체를 천으로 닦는 정도고, 그것도 장의사가 해준다'라고 했는데, 이것도 태평양전쟁 이전에는 있을 수 없는 일이야. 지방으로 가면 갈수록 천으로 닦는 것 외에도 다른 의례들이 있었고, 그것을 상주나 친족들이 행했을 거야. 그런 습속

이 완전히 사라져버린 것은 적어도 쇼와 40년대 후반이나 50년대 초반(1970년대_옮긴이)일 거야."

"……."

"그렇게 되면 가장 마음에 걸렸던 '휴대'라는 단어의 의미도, 갑자기 보이기 시작하지."

"설마……."

"그래. 그냥 휴대전화의 약칭이었던 거야. 다만 소년은 아직 가지고 있지 않았어. 만약 있었다면 따분한 열차 안에서도 시간을 때울 수 있었을 테고 오싹한 노인과 얽혔을 때도 그것으로 어머니나 할머니에게 연락할 수 있었을 텐데, 라고 그는 어쩌면 말하고 싶었는지도 몰라."

"요컨대……."

"여든 전후로 보이는 노인이 열 살 정도 된 소년의 체험을 이야기했는데, 그것이 본인의 이야기라는 것은 일단 틀림없다는 얘기야."

거기서부터 두 사람 모두 한동안 말이 없어졌다. 이윽고 K가 무난한 화제를 입에 올리기 시작했지만 오래 이어지지는 않았고, 그대로 헤어지게 되었다.

그날 자택으로 돌아가보니, K의 메일이 도착해 있었다.

밤에 어머니의 상태를 보러 갔는데, 그 노인이 병실에서 사라져 있었다. 간호사에게 물어봐도 아무것도 알려주지 않았다.

개운치 않은 기분이었지만 솔직히 안도했다. 기분 탓인지도 모르겠지만 어머니의 상태가 좋아진 것 같은 느낌이다. 그 노인이 악영향을 주고 있었는지도 모른다, 라고 마지막에 K는 쓰고 있었다.

나는 K의 어머니가 회복된 것을 기뻐하는 답장만 해두기로 했다. '시카바네 히로'라는 이름은 일본어로 '시체를 줍다'라는 의미가 될 수 있음을, 일부러 그녀에게 전하지는 않기로 했다.

# 怪談のテープ起こし

# 막간 (2)

≪소설 스바루≫ 2014년 9월호에 「우연히 모인 네 사람」을 발표한 뒤, 나는 같은 잡지의 11월호의 특집 '역시 미스터리가 좋아!'에서 '미스터리 작가의 **계기**가 된 한 권'이라는 테마로 「미스터리에 절망한 한 권」이라는 에세이를 썼다. 그다음의 괴기 단편이 2015년 1월호의 「시체와 잠들지 마라」였는데, 독자들께서 읽은 바와 같이, 중학교 동창회에서 재회했던 K에게 취재한 이야기를 기초로 하기 때문에 도키토 미나미에게는 아무런 부담도 주지 않았다. 따라서 그녀가 겪었던 불가해한 현상도 잠잠해졌을 거라며 안심하고 있었다.

그런데, 그렇지 않았다. 정확히는 2014년 가을부터 겨울에 걸쳐, 괴이한 사건은 계속해서 벌어지고 있었다. 그대로 아무것도 하지 않았더라면 아마도 종식되지 않았을까 하고 생각한다. 하지만 그녀는 새해가 되자마자 '괴담 테이프 녹취'를 재개했던 것이다.

이것은 내 잘못인지도 모른다. 도키토가 보내온 연하장에 "다음 작품을 기대하고 있습니다"라고 적혀 있어서, 나도 모르게 "아직 아무런 소재도 없습니다만, 무서운 이야기를 쓸 수 있으면 좋겠다고 생각하고 있습니다"라는 답장을 하고 말았다. 다음 게재는 2015년 5월호였고 마감은 3월 중순이다. 아직 시간이 많이 있다고는 해도, 다른 잡지에 실을 단편이나 신작 장편도 대기하고 있다. 그런 상황을 잘 알고 있던 그녀는, 아무래도 다시 그 카세트테이프와 MD를 들어보며 나 대신 소재를 찾는 편이 좋겠다고 판단한 듯하다.

이전과 같이 괴이한 체험담을 받아 적은 텍스트 데이터가 느닷없이 도키토로부터 날아들어서 화들짝 놀랐다. 분명 담당 편집자로서의 책임감에서 이런 행동을 했으리라 생각한다. 그것을 이해하는 만큼, 즉각 말려야 한다고 강하게 마음먹었다.

당황하며 전화를 걸자, 의외로 그녀의 목소리는 밝았다. 나는 비난으로 느껴지지 않도록 주의하면서, 일단 그녀가 테이프를 다시 듣기 시작한 것에 대해 나무랐다. 그러나 돌아온 것은 실로 태연한 목소리였다.

"작년 가을쯤이던가요? 전화를 주셨을 때 선생님이 쓰셨던

'괴이현상의 진리'에 대한 말씀을 들었기 때문에 이젠 괜찮습니다."

"아니, 그러니까 그건 진리 같은 게 아니라……."

"저한테는 120퍼센트의 설득력이 있었습니다."

"하지만……."

그저 회의적인 나에 대해 도키토는 의아하다는 듯 물었다.

"이상하네요. 당사자인 제가 납득하고 있는데 글을 쓰신 선생님께서 부정적으로 반응하시다니, 완전히 반대 아닌가요?"

일련의 현상을 그녀가 기분 탓이라고 이해하고 있다면 분명 아무런 문제가 없다. 다만 이때 나는 아무래도 불안했다.

영문을 알 수 없는 괴이에도 실은 어떠한 법칙성이 숨겨져 있는 경우가 많다. 그런 생각이 들어맞는 현상을, 실제로 나는 몇 가지나 알고 있다. 그것은 틀림없다. 그러나 한편으로는 정말 아무런 해석도 불가능한 엉터리 같은 괴이가 이어진 사례 또한 많이 존재하고 있었고, 그 또한 사실이었다. 도키토가 겪은 현상이 과연 어느 쪽인지, 이 단계에서 판단하는 것은 위험하지 않을까. 그렇게 나는 염려했던 것이다.

그렇다고 해도 당사자가 조금도 위기감을 품고 있지 않기 때문에 골치가 아프다. 아무리 카세트와 MD를 듣지 말라고 주의를 줘도, "이것도 편집자의 일이니까요" 라고 대답하면 이쪽으로서도 할 말이 없어진다. 가령 그녀의 상사에게 이야기를 한다고 해도, 이것을 대체 어떻게 설명해야 좋단 말인가. 어쨌든 상대는 작가에게 도움이 되는 테이프 녹취를 하고 있는 것이다. 오히려 칭찬은 못할망정, 그것을 말리는 행동은 이상하다고 생각할 것이 빤하다.

뭐라 말할 수 없는 무력감을 느끼면서도 통화를 마친 나는, 한동안 생각에 잠겼다. 「시체와 잠들지 마라」처럼 다음 작품도 내가 직접 소재를 찾겠다고 말해도, 도키토가 청취를 멈추리라고 생각되지는 않는다. 이번 텍스트 데이터에도, 실은 「기우메, 노란 우비의 여자」의 소재가 되는 체험담이 들어 있다. 요컨대 번듯하게 나의 창작 활동에 도움이 되고 있는 것이다. 단행본으로 내기 위해서는 「기우메」 뒤에 한 작품을 더 쓸 필요가 있다. 마지막 작품이라고 하면 그녀가 오히려 더욱 힘을 내지 않을까?

대체 어떡할지 생각에 생각을 거듭하면서도, 나는 작년 말에 착수했던 『검은 얼굴의 여우』의 집필을 이어나가고 있었다. 이 작품은 태평양전쟁 패전 이후 일본의 탄광을 무대로 한 미스터리풍의 장편으로, 당초에는 '도조 겐야' 시리즈의 신작으로서 쓸 생각이었다. 하지만 자료를 모으며 읽는 동안, 이것은 별개의 작품으로 내야 한다고 깨달았다. 그래서 예전에 의뢰를 받았던 문예춘추 쪽에서 낼 신작 장편소설의 테마로 변경하기로 했다.

그런데 막상 쓰기 시작하니 특수한 시대와 무대, 테마 설정 때문에 좀처럼 진도가 나가지 않았다. 자료에 대한 이해도가 부족했다는 사실도 새삼 통감했다. 그래서 100페이지 정도에서 집필을 중지하고, 먼저 '사상학 탐정' 시리즈(가도카와 호러문고)의 신작인 『12의 제물』을 집필하기로 했다. 이쪽을 탈고한 뒤에, 『검은 얼굴의 여우』는 주요 자료를 다시 읽고 나서 처음부터 다시 쓸 생각이었다.

여기서 나의 뇌리에, 그야말로 일석이조의 계획이 떠올랐다. 『검은 얼굴의 여우』에 집중하고자 하므로 연작 단편의 일시 휴재를 바란다고 각 잡지에 부탁하는 것이다. 당연히 그중에는 ≪소설 스바루≫도 포함되어 있다. 원래부터 4개월에 한 번씩 게재였기 때문에, 그것을 연장하면 다음 마감은 11월 중순이 된다. 도키토가 소재 찾기를 위한 테이프 청취를 재개한다고 해도 상당히 나중이 된다. 그사이에 나는 시간을 만들어서 얼른 최종화를 완성시키고 마감 몇 달 전에 송부한다. 요컨대 그녀가 카세트테이프와 MD를 들어야만 하는 이유를 없애버리자는 작전이다.

나는 휴재에 들어가기 전의 다른 잡지에 한 작품씩 연작 단편을 써내고, ≪소설 스바루≫ 2015년 5월호에 「기우메」를 발표함과 동시에 '사상학 탐정' 시리즈의 다섯 번째 권인 『12의 제물』에 착수했다.

이 시도는 의도대로 잘 풀렸다며 당초에는 남몰래 미소 짓고 있었다. 적어도 『12의 제물』을 탈고하는 7월 상순까지는…….

그런데 그 무렵에 마치 계산이라도 한 것처럼 도키토로부터 메일이 왔다. 첨부 파일을 읽은 시점에서 나는 안 좋은 예감을 느꼈다. 열어보니 아니나 다를까, 그 카세트와 MD에서 녹취한 체험담 텍스트였다.

곧바로 도키토에게 전화해서, 상당히 매서운 어조로 추궁했다. 마감은 아직 몇 달이나 남았는데 왜 이렇게 서둘러 청취할 필요가 있었느냐고 묻자, 그녀는 이렇게 대답했다.

"저도 가을이 된 뒤에 해도 늦지 않을 거라고, 그렇게 생각하고 있었습니다."

"…… 하지만 선생님, 한동안 카세트와 MD에서 떨어져 있으면 너무너무 듣고 싶어져요."

그 말에 나도 모르게 오싹해졌다.

"전에 선생님께서 말씀하신 대로, 아무리 들어도 쓸데없는 이야기가 대부분입니다. 그래서 최대한 양을 늘려보려고 하는 동안에 어쩐지 중독된 것처럼 되어버려서……."

그것은 중독 증상이라기보다 오히려 '홀렸다'고 표현해야 하는 상태가 아닐까. 그렇게 느꼈지만, 물론 도키토에게는 말하지 않았다.

"이상한 현상은?"

"…… 조금 있습니다."

"어쨌든 카세트와 MD는 지금 바로 내 쪽으로 보내세요. 뭐

하다면 내가 찾으러 가겠습니다."

"아뇨, 걱정하지 않으셔도 괜찮습니다……."

"안 됩니다. 내일 오전 중에 도착하지 않을 경우에는 회사에 들르도록 하겠습니다."

상당히 강한 어조로 말하자, 그때서야 그녀는 내일 발송하겠다고 약속했다.

다음 날 오전 중에 슈에이샤의 《소설 스바루》 편집부에서 택배가 도착했다. 내용물은 도키토가 반납한 문제의 카세트테이프와 MD였다. 그대로 집어넣어도 괜찮을지 잠시 고민했지만, 재생만 하지 않으면 괜찮을 것이라고 생각하고 자료실 정리 선반 구석에 쑤셔 넣었다.

그리고 나는 일부러 도키토의 테이프 녹취록을 무시하고, 얼마 전에 체험자에게서 들었던 이야기를 기반으로 「스쳐 지나가는 것」을 써냈다. 그 텍스트 데이터를 그녀에게 메일로 보내자, 감사의 답신과 함께 최근에 겪은 오싹한 체험을 적어서 보내왔다. 그것을 간단히 정리하면 아래와 같다.

그날 밤, 그녀는 회사에서 카세트테이프와 MD를 듣고 있었다. 이것도 업무라고 생각하면서도, 왠지 모르게 낮 동안에 청취하는 것은 꺼려졌다. 그래서 녹음된 괴이한 체험담을 듣는 것은 아무래도 밤이 되는 경우가 많았다. 일부러 해가 진 뒤에 들을 필요는 없지 않느냐는 생각에 몇 번인가는 낮에 시도해보았는데, 좀처럼 열중할 수가 없었다. 게다가 낮 동안의 청취 중에는 이야기의 소재가 될 만한 것을 찾은 적이 한 번도 없다. 써먹을 수 있을 법한 체험담과 만난 것은 언제나 밤이었다.

그날도 그녀는 카세트와 MD를 듣고 있었는데, 도중에 화장실에 들렀다. 가장 구석 칸에 앉아서 마침 받아 적고 있던 "가족이 아무도 없을 때에 목욕을 하고 있는데 탈의실에서 소리가 들려서 눈을 돌려보니, 문의 젖빛 유리에 얼굴 같은 것이 달라붙어 있었다"라는 체험담을 떠올리며 조금 오싹해하고 있었다. 그런데 갑자기 옆 칸으로 누군가 들어왔다.

…… 깜짝이야, 놀래라.

그 사람에게 화를 내면서도, 그녀는 화들짝 놀랐던 자신이 조금 우스워졌다.

그 이야기를 끝까지 듣고 나면, 그만 퇴근하자.

그렇게 마음먹었을 즈음, 이상하다는 생각이 들었다. 옆 칸에서 아무런 소리가 들리지 않는다. 보통은 옷이 쓸리는 소리 등 뭐라도 나는 법이다. 그것이 조금도 들리지 않는 것은 고사하고, 인기척 자체가 느껴지지 않았다.

그녀가 화장실에 들어왔을 때, 자신 외에는 아무도 없었다. 그럴 때는 보통은 닫혀 있는 칸에서 한두 칸 옆에 들어가지 않을까. 일부러 사람이 있는 칸 옆에 들어간다는 것은 조금 이상하지 않나.

갑자기 너무나도 무서워진 도키토는 황급히 화장실을 나왔다. 그리고 주뼛주뼛하며 옆 칸을 보니, 확실히 문은 닫혀 있다. 다만 아주 조금 틈새가 있었다. 어째서인지 간신히 손가락 하나가 들어갈 정도로 문이 열려 있는 상태였다.

화장실 문은 안쪽으로 열리는 구조라, 안에서 잠그지 않으면 자연스럽게 열려버린다. 요컨대 눈앞의 칸에는 누군가 들어가 있지만 그 사람이 문을 잠그지 않고 손으로 잡고 있거나, 혹은 어떤 물건을 바닥에 대서 열리지 않게 하거나 둘 중 하나다.

…… 하지만, 어째서?

만약 자물쇠가 부서져 있다면 옆의 다른 칸을 사용하면 된다. 그 칸에 구애될 필요는 없을 거라고 생각하다가, 문득 도키토의 옆 칸에 들어가기 위해서라는 이유가 그녀의 뇌리를 스쳤다.

설마…….

그때 눈앞의 문이 스으윽, 하고 소리도 없이 열렸다. 한순간 경직된 뒤, 그녀는 쏜살같이 밖으로 튀어나갔다.

편집부에 들어가기 전에 복도에서 멈춰 서서 어떻게든 호흡을 정돈했다. 지금의 체험을 누군가에게 말하자는 생각은 머릿속에 전혀 없었다. 자기 자리로 돌아간 그녀는 일을 하는 체했지만, 실제로는 멍하니 시간을 보낼 뿐이었다.

잠시 시간이 흐른 뒤에 후배 여성이 자리에서 일어났다. 곧바로 "화장실에 가요?" 라고 물어보려다가 참았다. 가령 그렇다고 해도 그 뒤에 뭐라고 말할 것인가. 잠시 후에 후배가 돌아왔지만, 특별히 이상한 눈치는 보이지 않았다. 아마도 화장실에 갔다고 해도 아무런 이변도 없었을 것이다.

이 체험을 한 지 며칠 뒤, 그녀는 자신의 집 화장실에 들어가려고 하다가 아주 오싹한 감각을 느꼈다.

…… 누군가 들어가 있어.

혼자 살기 때문에 그런 일은 절대 있을 수 없다. 그럼에도 불구하고 그렇게 느껴진다. 그냥 기분 탓이라고 스스로에게 들려주며 용기를 내서 문을 열어보니, 물론 아무도 없었다. 하지만 그녀는 그 뒤에도 같은 현상에 시달렸다.

간신히 무서운 기척이 사라졌다고 생각했더니, 이번에는 화장실에 들어가 있는 동안에 온몸에 소름이 돋는 듯한 감각에 사로잡혔다.

…… 여기에 누군가 있어.

그녀 이외의 누군가가 좁은 화장실 안에 머무르고 있다는 기분이 들어서 견딜 수가 없었다. 뒤를 돌아서 확인해봐도, 사람이 서 있을 수 있는 공간은 없다. 아니, 애초에 아무도 없다. 그런데도 누군가가, 바로 옆에 있는 듯한 기분이 든다.

이후로 그녀는 역이나 편의점 화장실을 이용한다고 한다.

도키토와 전화로 대화를 나눈 뒤, 《소설 스바루》 2016년 1월호의 편집 작업이 구체적으로 시작될 때까지 「스쳐 지나가는 것」의 원고는 방치해두기로 결정했다. 한 작품만 먼저 진행하는 것은 무리가 있었고, 아무리 그 카세트나 MD에서 소재를 얻은 이야기가 아니라고 해도 지금은 최대한 냉각기를 두는 편이 좋다는 데 그녀와 의견이 일치했기 때문이다.

아래에 싣는 두 작품이 앞서 말한 「기우메, 노란 우비의 여자」와 「스쳐 지나가는 것」이다.

# 기우메,
# 노란 우비의 여자

누군가의 죽음에 입회한다. 혹은 조우한다.

시체와 대면한다. 혹은 발견한다.

현대인이 그런 경험을 하는 것은 가족을 떠나보낼 때 정도밖에 없을지도 모른다. 하물며 일면식도 없는 타인의 죽음에 관여하는 일 따위야, 그런 직업을 가지고 있는 사람을 제외하면 분명 평생 한 번 있을까 말까 할 것이다.

내가 처음으로 사람의 죽음과 접한 것은 고등학교 1학년 때였다. 그때까지 가족과 친지 중에 불행한 일을 당한 사람은 없었고, 사람의 시신을 보는 것은 전부 영화나 텔레비전 방송 같은 허구 속에서뿐이었다.

당시, 전철을 타고 통학했던 N고교는 외진 시골 마을에 있었다. 가장 가까운 전철역에서 학교까지 양옆으로 논을 끼고 있는 포장도로를 걸어가야 해서 여름에는 따가운 햇살에, 겨울에는 차가운 바람에 고생했다. 민가도 드문드문 떨어져 있는, 어쨌든 전망만은 좋은 통학로였다.

가까운 간선도로에서 2차선 도로가 똑바로 이어진 곳에 N고교가 있었다. 길은 학교를 지나면 직각으로 꺾이는데, 거기까지 이르는 몇백 미터는 일직선이고 확실히 신호 또한 없었다고 기억한다.

계절이 언제인지는 잊었지만 어느 토요일 오후, 나는 몇 명의 친구와 하교 중이었다. 누군가 "뭐 좀 사 먹고 갈까?"라고 말해서 모두가 찬성했던 것을 기억한다.

학교 앞부터 뻗어나가는 보도를 걸어가기 시작했고, 논의 포장도로와 만나는 곳에 접어들 때까지도 평소와 다를 바 없었다. 그런데 그곳에 십여 명의 학생들이 모여 웅성거리고 있었다. 주위에 심상치 않은 공기가 흐르고, 학생들은 아주 답답해하는 눈치였다.

"무슨 일이야?"

아는 친구가 있기에 다가가서 물어보려는데, 무시무시한 광경이 눈에 들어왔다. 그 순간, 나는 태어나서 처음으로 맛보는 충격을 받았다.

2차선 도로와 논의 포장도로가 직각으로 교차한 안쪽, 도로

보다 2미터 정도 아래쪽에 펼쳐져 있는 논 가장자리에 블레이저 차림의 여학생이 엎어진 채로 뒹굴고 있었다. 그 몇 미터 앞의 논 한복판에는 교복 차림의 남학생이 쓰러져 있었다. 또 그 몇 미터 앞의 논 가장자리에 같은 교복 차림의 남학생이 쓰러져 있고 그 옆에 한 대의 차가 서 있다…… 라고 하는, 갓 발생한 참사의 생생한 광경을 나는 갑작스레 목도하게 된 것이었다.

사고를 목격한 학생의 말에 따르면, 학교 방향에서 차 한 대가 지그재그로 운전을 하며 직선 도로를 폭주해 왔다. 보도에는 귀가 중인 학생들이 있었고 비명을 지르는 여학생들도 있었다. 그렇지만 자동차는 폭주를 멈추기는커녕 그런 반응을 즐기듯이 도로 가까이 다가왔다가 멀어지는 위험한 운전을 반복했다.

그렇게 몇 번째인가 폭주 차량이 다시 보도에 다가왔을 때였다. 자동차가 보도 가장자리에서 떨어지지 못하고 그대로 학생들의 행렬을 덮쳤다. 원인은 지그재그 운전 중의 핸들 조작 실수인 듯했다.

보도에 있던 학생들을 치어버린 그 차는, 논으로 떨어진 뒤 호를 그리듯이 달리다가 멈췄다. 첫 번째 여학생과 두 번째 남학생, 그리고 세 번째 남학생을 선으로 연결하면 논에 떨어진 이후의 차의 궤적을 또렷하게 알 수 있을 정도로 현장의 광경은 끔찍했다. 첫 번째와 두 번째 사상자는 튕겨져 날아갔지만, 세 번째 피해자는 그대로 논 속을 끌려 다녔으니 더욱 처참했다.

운전자는 열아홉 살의 남자로, 무면허였다. 차에서 끌어내려진 녀석은 살기등등한 2학년 남학생들에게 둘러싸였다. 죽은 세 사람은 모두 2학년이었다.

하지만 내 눈은 이 처참한 사고를 일으킨 운전자보다 논에 흩어진 세 사람의 시체에 못 박혀 있었다. 무엇보다도 충격이었던 것은, 죽은 분들에게는 아주 실례되는 표현이지만 시신이 '물체'로밖에 보이지 않았다는 것이다. 죽었으니 당연하겠지만, 그때까지 이론적으로만 이해하던 불변의 진실을, 이때 나는 태어나서 처음으로 실감했던 것이다.

다만 그런 식으로 생각할 수 있게 된 것은 더 시간이 흐른 뒤였다. 이 사고와 맞닥뜨린 직후에는 그럴 상황이 아니었다. 조금 더 빨리 학교를 나왔더라면 내가 목격자가 되었을지도 모른다. 더 일찍 귀가했더라면 우리가 차에 치였을 수도 있다. 그런 공포에, 그 자리에 있던 모두가 사로잡혔다.

사고가 있은 다음 주 월요일, 학교에서는 추도 집회가 이루어졌을 테지만 거의 기억나지 않는다. 그것보다도 인상적인 사건이 있었던 탓이다.

무면허로 자동차를 타고 폭주했던 미성년자는 N고교의 선도부 계열 남성 교사가 다른 학교에 근무하던 시절의 제자로, 가끔씩 옛 스승을 만나러 왔다는 사실이 판명되었다. 게다가 귀를 의심케 하는 이야기도 있었는데, 그 교사는 제자가 올 때마다 담배를 건넸다는 것이다.

교사와 제자라는 관계 외에 무엇이 더 있었는가는 알 수 없다. 하지만 지금까지 알려진 사실만으로도 충분히 문제였다.

일부 2학년 학생들이 방송실을 멋대로 사용해서, 체육관에 전교생이 모이기를 원한다고 방송하는 소동이 벌어졌다. 거기서 그 교사를 규탄하자는 것이었다. 이 급작스러운 집회는 어느샌가 학교 측도 인정하는 형식으로 열리게 되었다. 그렇게 하지 않으면 학교 측의 체면이 서지 않았기 때문일 터다.

이 전개에 흥미를 가진 독자에게는 미안하지만, 어떤 집회가 열렸고 거기서 무슨 일이 일어났는지는 사실 거의 기억하지 못한다. 극적인 일이라고 할 만한 게 아무것도 없었기 때문일까.

세 사람의 목숨을 앗아 간 그 미성년자에게 어떤 처벌이 내려졌는지도 기억하지 못한다. 하지만 문제의 남성 교사가 그 뒤로도 같은 학교에 계속 근무했던 것은 확실하다.

사고가 발생하고 얼마간 시간이 지났을 무렵, 2차선 도로의 보도 옆에 공양비가 세워졌다. 그곳은 논의 포장도로가 만나는 지점에서, 고등학교와 반대 방향으로 수 미터 나아간 장소였다. 세 사람의 시체가 여기저기에 흩어져 있었기 때문에 그런 장소에 세워지게 되었는지도 모른다.

많은 학생과 교사가 매일 아침마다 이 공양비에 참배했다. 하교할 때 다시 명복을 비는 사람도 있었다. 이 풍경을 아무것도 모르는 제삼자가 보면 상당히 기묘한 행동으로 비쳐질 것이다. 하지만 적어도 우리 학년이 졸업할 때까지, 이 기묘한 행동은 이어졌다.

사고로부터 며칠 뒤였는지 몇 개월 뒤였는지 확실한 날짜는 알 수 없지만, 어느 날 저녁에 동아리 활동을 마친 A가 친구와 함께 하교하고 있었다. 그들 앞에는 아는 남학생 두 명이 있었고, 그 앞에는 한 쌍의 커플이 걷고 있었다.

A가 친구와 이야기를 하면서 2차선 도로의 보도를 걷고 있는데, 앞에서 걸어가던 두 남학생과 부딪을 뻔했다.

"야, 뭐 하는 거야!"

그 자리에 멈춰 선 두 학생에게 A가 미심쩍어하며 물었다.

"…… 있었던 거 맞지?"

그중 한 학생이 그렇게 말하며 걸어가던 방향을 가리켰다.

아무 생각 없이 A가 눈을 돌리자, 앞에 걸어가고 있어야 할 커플이 없다. 곧바로 주위를 둘러보았지만 어디에도 두 사람의 모습이 보이지 않는다.

주위는 탁 트여 있어서 단 몇 분 만에 모습을 감추는 것은 불가능한 장소다. 게다가 사라진 것은 한 명이 아니라 두 명이다.

네 사람이 멈춰 선 것은, 논의 포장도로가 굽어지는 장소 바로 앞이었다. 예의 그 사고에서 자동차가 보도를 덮친 지점과 아주 가까웠다고 한다.

다음 체험은 내가 2학년인가 3학년 때 들었다. 그러니까 사고로부터 1년 이상 지난 시점일 것이다.

어느 날 밤, B는 오토바이를 타고 있었다. 특별히 목적지가 있던 것은 아니라 그냥 오토바이를 몰고 있었다. 그렇게 심야의 도로를 달리는 동안, 신호나 차량에 방해받지 않고 마음껏 폭주하고 싶다는 충동을 느꼈다.

곧바로 떠오른 것이 N고교 앞의 직선 도로였다. 물론 과거의 비참한 사고를 잊은 것은 아니다. 하지만 학생들이 통학하는 시간을 제외하면 원래부터 인적이 드문 길인 데다, 심야였다. 통행인은 전무할 것이 틀림없었다.

간선도로를 달리던 B는 바로 문제의 직선 도로로 향했다. 그리고 목적하던 길에 들어서자마자 단숨에 속도를 올리며 오토바이로 질주했다.

예상대로 한 대의 자동차도, 한 명의 행인도 없었다. 달리는 것은 그의 오토바이뿐이었다. 그 상쾌한 느낌이란…….

그때 갑자기 보도에서 사람의 형체가 튀어나왔다.

황급히 브레이크를 당기고, 어떻게든 넘어지지 않고 오토바이를 세우고 나서 B는 당황하며 뒤를 돌아보았다.

…… 아무도 없다.

가로등 불빛에 드러난 도로가 똑바로 뻗어 있을 뿐이었다.

그럴 수가…….

사람의 형체가 나왔다고 여겨지는 부근까지 돌아가보니, 그곳에 공양비가 있었다.

"그때만큼 소름이 돋았던 적이 없었지……."

직접 겪은 체험을 이야기할 때, 언제나 B는 그렇게 이야기를 매듭지었다.

내가 고등학교 시절의 이 경험을 40대 중반 정도의 여성 점술가에게 이야기한 것은 지금으로부터 18년 정도 전의 일이다. 계절은 잊었지만, 아침부터 비가 내릴 듯하면서도 전혀 내리지 않는 우중충한 날씨였던 것은 또렷이 기억하고 있다.

이 무렵에 나는 모 일간지의 편집자였는데, 잡지의 메인 특집으로 점성술 기획을 하고 있었다. 그래서 대학의 천문학자부터 거리의 점술가까지, 다양한 직업과 입장에 있는 사람을 취재하는 중이었다.

이 취재에서 내가 고려한 것은 '상대가 점성술을 믿고 있는가, 혹은 믿지 않는가'다. 점성술을 언급한다고는 해도, 전부 긍정하는 특집기사를 쓸 생각은 없었다. 어디까지나 객관적인 시점에서 점성술, 별점이라는 것을 고찰하는 기획이었다.

그런데 막상 취재를 시작해보니, 만나서 이야기를 듣는 상대로 점성술사 쪽이 많아졌다. 이쪽의 질문에 진심으로 대답해주는 사람을 좀처럼 만날 수 없었기 때문이다. 이름과 얼굴을 공개하지 않는다고 해도, 그쪽 장사에 대해서 시시콜콜 캐물으니 당연한 일인지도 모른다.

그렇게 취재를 하는 동안, 어느 점성술사나 절대 거절하겠다고 답한 고객의 질문 두 가지가 있었다.

하나는 도박의 승패에 대해서.

다른 하나는 고객 자신이 죽을 때에 대해서.

전자를 묻는 손님은 꽤 많지만, 후자도 없는 것은 아니라고 한다. 하지만 어느 쪽이나 결코 응하지 않는다. 취재에 그다지 의욕이 없는 점술가마저도 이 건에 대해서는 "딱 잘라 거절하겠다" 라고 단언했을 정도다.

그러나 그런 점성술사들 중에서도 전자는 상대하지 않겠지만 후자는 "손님에게 이유를 물어보고, 납득할 만한 이유가 있다면 응해주겠다" 라고 대답한 사람이 있었다. 그것이 앞서 말했던 여성 점술가로, 동양 점성술을 전문으로 하는 사람이었다.

그러나 그녀를 설복시킬 만한 이유를 가진 고객은 그 일을 20년 가까이 해오는 동안 단 두 명뿐이었다고 한다. 게다가 그 중 한 사람은 그녀의 설득으로 후자의 질문을 취소했다고 한다.

"남은 한 사람에게는 본인이 죽을 때를 점쳐서 알려준 겁니까?"

내가 질문하자, "네" 라고 그녀는 망설이지 않고 대답했다.

"어떤 이유로 그 사람은 자기가 죽을 날을 알고 싶어 했죠?"

"그건 알려줄 수 없어요."

고객의 사생활과 관련된 것이기 때문인지, 단호히 거절당했다. 하지만 이미 나의 흥미는 점성술사들이 받는 고객의 질문 내용에서 그녀 자신에게로 옮겨 가 있었다.

이 여성 점술가는, 이유의 여하를 묻는다고는 해도 어째서 자신이 죽을 날을 알고 싶어 하는 손님의 소원을 들어준 것일까.

만약 괜찮다면 이유를 알려주었으면 한다고 부탁하자, 본고의 첫머리에 적었던 화제로 이어져서 나는 고등학교 시절의 이야기를 꺼냈다. 태어나서 처음으로 인간의 죽음과 조우했던 일에 대해서, 당시에 어떻게 느꼈는지도 포함해서 숨김없이 이야기했다.

이때 우리가 있던 곳은 도내의 모 번화가에 세워진 다용도 건물의 고층이었다. 그 층은 본래 이벤트용으로 설계된 곳인지, 작은 부엌과 세면실을 제외하면 아무것도 없는 공간이었다. 그곳에 몇 명의 점술가들이 칸막이에 둘러싸인 각각의 부스에 가게를 열고 있었다. 점의 종류도 손금이나 관상, 타로카드, 풍수, 사주, 수정, 성명학 그리고 점성술까지 다양했다. 고객은 자신이 선호하는 종류의 가게를 고르게 되어 있다. 그런 장소였다.

그녀는 한마디도 하지 않고 내 이야기를 다 듣더니,

"여기서는 알 수 없겠네요. 잠깐만 기다려요."

그런 알쏭달쏭한 말을 남기더니 쓱 나가버렸다.

어이가 없었지만, 이렇게 되면 기다릴 수밖에 없다. 혼자가 되자마자 다른 부스에서 소곤소곤 흘러나오는 점술가나 손님의 목소리가 몹시 신경 쓰이기 시작했다. 이야기의 내용까지는 알아들을 수 없지만, 그 이야기의 단편들이 듣고 싶지 않아도 귀에 들어온다. 마치 어중간하게 훔쳐 듣고 있는 것 같아서 도무지 마음이 놓이지 않는다.

그건 그렇고, 대체 점술가는 어디로 간 걸까? 여기서는 알 수 없다니, 무슨 의미일까. 다른 장소에 가면 그 뭔가를 알 수 있다는 걸까?

내가 고개를 갸웃거리고 있는데 그녀가 돌아왔다. 세면실에 다녀오는 것보다도 짧은 시간 동안만 자리를 비웠다. 이것으로 더더욱 수수께끼가 깊어졌는데, 거기에 결정타를 가하듯이 그녀가 말했다.

"아마도, 괜찮겠죠."

그리고 아무런 설명도 하지 않은 채, 그녀는 갑자기 자신이 대학생 시절에 겪은 오싹한 체험을 이야기하기 시작했다. 정확히는 본인이 아니라 그녀가 대학 1학년 때 사귀던 남자 친구의 체험이지만.

그것을 지금부터 재현하려고 한다. 또한 이야기 속에 나오는 이름은 전부 가명임을 미리 밝혀둔다.

## 2

20여 년 전, 내가 대학생일 때의 이야기예요.

대학 이름은…… 상관없을까. 아주 머리가 좋지도 않고, 그리 멍청하지도 않은 수준의 학생이 다닐 만한 학교라고 생각해 줘요.

입학한 지 얼마 되지 않아 남자 친구가 생겼어요. 둘 다 지방에서 상경한 지 얼마 안 되었고 첫 자취 생활이라 여러모로 불안하기도 해서, 급속히 가까워진 느낌이라고나 할까.

하지만 아직 선을 넘을 만한 관계는 되지 않았었죠. 두 사람 모두 풋풋했다고 할까, 성실했다고 할까. 지금 생각하면 미소 지을 만한, 참으로 감질나는 사이였어요.

서로의 자취방은 대학교를 사이에 두고 정반대 방향에 있었어요. 각각 대학까지 걸어서 10여 분 거리여서 통학하기에는 편했지만, 일단 집에 돌아가면 상대방의 집까지 25분 정도 걸려요. 그래서 마지막 강의가 끝난 뒤에, 학교 안에서 만나 그대로 한쪽의 자취방에 가는 경우가 많았어요. 학부는 달랐지만 두 사람 다 아직 1학년이어서 저녁까지 수업이 꽤 빽빽하게 차 있었거든요. 어느 한쪽이 오래 기다리는 경우도 그리 많지 않았고요.

당초에는 서로 번갈아가면서 그날에 갈 자취방을 정했어요.

하지만 이내 남자 친구가 내 자취방에 오는 일이 늘어나기 시작했죠. 남자 친구의 방은 언제 가도 어질러져 있었고, 내가 정리해도 금방 원래대로 돌아간다는 이유도 있었지만, 가장 큰 원인은 '기우메'라고 이름 붙인 여자 때문이었어요.

노란 우비의 여자, 그래서 '기우메黄雨女'예요. 내가 멋대로 정한 이름이니까 들어본 적 없는 게 당연해요.

'기우'라는 거, 알아요?

일본어로는 기우きう. 한자로는 '귀신의 비'란 뜻으로 '귀우', 즉 '鬼雨'라고 쓰는데 무시무시한 양의 비가 내리는 걸 말해요. 이 경우에 '鬼'는 상식의 정도를 벗어난 것을 가리키죠.

똑같이 '기우'라고 읽는 한자로 비를 바란다는 뜻의 '귀우祈雨', 가뭄 끝에 내리는 반가운 비란 뜻의 '희우喜雨'도 있어요.

내가 딱히 아는 게 많은 게 아니라, 어릴 적에 할머니에게 들었던 내용일 뿐이에요. 그게 머리에 남아 있어서 그 여자한테 그런 이름을 붙인 거라고 봐요.

그 여자…….

사토루가 그 여자 이야기를 처음 했던 건 6월에 접어들고 얼마 지나지 않았을 무렵이었죠. 아, 사토루는 그 남자 친구의 이름이에요.

"오늘 아침 학교에 오는데 어쩐지 이상한 여자가 있더라고."

평소처럼 약속 장소에서 만나 내 자취방이 있는 연립주택으로

가는 길에, 갑자기 기억났다는 듯이 사토루가 말하더군요.

"어떤 사람이었는데?"

나는 그냥 그렇게 물었어요. 분명 남자 친구의 대답을 듣더라도 "와, 정말로 이상한 사람이네" 라는 대답으로 끝나겠거니 하고, 이때는 대수롭지 않게 생각했기 때문이에요.

참고로 나는 지방 사투리 억양을 쓰지 않으려고 했지만, 간사이 출신인 남자 친구는 조금도 신경 쓰지 않았어요.

그런데 사토루에 의하면,

"비도 내리지 않는데 우천용 모자를 쓰고, 레인코트에 장화도 신고, 우산까지 들고 있지 뭐야."

……라고 하는, 확실히 이상한 사람이지 뭐예요.

"오늘은 맑았지만, 흐리고 때때로 비가 올 수도 있다는 일기예보라도 있었던 걸까?"

"아무리 그래도 그건 너무했지. 마치 태풍에 대비하는 것 같았으니까."

"장마는……."

"아직 좀 남았지."

"성미 급한 사람이라든가?"

"그렇다고 해도 그런 차림새를 하면 더워서 못 견딜 거야."

"몇 살 정도였어?"

"흘끗 본 것뿐이라서 잘 모르겠어. 젊지는 않았어."

"걱정 많은 할머니였을까?"

그런 생각을 한 것은, 본가 근처에 사는 할머니 중에 내가 고등학교 3학년 무렵부터 조금씩 치매 기미가 보이기 시작한 분이 계셨기 때문이에요. 그 사람은 여름에도 겨울옷을 걸치거나 계절에 상관없이 옷을 입었거든요.

그래서 사토루가 본 여자도 그런 사람이 아닐까 생각했죠. 그렇다고 해도 '치매 노인'이라는 표현은 너무하니까, 조금 완곡하게 말한 거죠.

하지만 남자 친구에게는 전해지지 않은 듯했어요.

"할머니로는 보이지 않았어. 그러니까 치매는 아닐 거야."

"그렇다면 조금 이상하네."

"그렇지?"

그리고 사토루는 의미심장하게 고개를 끄덕이더군요.

"어쨌든 머리부터 발끝까지 전부 노란색이었거든."

그 말에 나도 깜짝 놀랐어요. 원래 사토루한테는 중요한 것을 마지막까지 말하지 않고 이쪽의 반응을 즐기는 구석이 있었죠.

"어쩐지 소름 끼치네."

내가 불안한 기색을 보이자,

"그렇지?"

곧바로 사토루는 담력 테스트에서 친구를 깜짝 놀라게 하고는 재미있어하는 어린애 같은 목소리로 말했어요.

"그 사람은 걸어 다니고 있었어?"

"아니. 내 자취방하고 학교 중간쯤에 강변도로가 있잖아? 그 옆에 가만히 서 있었어."

"강변 쪽에?"

"그러고 보니 가드레일의 틈새쯤에 있었지."

강이라고 해도 자연적인 강이 아니라 콘크리트로 만든 수로를 말하는 거예요. 평소에는 물이 별로 없지만 큰 비가 내리거나 태풍이 왔을 때는 단숨에 불어나고, 그 물이 큰길 아래의 도랑으로 흘러드는 구조의 수로.

그런데 말이죠, 그 수로는 바닥에서부터 높이가 3미터 가까이 되는데도 가드레일이 듬성듬성 있어요. 처음에 지나다닐 때는 그래서 좀 무서웠죠. 그 길의 강변 쪽은 가능하면 걸어 다니고 싶지 않을 정도로.

그런 장소에, 하필이면 가드레일이 끊긴 곳에 서 있다니, 그것만으로도 이상하잖아요? 게다가 맑은 날에 비를 대비한 완전무장을 한 데다 색깔도 전부 노란색이라고 하니, 어떻게 생각해봐도 정상은 아니죠.

"조금 이상한 사람일지도 모르겠네."

내가 머리를 손가락으로 가리키자, 사토루는 고개를 끄덕이면서도 흥미를 잃었는지 다른 화제로 넘어갔어요. 노란색투성이의 기묘한 우비 여자 이야기는 그렇게 끝나버렸죠.

그래서 며칠 뒤에 "그 여자, 또 봤어"라고 사토루가 말했을 때는 "그랬어?" 하고 무심히 대답했어요. 어느 지방에나 한 명쯤은 있는, 이상한 언동을 하지만 해는 주지 않는 사람. 그 여자에 대해서도 그렇게 인식했기 때문이겠죠.

그런데 며칠 뒤에 또 사토루가 아주 지친 표정으로,

"아니, 그 여자 때문에 아주 돌겠어."

만나자마자 그런 약한 소리를 해서 깜짝 놀랐어요.

"'그 여자'라니, 설마……."

"그 노란 우비 여자, 기억하지?"

"또 본 거야?"

"또 봤어."

남자 친구는 고개를 끄덕였지만, 그 눈치가 신경 쓰이더라고요. 그 여자와 뭔가가 있었다는 걸 금방 알 수 있었죠.

"무슨 일이야? 저쪽에서 말을 걸어왔어?"

"아니. 아무 말도 하지 않았고 그 장소에서 움직이지도 않았어. 그냥 강 옆에 멍하니 서 있을 뿐이었어."

그렇게 사토루가 부정해서 내가 당황해하는데,

"눈이 말이지…… 눈을 마주쳤어."

아주 심각한 듯이 그런 말을 해서 정말 김이 새는 거 있죠?

어떤 사람이든, 지나칠 때 눈길이 마주칠 때가 있게 마련이잖아요. 하물며 상대는 매일 아침 같은 장소에 멈춰 서 있을지도 모를 이상한 사람이니, 자기 옆을 지나가는 사람을 빤히 바라본대도 이상하지 않으니까요.

하지만 남자 친구가 정말로 몹시 고민하는 것 같아서, 나는 걱정이 되는 한편으로 호기심이 생겨버렸어요.

"너를 쏘아봤어?"

그렇게 물어보니까 사토루는 가만히 고개를 저었어요.

"그 여자가 있다는 걸 깨닫고 흘끗대며 걸었더니, 갑자기 이쪽을 보는 거야. 그러고는 내가 완전히 지나갈 때까지 시선을 떼지 않은 채로, 완전한 무표정으로 계속 바라보고 있었어."

"너도?"

"응. 눈을 돌리고 싶었지만 도저히 뗄 수 없었어. 그러기는커녕, 자칫하다간 그 자리에 멈춰 서서 그 여자와 눈싸움을 하게 될 것 같아서 조용히 지나가는 수밖에 없었어."

사토루의 설명으로 상황은 이해했지만, 솔직히 '그것뿐이야?'라는 생각에 기가 막히더군요. 확실히 그런 체험을 한다면 기분이 좋지는 않겠죠. 그렇다고 해도 그날 저녁까지 가슴에 담아둘 정도의 일일까 싶었어요.

그런 내 속마음이 아무래도 얼굴에 드러났는지,

"그 여자의 눈 말이지……. 실제로 보지 않으면 몰라."

그렇게 사토루가 반쯤 토라지고 또 나머지 반은 겁먹은 듯한 태도로 말했어요. 그걸 보니 또다시 걱정이 되더라고요. 결코 겁이 많은 편이 아니었던 사토루가 이렇게까지 신경 쓰다니, 정말 보통 일은 아니었나 보다 싶어서.

"새하얀 분을 바른 얼굴에, 눈 두 개만 동그랗게 벌어져 있었어. 그렇게까지 화장이 진하면 립스틱을 바른 입술 같은 것도 눈에 띌 텐데, 어찌 된 영문인지 눈만 돌출돼 있는 거야. 그 두 눈도 검은자위가 아주 커서, 거의 흰자위가 안 보이는……. 정말 섬뜩한 눈이었어. 빤히 보고 있으면 꼭 빨려 들어가는 듯한 느낌이 나서, 오싹했어. 그 눈이 말이지, 계속 아침부터 머릿속에서 떨쳐지지 않아. 강의에 집중하려고 해도 눈앞에 그 검은 눈이 떠오르고, 눈을 감아도 마찬가지야."

"마치 요괴 같네."

나는 농담처럼 가볍게 대꾸했어요. 그리고 그 여자에게 '기우메'라는 이름을 붙였던 거예요. 정체불명의 존재가 무서운 건, 그것에 이름이 없기 때문이란 이유도 있잖아요? 그래서 일부러 요괴 같은 호칭을 붙여서 최대한 사토루의 기분을 편안하게 해주려고 했어요.

"요괴, 기우메란 말이지……."

사토루는 소리 내어 말해보고, 그러더니 조금 부끄러운 듯 쓴웃음을 짓더군요. 아마도 무서워하는 자신이 조금 우스꽝스럽게 느껴졌던 게 아닐까요. 요컨대 내 생각대로 된 거죠.

다음 날 같이 점심을 먹었을 때,

"비 요괴인 주제에, 오늘 아침엔 비도 안 왔는데 기우메가 나왔어."

그런 식으로 사토루가 농담을 해서, 이젠 괜찮은가 보다고 생각했죠.

"눈이 마주쳤어?"

그래도 아직 걱정이 돼서 물어보았더니,

"아니. 있다는 걸 알아차려서 일부러 그쪽을 보지 않으려고 했어. 그런 사람하고는 어쨌든 엮이지 말아야지."

그렇게 대답하면서도 사토루는 조금 마음에 걸려 하는 듯했어요.

하지만 거기서 내가 너무 위로하면 역효과가 날지도 모른다고 생각해서, 남자 친구의 말에 장단을 맞춰주는 정도로만 했어요.

그날은 서로의 자취방으로 각자 돌아갔어요. 그런데 다음 날 낮에 만났더니,

"그 기우메 말인데, 집에 가는 길에도 있더라고."

어제 저녁, 그 수로에 또 기우메가 있었다는 거예요. 그때까지는 아침에만 보였는데, 평소와 같은 장소에 멈춰 서서는, 사토루가 눈치챈 것보다 빨리 사토루를 발견하고 응시하고 있었던 모양이에요. 완전한 무표정으로.

제아무리 겁 없는 사토루라도 등줄기가 오싹해서, 중간에 다른 길로 빠져 조금 멀찍이 돌아갔대요.

"어쩐지 나를 기다리고 있던 것 같은 느낌이 들어서, 진짜 소름이 돋더라고."

그날부터였어요. 수업이 끝나면 둘이 같이 내 자취방까지 가게 된 것은. 남자 친구가 자기 자취방으로 돌아가는 밤 시간에는 기우메도 없었어요. 즉, 아침만 어떻게든 넘기면 된다고 남자 친구는 생각했던 거죠.

그리고 며칠 뒤 저녁에, 평소대로 둘이서 만나기로 했는데 아무리 기다려도 남자 친구가 나타나지 않는 거예요.

사토루의 학부까지 찾아가서 얼굴을 아는 남자 친구의 친구에게 물어보았더니,

"그 자식, 오늘 학교 땡땡이쳤어요."

라는 말을 듣고 깜짝 놀랐어요. 강의에는 나가지 않더라도 언제나 나와의 약속은 반드시 지켰으니까요. 남자 친구 자랑을 하는 게 아니에요. 사토루답지 않은 일이었다는 얘기죠.

그래서 저는 사토루의 자취방에 갔어요. 심한 감기 같은 것에 걸려서 쓰러져 있는 게 아닐까 하고요.

하지만 남자 친구는 멀쩡히 일어나 있었어요. 확실히 안색은 조금 나빴지만, 다른 건 정상이었어요.

"뭐야, 걱정했잖아."

집 안에 들어가서 병도 뭣도 아니라는 것을 알자마자 나는 화를 냈어요.

"학교에는 왜 안 나온 거야?"

그러자 사토루가 쓱 시선을 돌리면서 무뚝뚝한 어조로 말하더군요.

"…… 그냥, 나가고 싶지 않아서."

눈치로 봐서, 무언가 숨기고 있는 것 같았죠. 내가 눈치가 빠르다기보다, 남자 친구의 반응이 알기 쉬웠어요.

"무슨 일 있었어? 얘기해줘."

"아무 일도 없었어."

"부탁이니까, 제대로 말해줘."

한동안 실랑이가 이어졌고, 잠시 후 사토루가 가만히 입을 열었어요.

"어차피 말해봤자 안 믿을 거야."

그 어조에 어쩐지 등줄기가 오싹해졌어요. 문득 남자 친구의 이야기를 들어서는 안 된다는 느낌이 들었죠.

하지만 이제 와서 "그래, 알았어"라며 물러설 수는 없잖아요. 무엇보다 그래서는 남자 친구를 버리는 셈이 되고 말이죠.

"어쨌든 이야기해봐."

그래서 나는 그 점에 집중했어요. 강요하는 게 아니라, 어디까지나 상담을 한다는 태도로요.

얼마 안 가 사토루도 끈기에서 밀렸는지 가만히 이야기를 시작했죠. 확실히 좀처럼 믿기 힘든 이야기였어요.

그날 아침, 사토루는 1교시 강의에 출석하기 위해 평소보다 일찍 집을 출발했어요. 수로 옆길은 피해서, 다른 길을 통해 학교로 가려 했던 모양이에요. 멀리 돌아가게 되더라도 그 여자와 마주치는 것보다는 나으니까요.

그런데 그 경로 중간쯤 세워진 전신주 뒤편에 기우메가 있었던 거예요. 마치 남자 친구가 다른 길을 선택할 것을 예측하고 매복하고 있었던 것처럼 우두커니 서 있었대요.

황급히 발길을 돌린 사토루는 더 멀찍이 돌아서 학교로 향했어요. 하지만 잠시 걸어가다 보면 저 앞쪽에 또다시 기우메의 모습이 보이기 시작하고…….

그런 일이 네 번 있었고, 결국 무서워진 사토루는 결국 집까지 돌아갔다…… 라는 이야기였어요.

사토루가 염려했던 것처럼, 솔직히 좀처럼 믿기 힘든 이야기였어요. 기우메가 사토루를 따라다녔다는 점을 믿지 못했다는 게 아니라, 그렇게 솜씨 좋게 미리 앞질러 가 있을 수 있을까 하고 의심했던 거예요.

그것이 얼굴에 드러났는지,

"역시나 안 믿는구나."

곧바로 사토루가 언짢아했어요. 그래서 나도 당황하며 기우메의 신출귀몰함을 문제 삼았더니,

"그렇지? 어떻게 생각해봐도 이상하지?"

갑자기 사토루의 안색이 변하더니 눈에 보일 정도로 겁을 집어먹기 시작했어요. '아이쿠, 이거 실수했구나' 하고 후회했지만 때는 이미 늦었죠.

"그렇게 앞질러 가 있을 수 있었던 것은, 정말 기막히게 운이 좋아서가 아니었을까?"

서둘러 수습하려고 노력했지만 물론 사토루에게는 통하지 않았고, 나 자신도 우연이라고는 생각할 수 없었어요. 그런 속마음은 아무리 숨기려 해도 상대에게 전해지는 법이잖아요? 그래서 더 사토루의 태도가 딱딱해지더군요.

나는 망연자실했지만, 문뜩 묘안이 떠올랐어요.

"미조구치 선배에게 기우메에 대해 물어보는 건 어떨까?"

미조구치란 사람은 대학교 4학년인 사토루의 학부 선배예요. 남자 친구의 자취방 근처에 하숙하고 있어서, 나도 딱 한 번 놀러 가본 적이 있어요. 남을 잘 챙겨주는 사람이니까, 분명히 상담에 응해줄 거라고 생각했죠.

이 제안에는 사토루도 찬성해서, 곧바로 둘이 미조구치 선배를 찾아가서 사정을 털어놓았어요.

"흐음."

미조구치 선배는 감탄한 듯한 태도를 보이더니 깜짝 놀랄 만한 말을 하더라고요.

"그 '우비여자'가 정말로 있었구나."

우리 둘 다 화들짝 놀랐죠. 대체 어떻게 된 일이냐고 물어봤어요.

"내가 1학년 때, 동아리 선배한테 들은 이야기 중에서 말이야…….”

그렇게 운을 뗀 미조구치는 다음과 같은 이야기를 해주었어요.

노란색 우의를 온몸에 걸친 초로의 여자가, 이 부근에서 계절과 날씨를 불문하고 출몰한다. 다만 가만히 서 있을 뿐이지 한마디도 하지 않고, 통행인에게 나쁜 짓을 하는 경우도 없다. 그러나 이따금씩 갑자기 누군가를 응시하는 경우가 있다. 그럴 때는 어떻게든 눈을 맞춰서는 안 된다. 모르는 체하고 그 자리를 바로 떠야 한다. 그러지 않으면 큰일을 당한다.

"그럴 수가…….”

여기서 사토루가 크게 탄식해서, 나는 미조구치 선배에게 사토루의 체험을 간추려서 말했어요. 그랬더니 그 사람이 갑자기 웃기 시작하는 거예요.

"일단 얘기를 끝까지 들어봐. 이 우비여자란 건 일종의 도시전설 같은 거야. 다시 말해, 실질적인 해는 없어. 눈을 마주친 것이 우리 학교의 학생이라면, 유급한다든가 졸업하지 못한다든가 하는 그런 결말을 맞는다는 얘기지.”

"유급…… 이요?"

사토루는 김이 샜다는 투로 말했어요.

"그게 사실이라면 결국 피해가 있는 거라고 할 수 있겠지만, 물론 거짓말이라고나 할까 그냥 소문이라고나 할까. 하여간 도시전설 종류지."

"하, 하지만……."

"너는 그 우비여자를 봤다고 했지? 그래서 실존하고 있었구나, 하고 나도 깜짝 놀란 건데 그렇다고 신경 쓸 만한 존재는 아니잖아. 유급이나 졸업을 못 하는 상황은 피하고 싶지만, 그걸 진지하게 걱정하는 것도 좀 뭣하다고 봐."

"…… 그렇겠죠?"

미조구치 선배가 그렇게 딱 부러지게 타일러주자, 사토루도 조금 안정을 되찾은 듯했어요. 그래서 나도 부담 없이 물었죠.

"그 여자는 대체 어떤 사람인가요?"

"내가 선배에게 들었던 얘기는, 어느 큰 비가 내리던 날에 자신을 구박하던 시어머니 때문에 집에서 쫓겨났다든가, 비 때문에 미끄러진 차에 남편이 치여 죽었다든가, 수로에 자식이 빠져서 행방불명되었다든가, 남편의 불륜 상대에게 집을 가로채였다든가 하는 식의 충격적인 사건이 있었고 그것 때문에 실성해서 그런 옷차림으로 집 근처를 배회하게 된 여자가 있다…… 라는 이야기였어."

"그렇다면 이 부근에 살고 있는 사람이군요."

"아마도. 그렇다고 해도 아직도 있다고는 이야기할 수 없잖아."

"어째서요?"

"나부터도 그렇고, 최근 수년간 그 여자를 봤다는 녀석이 없기 때문이야. 그런 여자가 실제로 이 부근에 살고 있고, 아주 괴로운 어떤 일을 겪고서 마음의 병을 얻었다는 건 사실일지도 몰라. 다만 그 뒤에 입원했다든가 이사했다든가 해서 이 마을에서 사라진 게 아닐까?"

"…… 그러다가 돌아왔다."

사토루가 그 이야기를 듣고 가만히 중얼거리더군요.

"그래. 그리고 그 모습을 네가 목격한 거지. 저쪽이 네게 반응한 건…… 남편이나 자식과 조금 닮았다든가 하는 그런 사소한 이유라고 생각해."

미조구치 선배가 잠시 말을 흐린 것은 "죽은 남편이나 자식"이라고 말하려다가 멈췄기 때문이라는 걸 나는 금방 알아차렸어요. 하지만 다행히 사토루는 깨닫지 못했는지, 선배의 해석을 순순히 받아들인 눈치였죠.

"그렇게는 말해도, 그런 여자와 엮이고 싶지 않은 건 누구나 마찬가지겠지."

그리고 한동안 미조구치 선배는 생각에 잠겼다가 앗, 하고 무언가 떠올랐다는 듯한 표정으로 한 가지 제안을 했어요.

"내 친구 중에 자전거를 처분하고 싶어 하는 녀석이 있어. 싸게 해줄 테니까, 그걸 사서 자전거로 통학하는 건 어때?"

그 제안은 사토루도 긍정적으로 보는 듯했고 나도 찬성이어서, 그날 중에 자전거 매매까지 마쳤어요.

남자 친구는 막 산 자전거 뒷좌석에 나를 태우고 자취방까지 데려다주었죠. 그야말로 청춘의 한 페이지처럼요.

다음 날부터 사토루는 예정대로 자전거 통학을 시작했어요. 앞길에 기우메가 보이면 다른 길로 돌아갔죠. 하지만 얼마 후에는 그냥 옆을 쌩, 하고 지나가게 되었어요. 저쪽도 길 한복판까지 나와서 막아서지는 않았으니까요. 물론 기우메는 사토루가 완전히 지나갈 때까지 계속 응시하던 모양이지만…….

"그런 모양이다"라고 말하는 건 남자 친구는 그 여자를 조금도 보지 않았기 때문이에요. 완전히 무시한 거죠. 그래도 시선이란 건 역시 느껴지는 법이잖아요? 상대가 정상이 아닌 만큼, 이 경우에는 더욱 그래요.

여전히 기우메는 나타났지만 서서히 사토루도 신경 쓰지 않게 되었고, 우리 두 사람의 화제에 오르는 일도 줄어들었어요.

그러다가 여름방학이 되었어요. 여행을 하고 싶어서 사토루와 상의했는데, 둘 다 돈이 없었어요. 게다가 나는 부모님이 집에 돌아오라고 성화였죠.

어쩔 수 없이 나는 귀성하고, 사토루는 해변의 가게에서 아르바이트를 하게 되었어요. 저도 본가의 일을 거들며—우리 집은 가게를 하고 있었기 때문에—용돈을 벌어서, 같이 돈을 모아 가을쯤에 여행을 가자고 약속했죠.

여름 방학 중에 나는 부지런히 편지를 썼어요. 휴대전화도 컴퓨터도 없던 시절이었고, 집 전화는 옆에 부모님이 있으니까요. 그렇다고 공중전화로 장거리전화를 하면 동전들이 눈 깜짝할 사이에 사라질 테죠. 돈을 너무 많이 쓰면 가을에 여행을 갈 수 없게 되잖아요. 조금만 참자고 생각했죠.

사토루로부터 답장은 왔지만, 언제나 내용은 짧았어요. 뭐, 남자란 대개 그런 법이죠.

그런데 8월의 오봉 연휴가 지났을 무렵 대형 태풍이 일본 열도에 상륙했고 우리 대학이 있는 지방도 적지 않은 수해를 당한 뒤, 웬일로 남자 친구 쪽에서 편지가 왔더라고요. 그것도 이상할 정도로 장문의, 참으로 믿기 힘든 사건이 적혀 있는 편지가…….

하필이면 무시무시한 호우가 내렸던 그날, 사토루는 해변의 매점 아르바이트를 하며 알게 된 친구네 집에 가기로 했대요. 친구의 부모님들이 고향에 제사를 지내러 가서 집이 비니, 같이 아르바이트하는 친구들끼리 모여서 놀자는 이야기가 나왔던 모양이에요.

여름 방학이 시작된 이래로 사토루는 해변 매점의 아르바이트 때문에 그 지역에서 계속 지내고 있었어요. 그래서 통학로인 수로변의 길을 지나는 건 정말로 오랜만이었죠. 기우메에 대해서도 잊은 건 아니었지만, 아무리 그래도 설마 이런 악천후 속에 있을 거란 생각은 들지 않잖아요? 그래서 사토루는 아무런 경계도 하지 않고 그 길을 지나려고 했는데…….

있었던 거예요.

그 여자는 익숙한 장소에, 요컨대 가드레일이 없는 곳 부근에 평소처럼 서 있었어요.

등 뒤에 있는 수로에서는 "콰아콰아" 하는 소리와 함께 어마어마한 양의 빗물이 흐르고 있어서 지면과 수면의 구별이 거의 되지 않는 상태였어요. 그런 위험천만한 수로 옆에, 평소처럼 노란색으로 뒤덮인 기우메가 서 있는 거예요.

아무리 그래도 모르는 체할 수 없잖아요. 그렇다고 해서 다가가기는 무서우니까 사토루는 큰 소리로 외치면서 계속 손짓을 했대요.

"그런 곳에 있으면 위험해! 이쪽으로 와요!"

그랬더니, 그때까지 무표정이던 여자가 갑자기 얼굴 가득히 웃음을 지으면서 노란 우산을 펼쳐 사토루를 향해 내밀었어요.

그 순간 강렬한 돌풍이 불어와서 우산이 날아가고, 여자의 다리가 휘청거렸어요. 여자는 곧바로 가드레일의 기둥을 붙잡았지만, 곧 수로에서 흘러넘친 빗물에 떠밀려서 순식간에 도랑 쪽으로 떠내려가버렸죠.

여자가 떠내려가는 찰나, 사토루와 눈이 마주쳤어요. 그때 그 여자가 또렷하게 소리쳤대요.

"사토루!" …… 라고.

아뇨. 그 여자가 남자 친구의 이름을 알고 있던 게 아니에요. 그 여자의 죽은 남편이나 자식이 우연히도 같은 이름이었다든가, 혹은 사토루가 잘못 들었던 거겠죠.

곧바로 남자 친구의 자취방에 전화를 했어요. 너무 힘들어 보이면 예정보다 일찍 자취방으로 돌아갈 생각이었거든요. 하지만 생각했던 것보다는 기운이 있어 보여서 조금은 안심이 되더군요. 아마도 편지에 전부 적으면서 정신적으로 조금은 안정을 찾았을지도 모르죠.

"경찰에는……?"

"아니, 하지 않았어."

경찰에 연락했느냐고 물었더니 짧지만 강한 의지가 느껴지는 대답을 하기에, 나도 그 이상은 아무 말 하지 않았어요.

"나는 괜찮아."

그렇게 몇 번이나 사토루가 되풀이해서, 일단 당장 돌아가려던 생각을 관뒀죠.

그때 사토루에게 달려갔더라면 이후의 전개도 크게 달라지지 않았을까…… 하고, 가끔씩 이 나이가 되어서도 그때를 회상할 때가 있어요.

그래도 결국 나는 돌아갈 예정을 이틀 정도 앞당겼어요. 역시 사토루가 걱정되었고, 무엇보다 그와 만나고 싶었으니까요.

대학 근처의 역에 도착한 건 저녁때였는데, 빗방울이 툭툭 떨어지기 시작했지만 그대로 사토루의 자취방으로 향했어요. 선물을 들고, 깜짝 놀랄 남자 친구의 얼굴을 상상하면서요.

하지만 아무리 방문을 노크하고 남자 친구의 이름을 불러봐도, 전혀 반응이 없더군요. 외출했나 하고 문에 손을 대보니, 열려 있지 뭐예요. 부주의하게 문단속을 잊었던 거죠.

정말 어이가 없었지만, 마침 잘됐다고 기뻐하며 방에 들어갔어요.

방이 여전히 어질러져 있어서 사토루가 돌아올 때까지 방 정리를 하자고 생각했는데, 책상 위에 몇 장의 편지지가 눈에 띄었어요. 아무래도 편지를 쓰던 도중에 외출한 모양이었어요.

아무리 사귀는 사이라도 멋대로 편지를 읽어보는 것은 좋지 않죠. 하지만 신경 쓰이잖아요? 그래서 멀찍이서 슬쩍 봤는데, 내 앞으로 쓴 편지더라고요.

그렇다면 괜찮겠다 싶어서 읽어봤는데, 얼굴에서 핏기가 싹 가시는 느낌이었어요. 거의 빈혈을 일으킬 것 같아서 한동안 몸을 꼼짝도 못 하겠더군요.

편지에 의하면, 사토루가 아르바이트를 했던 해변 매점은 태풍이 지나간 뒤에도 그 부근에서는 가장 오랫동안 가게를 열었대요. 그래서 드디어 가게를 닫는 날, 정리를 마친 사토루는 아르바이트 친구들과 해변을 돌아다니고 있었어요. 가게 주인에게 주전부리와 마실 것들을 받았으니, 어딘가 앉아서 먹을 만한 곳을 찾아보자며.

해변 매점에서 조금 떨어진 곳에 바위들이 보여서, 사토루 일행은 그쪽으로 향했어요. 바위 위에 진을 쳐도 좋고, 그 너머에 가면 적당한 장소가 있을 거라고 생각했던 거죠.

나이가 가장 어렸던 사토루가 먼저 가서 바위를 기어오르고 넘어가서 아래로 내려가봤는데, 거기서 말도 안 되는 것을 보고 말았던 거예요.

쓰러져 있는 시체…….

커다란 바위에 가려져 있었지만, 그곳에는 수로 터널의 출구가 있었어요. 아무래도 시체는 그 태풍이 불던 날에 어딘가에서 떠내려왔고, 그 터널을 통해 밖으로 나오기는 했지만 바위에 걸려서 바다까지 흘러가지는 않았던 모양이었어요.

어딘가에서……?

그 장소를 사토루는 순식간에 알 수 있었어요. 왜냐하면 눈앞의 시체가 그 기우메였기 때문이죠.

해변의 생물에게라도 먹혔는지 뻥 뚫려 있는 두 눈구멍이, 사토루를 빤히 응시하고 있었다고 해요.

사토루는 황급히 되돌아가서, 이쪽은 안 되겠다고 거짓말을 했어요. 경찰에도 연락하지 않았어요. 어차피 언젠가는 누군가가 발견할 테고, 그 특징적인 우의 때문에 분명 신원도 금방 판명될 것이 틀림없다고 생각했대요. 스스로도 너무나 매정한 대응이었다고 생각한 모양이지만, 어쨌든 기우메와 관계되는 것이 어지간히도 싫었던 거겠죠.

아르바이트의 쫑파티도 일찍 끝내고, 남자 친구는 자취방으로 돌아왔어요.

다음 날은 비가 내렸대요. 사토루가 역에서 나와서 그 수로변의 길에 접어들자, 온몸을 노란색으로 뒤덮은 누군가가 그 장소에 서 있었어요.

물론 기우메일 리가 없어요. 비슷한 차림을 한 다른 사람이 틀림없어요. 그렇게 생각하긴 했지만, 사토루는 무서워져서 다른 길로 서둘러 도망쳤어요.

그렇게 돌아가던 중에 주뼛주뼛하며 수로변의 길을 엿보았더니, 아무도 없었어요. 안도하며 사토루가 자취방으로 향하고 있는데 길 저 멀리로 보이는 좁은 골목 모퉁이에 서 있는, 노란 사람의 형체가 눈에 들어왔어요. 사토루는 그 자리에서 뛰어서 도망쳤고, 상당히 멀리 길을 돌아 자취방으로 와서 그 편지를 쓰기 시작한 모양이었어요.

다음 날도 비가 내렸어요. 외출하는 것은 두렵긴 했지만, 이대로 확인하지 않고서는 무서워서 견딜 수가 없잖아요? 그래서 사토루는 문제의 그 골목과 수로변의 길을 보러 가기로 했어요.

그랬더니, 자취방에서 3, 4분 정도 되는 거리에 있는 새빨간 우편함 뒤편에 노란 형체가 서 있었어요.

알겠어요? 수로변의 길, 골목, 우체통……. 그것이 조금씩 사토루의 자취방에 가까이 다가오고 있는 것을요.

그다음 날도 비가 내렸어요. 사토루는 하루 종일 밖에 나가지 않았어요. 계속 집 안에 있었어요. 다만 빈번하게 창문으로 바깥을 바라보았죠. 이곳을 향해 오는 **그것**의 모습이 보이지 않을까 하고 계속 겁을 내면서…….

다음 날도 또 비였어요. 제가 사토루의 자취방을 방문했던 날이죠. 이날도 사토루는 아침부터 밖에 나가지 않았어요. 그리고 제 앞으로 편지를 계속 썼어요.

오후에는 비가 심하게 내렸고 일대는 저녁처럼 어두워졌죠. 창문을 열고 있을 수 없을 정도로 무시무시한 호우였어요.

사토루가 방의 불을 켜고 계속 편지를 쓰고 있는데,

……통, 통.

방문을 두드리는 소리가 났어요.

여자 친구가 일찍 돌아왔나 하고 사토루는 기뻐했지만, 그랬다면 사토루의 이름을 불렀겠죠.

……통, 통.

그러나 문 너머에 있는 사람은 계속 단조롭게 노크를 반복할 뿐, 한마디도 하지 않아요.

……통, 통.

……통, 통.

그렇게 완만하게 연속되는 소리가, 점차 사토루의 신경을 거스르기 시작했어요.

"누, 누구신가요?"

문 앞까지 가서, 사토루가 쥐어짜듯이 목소리를 내서 물어보자, 노크가 뚝 하고 멈췄어요. 그리고 이번에는,

……찰싹, 철썩.

흠뻑 젖은 걸레로 문을 두드리는 듯한 소리가 복도에서 들리기 시작했어요.

그러한 경위가, 점차 떨리며 흐트러져가는 필치로 편지에 극명하게 적혀 있었어요.

내 이름을 불렀다…….

이젠 틀렸다.

그것이 마지막으로 적힌 글자였어요.

나는 당장이라도 밀려 올라올 듯한 구역질이 가라앉기를 기다렸다가, 미조구치 선배의 자취방을 찾아가서 사토루의 편지를 보여줬어요.

"그 녀석은 어디 있지?"

우선 미조구치 선배가 걱정한 것은 사토루의 안부였어요.

"자취방에는 없었어요."

그렇게 대답하자 짚이는 곳에는 닥치는 대로 전화를 해서 사토루를 찾아달라고 연락을 돌리더군요. 그러고는 편지에 다시 눈길을 주고는 계속 고개를 갸웃거리기 시작했어요.

"그 여자에 관한 일들도 이상하지만, 여기에 적혀 있는 날씨도 이상하단 말이지."

거기서 저는 앗, 하고 생각했어요.

그날 저녁에 역에 도착했을 때 갑자기 빗방울이 툭툭 떨어지기 시작했지만, 그때까지 비가 내렸던 기미 같은 건 조금도 없었어요. 그런데도 사토루는 오후부터 무시무시한 비가 내렸다고 편지에 적고 있었죠. 이상하잖아요.

게다가 미조구치 선배의 말에 의하면, 전날까지 사흘간 그 지역에는 비가 내리지 않았어요. 그런데도 사토루는 매일 비가 내렸다고 적고 있어요. 이상하죠?

…… 결국 그대로 사토루는 행방불명되고 말았어요.

시골에서 부모님이 찾아오셔서 나도 만나보았지만, 아무런 도움도 되지 않았고…….

아뇨. 편지에 대해서는 미조구치 선배와 의논해보고 사토루의 부모님께는 보여드리지 않았어요. 그게 잘한 짓인지 아닌지로 나는 계속 고민하게 되었지만요.

하지만 그 편지를 보여주었다면 분명히 부모님은…… 아니, 이 이야기는 됐어요.

네?

아, 그 부분을 눈치챘군요.

맞아요. 기우메를 봤다고 말한 사람은 사토루 혼자였어요.

사토루의 행방을 알 수 없게 된 뒤로, 저는 대학 친구들에게도 협력을 얻어서 가능한 한 많은 학생들에게 물어보았어요.

노란색 우비를 갖춰 입은 여자를 본 적이 있는가, 라고요.

아무도 없었어요. 다만 미조구치 선배에게 들었던 도시전설 같은 소문을 아는 사람은 몇 사람인가 있었어요. 하지만 당연히 아무도 진지하게 생각하지 않았죠.

다음에 나는 기우메가 어디의 누구였는가를 알아내려고 했어요. 태풍이 치던 날에 동네 안의 수로에 떨어졌고, 도랑 속으로 떠내려가 며칠 뒤 해변의 수로 터널 출구 부근에서 시신이 발견된 여자가 있다면 분명 알 수 있을 거예요.

그런데 그런 사람은 없었어요. 신문사에도 경찰에도 물어보았지만, 없다는 답변만 들었어요.

이쯤부터 나는 어쩐지 무서워지기 시작했어요. 게다가 내가 학교에 자주 빠진다며 친구들도 걱정하기 시작해서, 이제는 그만두자는 생각이 들었죠…….

그런 상황에서 미조구치 선배로부터 엄청난 사실을 들었어요. 미조구치 선배도 하숙집의 집주인을 통해서 마을 사람들에게 기우메에 대해 알아보았던 모양이에요. 그 결과, 그런 옷차림을 했던 여자가 확실히 있었다고 말하는 사람이 나타났어요.

다만 그 여자는 30여 년 전 태풍이 왔던 날에, 큰 비가 내리던 가운데 노란 우의를 걸친 채로 집 밖으로 뛰쳐나갔고 그대로 행방불명이 되었을 거라고 하는 거예요.

아뇨. 그 여자가 자식이나 남편을 잃었는지, 왜 노란색 우비를 갖춰 입고 있었는지, 평소부터 수로 옆길에 서 있곤 했었는지에 대해서는 아무것도 알 수 없었어요.

태풍이 치던 어느 날 행방불명되었다. 확실한 사실은 그것뿐이었어요.

저는 한순간, 그때 그 여자는 실수로 수로에 떨어져서 죽긴 했지만 뭔가에 걸린 채로 있다가 30여년 만에 터널 밖으로 흘러나왔고 그 시체를 사토루가 발견했다…… 라는 상황을 생각했어요. 하지만 그렇다면 시신은 백골 상태이거나 혹은 미라처럼 되었을 테니 분명 사토루도 알아차렸을 거라고 봐요.

더군다나 시신의 문제가 해결되었다고 해도, 그 뒤에 사토루가 몇 번이나 봤던 기우메에 대한 설명이 전혀 되지 않잖아요.

그렇죠. 요컨대 전부 수수께끼인 상태…….

이것으로 끝이 아니에요. 이 이야기를 비 오는 날에 누군가에게 들려주면…… 아뇨, 기우메를 본다는 게 아니에요. 그럴 걱정은 없으니 안심해요.

하지만 말이죠, 비 오는 날에 이 이야기를 들은 사람은 그야말로 지금 막 숨이 끊어지려고 하거나 혹은 방금 숨을 거둔 시신과 만나게 돼요. 네, 이 이야기를 들은 뒤에……. 아, 하지만 그건 꼭 인간이라고만은 할 수 없는 모양이에요. 동물이거나 벌레인 경우도 있겠죠.

아주 흐리긴 한데 비는 내리고 있지 않았어요. 그래서 이야기할 생각이 들었던 거예요.

지금요? 글쎄요, 어떨까요?

만약 이 이야기를 하는 사이에 내리기 시작했다면…….

# 怪談のテープ起こし

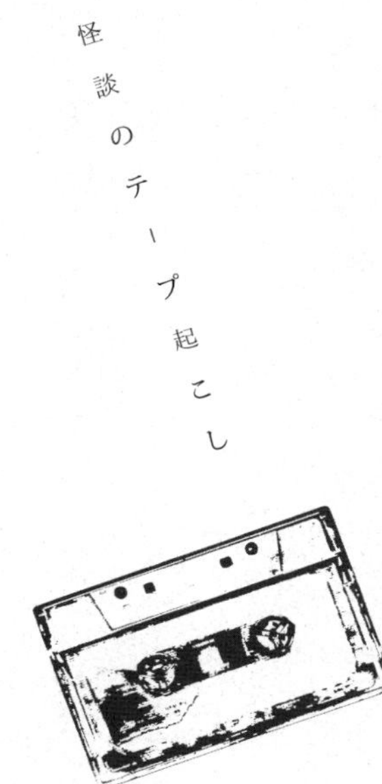

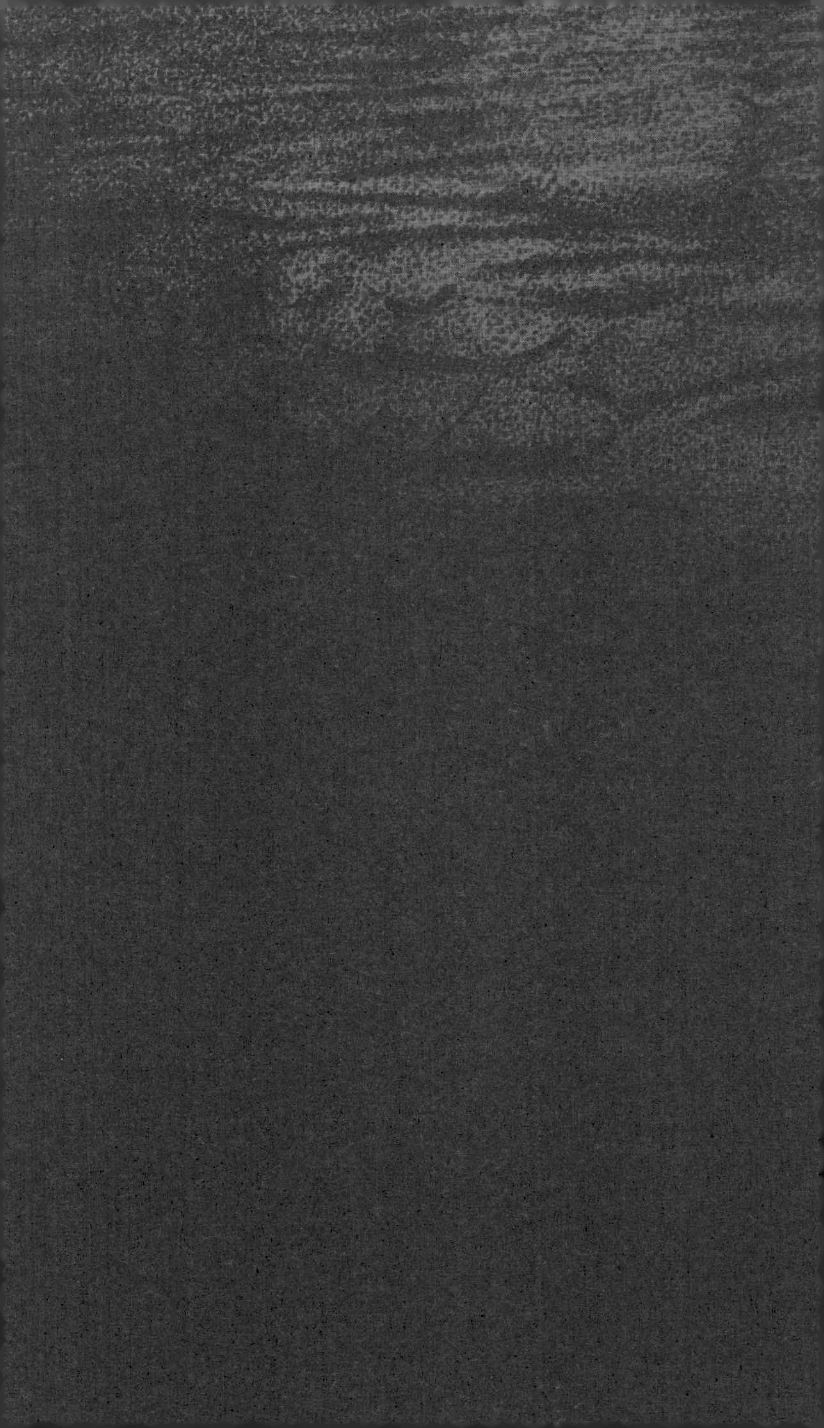

# 스쳐 지나가는 것

벌써 10여 년 전이었을까. 다음과 같은 설정의 미스터리 소설을 곰곰이 생각했던 적이 있다.

그날 아침, 주인공의 아버지—딱히 어머니나 형제자매라도 상관없다—가 집을 나선 채로 행방불명이 되어버린다. 점심때가 지날 무렵에 회사에서 집으로 전화가 걸려오고, 아버지의 무단결근을 알게 된다. 하지만 가족은 아무런 짐작도 가지 않는다.

무슨 사건에라도 휘말린 것일까.

걱정된 가족은 경찰에 알린다. 그러나 그리 열심히 움직여주지 않는다. 교통사고 등으로 병원에 실려 왔는데 신원 불명으로 취급받은 사람이 없는지 확인하는 정도였다. 그것도 해당자가 없다는 것을 알게 되자 "조금 더 상황을 지켜봅시다" 라는 말만

할 뿐 아무런 행동도 취하지 않는다.

그런데 밤이 되어도 아버지는 돌아오지 않았다. 다음 날도, 그다음 날도 마찬가지였다. 아버지는 평소대로 출근한 뒤 그대로 실종되어버린 것이다.

주인공은 아버지를 찾으려 하지만 애초에 어디에 가서 어떻게 조사해야 좋을지 전혀 짐작이 가지 않는다. 회사 사람에게 물어봐도 아무런 단서를 얻지 못했고, 오히려 "아버지는 어떻게 된 거냐?" 라는 질문을 받는 형국이었다.

참고로 주인공은 나름대로 시간을 자유롭게 쓸 수 있는 입장이 좋을 것이다. 여기서는 임시로 장남이며 대학생인 슌스케라고 해둔다.

망연자실한 슌스케는 어느 날 아침 문득, 아버지와 같은 시간에 집을 나서 역까지 걸어가볼까 하는 생각을 한다. 같은 행동을 해보면 뭔가 얻을 게 있을지도 모른다. 그야말로 지푸라기라도 잡는 심정이었다.

역에서 집까지는 걸어서 15분 정도 걸린다. 도중에 교차로나 강변도로도 지나지만, 특별히 위험하다고 느껴지는 장소도 없었고 수상해 보이는 인물도 보이지 않았다. 역에서 전철에 올라타고 근무지에서 가장 가까운 역에 내려서 회사까지 7, 8분 정도 걸어가 봐도, 마찬가지였다.

하지만 슌스케는 다음 날도 아버지의 통근 루트를 따라가보았다. 다음 날도, 그다음 날도 이 행동을 반복했다. 그러자 나흘째 되는 날, 간신히 어떤 사실을 깨달았다.

집에서 역까지 가는 길에 자신은 매일 아침 거의 같은 사람들과 만나고 있지 않은가. 게다가 그들과 스쳐 지나가는 장소도 거의 똑같지 않은가.

이쪽이 자택에서 역 쪽으로, 요컨대 남쪽으로 향하는 것에 대해 저쪽들은 반대로 역에서 북쪽으로 걸어온다. 이 나흘간은 거의 같은 얼굴들과 계속 스쳐 지나가는 듯하다. 그렇다는 것은 이 부근에서 통근 혹은 통학하는 것이 틀림없다. 그렇다면 아버지와도 분명 매일 아침 얼굴을 마주하지 않았을까?

슌스케는 정장 차림의 아버지 사진을 준비해서 다음 날 아침부터 탐문을 시작했다. 지나치는 사람을 불러 세워서 아버지의 실종에 대해 이야기한 뒤, 그날 아침에 아버지를 보았는지를 물어본 것이다. 물론 아무도 아버지를 모를 것이다. 하지만 월요일부터 금요일까지, 매일 아침마다 그냥 스쳐 지나갈 뿐인 관계라고는 해도 그 사람들은 서로가 얼굴을 마주하고 있다.

"그러고 보니, 이 사람의 모습을 언젠가부터 보지 못한 기분이 드네요."

그렇게 증언하는 사람이 한두 명 정도 있어도 이상하지는 않다. 그렇다고 해도 이것은 시간과의 싸움이었다. 상대의 기억이 흐려지기 전에 물어볼 필요가 있다.

여기서 갑작스럽지만, 만약 이 작품을 제대로 쓰려고 할 경우에는 아버지가 실종된 날에 세상을 떠들썩하게 만드는 커다란 사건이 일어났다든가 하는 설정이 필요하다고 생각했다. 특별한 사건과 연결시키지 않는 한, '며칠 전의 아침에는 지나쳤지만 다음 날에는 만나지 않았다' 같은 사실은 대개는 기억에 남지 않기 때문이다. 창작에서는 이런 세세한 곳의 완성도가 중요해진다.

그런데 그날 일어난 대사건 덕분에 슌스케의 물음에 "아, 그날 아침 말인가요?"라면서 반응하는 사람이 조금씩 나타나기 시작한다. 같은 시도를 사흘 동안 계속했더니, 아버지와 매일처럼 스쳐 지나가던 사람들 거의 모두와 접촉할 수 있었다.

그 결과, 아무래도 아버지는 네 번째 증인과 다섯 번째 증인 사이에서 사라져버린 것 같다는 사실을 알 수 있었다. 당일, 처음으로 스쳐 지나간 사람부터 네 번째 사람까지는 "아버지를 보았다"라고 증언했는데, 다섯 번째 이후로는 "보지 못했다"라고 부정했기 때문이다. 장소로 말하면 20여 년 전부터 영업하지 않은 대중목욕탕과 역 근처의 이발소 사이의, 단 100미터 정도 구간이었다. 이 대중탕부터 이발소 사이의 어딘가에서 아버지는 길을 벗어났다는 이야기가 된다. 스스로의 의사일까, 누군가의 강요였을까. 그것은 여전히 수수께끼였지만…….

슌스케는 거의 폐허 같은 옛 대중탕부터 조사해보기로 한다.

나중에 증축된 건물 앞쪽의 빨래방만 영업하고 있을 뿐이고 그 밖의 건물은 폐쇄되어서 전혀 인기척이 없지만, 왠지 모르게 수상해 보였기 때문이다.

그런데 근처에 이것저것 물어보고 다녀봐도 아무것도 나오지 않았다. 이런 폐건물에 관해 돌 법한 소문, 이를테면 불량소년들의 소굴이 되어 있다든가 노숙자가 살아서 곤란하다든가 유령이 나온다는 소문이 있다든가 하는 이야기조차 전혀 들을 수 없었다.

헛수고였나 보다고 슌스케는 의기소침해지지만, 이윽고 그의 주변에서 기괴한 사건이 일어나기 시작하고…….

도입부로서는 재미있다고 생각했지만, 실은 지금까지 그 뒤는 쓰지 않았다. 왜 아버지는 실종되었는가, 라는 수수께끼에 대한 매력적인 해답이 좀처럼 떠오르지 않았던 탓이다. 흔한 동기로는 납득할 수 없고, 그렇다고 해서 의외성이 있는 동기도 떠오르지 않아서 결국 그대로 방치하고 말았다.

언젠가는 써먹을 수 있는 설정이라고 생각했는데, 아무래도 포기하는 쪽이 나아 보인다. 왜냐하면 얼마 전에 어떤 곳에서 알게 된 후지사키 유나라는 20대 중반의 여성으로부터 아래에 소개할 체험담을 들었기 때문이다.

"전혀 이야기가 다르잖아!"

그녀의 체험을 읽어보고 그렇게 느끼는 독자가 어쩌면 있을

지도 모른다. 하지만 통근 중에 스쳐 지나가는 사람이 문제가 된다, 라는 상황은 똑같다. 누군가 그런 체험담을 선보이는 이상, 내 아이디어는 폐기해야 할 것이다. 아니, 실은 그 이상으로 그녀의 이야기가 더욱 재미있기 때문이기도 하지만.

그리고 그녀의 체험 속에서도 폐업한 대중탕이 나오지만 이것은 단순한 우연이다. 또한 본인의 이름을 포함해서 등장인물들의 이름은 전부 가명임을 미리 밝혀둔다.

2

3월 하순의 월요일 아침, 아직 아침저녁으로는 쌀쌀하다. 평소대로 유나는 6시 45분에 기상했다. 신입 사원일 무렵, 동기들에게 물어보면 지각이 아슬아슬할 때까지 자고 싶으니까 최대한 기상 시각을 늦춰 집을 나서기 30분 전에 일어난다고 답한 사람이 많았다. 게다가 그 시간의 대부분은 옷을 고르거나 화장을 하는 데 소비된다. 시간이 없으므로, 혹은 다이어트를 위해서라는 명목으로 아침 식사는 거른다.

하지만 유나는 어머니와 약속을 했다.

"얘, 혼자 산다고 해서 아침을 거르면 안 된다."

고등학교를 졸업한 뒤에는 부모의 희망대로 집에서 가까운 대학에 진학했다. 하지만 취업 활동은 부모의 반대를 무릅쓰고 도쿄에서 했다. 고향에서는 선택지가 너무 적었기 때문이다.

어떻게든 1차 지망 회사에 합격하자 부모님도 떨떠름하게나마 인정해주었다. 다만 그 이후는 유나 쪽이 당황스러울 정도로 부모가 열심히 나서기 시작했다. 특히 이사할 집을 알아보는 것이 큰일이었다.

“처음 자취하는 것이잖니.”

입만 열면 그렇게 말하는 것이었다. 어쨌든 회사에서 가깝고 치안이 좋고 살기 좋은 동네에, 건물의 방범이 철저하며 이상한 거주자가 없는 곳. 부모는 그런 물건을 원했지만 그리 쉽게 찾을 수 있는 곳이 아니다. 가령 있다고 해도 신입 사원의 월급으로는 어림도 없었다.

결국 아버지가 집세의 절반을 부담하겠다는 말을 꺼내더니 반강제로 지금의 R맨션에 방을 얻어주었다.

사회인이 되어도 부모의 도움을 받는 것이 싫어서 유나는 반발했지만, 부모도 물러서지 않았다.

“여기서 살지 않겠다면 도쿄로 나가서 사는 것도 허락하지 않겠다.”

아버지가 그렇게까지 말하자, 유나도 뜻을 굽혔다. 우선 입주한 뒤, 나중에 때를 봐서 이사하면 된다. 그렇게 스스로를 납득시켰지만, 지금은 그런 생각도 옛날 일이다.

사회인이 되고 1년이 지났을 무렵, 유나는 좀 더 집세가 싼 물건을 알아보았다. 하지만 회사 근처에 있는 집은 너무 좁은 데다 건물의 방범 수준도 떨어졌다. 그렇다고 방의 크기와 건물을 지금의 '컨디션'으로 유지하려면 회사에서 아주 멀어져버린다. 그런 당연하고도 냉엄한 현실과 직면했다. 어느 쪽을 고르더라도 이후의 생활이 고생스러워지는 것이다.

아버지, 죄송해요.

그녀는 마음속으로 용서를 빌고, 조금 더 부모의 도움을 받기로 했다. 그 대신은 아니지만, 늘 일찍 일어나는 것으로 어머니와의 약속을 지키고 있다. 스스로도 고지식하다고 생각하지만 이 성격은 아버지에게 물려받은 것인지도 모른다.

R맨션의 최상층—그래봤자 5층 건물이지만—510호실을 나오는 시간이 7시 45분이다. 가장 가까운 K역까지는 걸어서 15분 정도 걸린다. 거기서 8시 5분발 열차를 타기 위해, 늘 그녀는 조금 시간적 여유를 두고 있었다.

그날의 월요일 아침도 마찬가지였다. 회사에 갈 채비를 마치고, 시간에 맞춰 방에서 나오려고 문을 열었다.

낑, 떼구르르.

그 순간, 문에 뭔가가 닿아 넘어진 듯한 소리가 들렸다.

수상하게 생각하고 복도로 나가보니 작은 유리병이 바닥을 구르고 있다. 게다가 그 병에는 꽃 한 송이가 꽂혀 있었다. 꽃이라고는 해도 길가에 피어 있는 흔한 들꽃이었다.

어?

곧바로 떠오른 것은 맨션의 주민 중 누군가 그 꽃을 어딘가에서 따서 유리병에 넣고, 유나의 집 문 앞에 놓는 모습이었다.

하지만 대체 누가?

이 R맨션에 유나가 아는 사람은 한 명도 없다. 이사 왔을 때 현관 입구의 관리실에 있는 관리인 노다 씨와 510호의 양옆과 바로 아래층 집에는 어머니와 함께 인사를 하러 다녔다. 세 집 모두 거주자는 30대 부부로 보이는 남녀로, 이웃 사람과는 가끔씩 현관이나 엘리베이터에서 마주치지만 만나는 것은 그때뿐이다. 관리인과도 매일 아침 인사를 하는 정도에 지나지 않는다. 바로 아래층 사람과 얼굴을 마주한 것은 이사 와서 인사했을 때뿐일지도 모른다.

어린아이의 장난인가?

이런 짓을 할 이유를 생각하면 그렇다고밖에 생각되지 않는다. 대충 생각해보면, 길에서 주운 병에다 근처에 피어 있던 들꽃을 집어넣고 적당한 집 앞에 놓아둔 것뿐이 아닐까. 다시 말해, 5층에 살고 있는 아이의 짓이다. 아마도 그 아이가 엘리베이터에서 내려 자기 집으로 가는 도중에 유나의 510호실이 있으니, 그런 추측이 자연스럽다. 그렇다면 511호부터 516호실 중 어딘가의 아이라는 이야기가 된다.

그런데 그 여섯 집 중에 그 정도 나이의 아이가 있던가?

이웃한 511호에 아이는 없다. 512호부터는 잘 모르지만, 확실히 513호에 아기가 있고 514호에 세 살 정도의 남자아이가 있는 정도가 아니었던가.

같은 층의 다른 아홉 집—509부터 501호—까지 넓혀보면 해당하는 아이가 있을지도 모른다. 하지만 일부러 이곳까지 이런 물건을 놓아두러 올까?

아, 역시 그건 아닐 거야.

어제는 오후 늦은 시간까지 대학 시절 친구인 가타기리 히나타와 만났다. 저녁을 겸해 술을 마셨기 때문에 밤 10시가 지나 귀가했다. 집에 도착했을 때는 문 앞에 아무것도 없었다. 이 꽃이 꽂힌 병이 놓인 것은 그 이후라는 이야기가 된다.

어린애가 아니야…….

새삼 그렇게 생각한 유나는 갑자기 오싹해졌지만, 문득 손목시계를 보고 더욱 당황하고 말았다.

지각하겠어!

그녀는 문을 잠그고, 넘어져 있는 병을 복도 가장자리에 세워 놓고서 종종걸음으로 달렸다.

엘리베이터는 총 두 대가 있는데, 이용자가 없을 때는 하나는 1층에서, 다른 한 대는 5층에서 대기하도록 설정되어 있다. 다행히도 5층에 정지해 있는 엘리베이터를 탈 수 있어서, 그 뒤로는 조금 빠른 걸음으로 K역으로 향했다.

이럴 때, 자신이 평소보다 얼마나 늦었는지를 알려주는 것은 시각이 아니다. 집에서 출발하는 시간은 7시 45분으로 확실히 정해져 있지만, 신호등이 있는 교차로에 접어드는 것이 몇 분이며 편의점 옆을 지나는 것이 몇 분이란 식으로 기억하는 것은 아니기 때문이다. 그것보다도 의지가 되는 것은 거의 매일처럼 자신과 스쳐 지나가는 사람들이다.

평소에는 유나가 교차로의 횡단보도를 건너거나 신호를 기다리고 있을 때 도로 맞은편에 나타나던 양복 차림의 남자가, 오늘 아침은 이미 이쪽으로 건너와서 그녀 옆을 스쳐 지나가고 있었다.

이 사실만 봐도 자신이 어느 정도 늦었는지를 알 수 있었기에 유나는 발걸음을 한층 재촉했다.

물론 저 남자가 평소보다 빨리 일어났거나 혹은 늦잠을 잤을 가능성도 있기 때문에 저 사람만을 기준으로 삼는 것은 위험할지도 모른다. 그러나 그런 식으로 매일 아침마다 반드시 스쳐 지나가는 사람은 그 외에도 여럿 있었다. 유나가 역에 도착할 때까지 적어도 일고여덟 명은 될 것이다. 가령 한 사람이나 두 사람 정도가 도움이 되지 않더라도, 얼굴만 아는 몇몇 사람과 계속 지나치며 살다 보면 오늘 아침에는 어느 정도 늦었는지 자연스럽게 눈치채는 것은 간단하다.

그렇다고 해도 생각보다 상당히 오랫동안 집 앞에서 생각에 잠겨 있었구나.

만약에 빈 깡통이었다면, '이런 곳에 버리다니!' 하고 화를 내면서 곧바로 출발했을 게 틀림없다. 그렇게 되지 않았단 것은 들꽃이라고는 해도 한 송이의 꽃이 꽂힌 유리병이 자기 집 문 앞에 놓여 있었기 때문이다.

그건 마치…….

누군가 죽은 현장에 가만히 바친, 죽은 이를 공양하기 위한 헌화 같지 않던가.

…… 대체 무슨 생각이람.

재수 없는 발상이라고 생각했다. 그러나 그런 행위를 면식 없는 어른이 할 리 없다고 다시 한번 생각한 유나는, 역시 어린아이의 장난이었으리라고 판단했다.

텔레비전에서 비슷한 광경을 보고 그 장면을 흉내 낸 것이겠지. 오늘 아침에 하려고 마음먹었다면, 유치원이나 초등학교에 등원 혹은 등교하기 전에도 얼마든지 가능했을 것이다. 510호실이 선택된 것은 정말로 우연이 아닐까. 분명 깊은 의미는 없을 것이다.

건널목 앞까지 왔을 때 그렇게 최종 결론을 내리고 있었다. 내일 이후로도 계속된다면 관리인에게 이야기하면 된다. 노다 씨는 거주자의 바람이나 고충을 잘 듣고 반영해주므로 안심할 수 있다.

평소 같으면 멈춰 서지 않고 건널 수 있는 건널목이지만, 이날은 달랐다. 급행열차가 지나가는 중이었다. 이것이 다 지나간 뒤 30초 정도 후에 그녀가 평소에 타고 출근하는 보통 전철이 출발한다. 그야말로 아슬아슬하다.

이쪽에도 개찰구를 만들든가, 지하도라도 있으면 좋을 텐데.

평소에는 특별히 불편하다고 느끼지 않았지만, 이런 상황에 처하면 이야기가 달라진다. 1년에 두세 번 정도밖에 느끼지 않는 불안이, 이 순간 단숨에 크게 부풀어 오른다.

조금 짜증이 난 상태로 유나가 기다리고 있는데, 통과하는 전철 너머로 흘끗흘끗 검은 사람의 형체가 눈에 띄었다. 딱 그녀의 정면에 해당하는 건널목 맞은편의 오른쪽 가장자리에서, 이쪽으로 건너오고 싶은 사람이 대기하고 있는 모양이다. 온몸이 검게 보이는 것은 분명 긴 코트를 걸치고 있는 탓이리라. 머리쪽도 마찬가지로 검게 비치는 것은 검은 털실로 된 모자라도 쓰고 있기 때문일까.

추위를 많이 타나 보네.

그래도 지금 계절의 복장으로는 조금 과한 것이 아닐까 하고 생각하는데, 마지막 차량이 눈앞을 지나간다.

어라?

그 순간, 유나는 굳어버렸다.

몇 초 전까지 잠깐잠깐 보이던 검은 사람의 형체가, 건널목 너머에서 사라져 있었다. 곧바로 가장자리에서 반대편 가장자리까지 확인해 살펴보았지만 검은 옷차림을 한 사람은 한 명도 눈에 띄지 않는다.

곧 경보음이 멈추고 차단기가 올라가자, 건널목 양쪽에서 기다리던 사람들이 일제히 걷기 시작했다. 그 인파의 흐름에 따라 그녀도 걸음을 내딛었지만, 저편으로 건너가는 것이 조금 무서워졌다.

전철이 통과하는 것과 동시에 사라져버린 검은 사람의 형체가 있던 오른편 가장자리를, 정통으로 지나쳐야 하기 때문이었다. 건널목을 건너자마자 오른쪽 방향에 역사가 있기 때문에 유나는 매일 아침마다 그곳을 걷고 있었다. 하지만 오늘 아침은 가능하면 피하고 싶었다.

유나는 종종걸음으로 일부러 오른편을 피하면서 개찰구로 향했다. 그때 앞을 지나치던 고등학생이 미심쩍은 얼굴을 한 것은, 대체 유나가 뭘 피했는지 알 수 없었기 때문일 것이다.

평소에 타던 열차에 탈 수 있어서 안도했지만, 기분은 그리 개운치 않았다.

오늘 아침은 이상한 일투성이야…….

집 앞에 놓여 있던 기묘한 꽃과 건널목 너머의 기묘한 사람 형체. 서로 관계가 있다고는 생각되지 않지만, 오싹한 느낌을 받기에는 충분하다.

어쩌면 회사에 도착하기 전에 또 뭔가 이상한 일을…….

…… 내가 겪게 되는 것이 아닐까 하고, 유나는 자기도 모르게 긴장하고 말았다.

K역에서 20분 정도 전철을 타고 가다가 도착한 S역에서 지하철로 갈아타면, 약 10분 뒤에 N역에 도착한다. 그곳에서 회사까지는 걸어서 10분 정도 걸리므로 갈아타는 시간을 감안하면 도착까지 아직 45분은 남았다.

평소 같으면 특별히 의식하지 않을 익숙한 통근길이지만, 오늘은 마치 처음 출근할 때처럼 숨 막히는 긴장감이 느껴졌다.

다행히 회사에는 무사히 도착할 수 있었다. 일을 하는 동안에도 점심시간에도, 특별히 이상한 일은 일어나지 않았다.

내가 너무 예민했나?

그렇게 생각하고 안도하긴 했지만, 퇴근할 때는 다시 긴장되었다. 그것이 절정에 달한 것은, K역에 도착해서 R맨션까지 돌아가는 길이었다.

평소에 다니던 길인데, 어쩐지 무섭다.

멀리 돌아갈까도 생각했지만 어떻게든 참았다. 그런 행동을 하면 무언가 정체 모를 존재와 자신이 연관되어 있다고 인정한 것처럼 되어버린다. 그랬다가는 정말로 그 뭔가가 찾아올 것만 같았다.

신경 쓰지 않는 게 제일이야.

유나는 씩씩하게 행동하기로 하고 귀갓길을 서둘렀다.

하지만 R맨션까지 돌아와서 엘리베이터에 올라 5층에 도착하고, 510호를 향해 복도를 걷기 시작하자마자 갑자기 불안감에 휩싸였다.

새로운 꽃 한 송이가 또 놓여 있다면…….

앞쪽을 응시하지만 문 앞에는 아무것도 없다.

…… 다행이다.

안도의 한숨을 내쉰 것도 잠시, 오늘 아침의 그 병은 누가 정리했는지가 신경 쓰였다.

관리인 노다 씨?

그렇게 생각했지만, 노다 씨라면 그런 걸 쓰레기로 간주하지 않을지도 모른다. 아마도 경비실 창가에 놔두고 '주인께서는 찾아가시기 바랍니다'라는 벽보를 붙일 것 같다.

장난을 쳤던 아이일까.

당사자가 가지고 돌아갔을 가능성이 가장 높아 보였다.

"다녀왔습니다아."

문을 열고 들어가면서, 아무도 없는 실내를 향해 말을 건다. 외출할 때마다 "다녀오겠습니다"라고는 말하지 않지만, 어째서인지 집에 돌아올 때는 하게 된다.

적적하네…….

그렇다고 해서 본가로 돌아가고 싶다는 생각도, 결혼하고 싶다는 생각도 별로 들지 않는다. 자매라도 있다면 같이 살 수 있겠지만, 공교롭게도 외동딸이다.

순간 '적적하다'는 말에서 그 한 송이의 꽃이 떠올라버려서, 어째서인지 등골이 오싹해졌다.

"아아, 이젠 잊어버리자."

일부러 유나는 소리 내어 말하고는 저녁 식사를 간단히 마치고 잠시 텔레비전을 보다가, 목욕을 한 다음 와인을 마시면서 스마트폰을 만지작거리다가 평소보다 일찍 잠자리에 들었다.

아직 월요일인데도 출퇴근 한 번에 완전히 지쳐버렸다. 내일부터는 평소처럼 돌아가야만 한다. 그러려면 푹 자는 것이 제일이다.

덕분에 다음 날 아침에는 아주 상쾌하게 일어났다. 한순간 얼굴이 굳어진 그녀는 부랴부랴 현관까지 가서 문을 열고 복도를 살폈다.

…… 아무것도 없어.

집 문 앞뿐만 아니라, 좌우로 뻗은 복도의 어디에도 눈에 띄는 물건은 없었다. 7시 45분에 나올 때도 마찬가지였다.

R맨션에서 K역까지, 아주 익숙한 사람들과 거의 같은 장소에서 스쳐 지나가면서 유나는 새삼 실감했다.

반복되는 매일이란 건 따분하지만, 이것이야말로 평화라는 거구나.

이런 말을 친구인 가타기리 히나타에게 하면, 분명히 "노인네 같은 소리 하네"라며 비웃겠지. 그렇게 생각하고 쓴웃음을 짓는 동안 건널목이 눈에 들어왔다.

여기서 유나는 이대로 길의 오른편으로 가도 괜찮은 걸까, 하고 주저했다. 오늘 아침은 전철이 지나가기를 기다릴 필요도 없이, 곧 건널목을 건널 수 있을 것이다. 다만 그렇게 되면, 그녀는 어제 봤던 그 사람 형체가 서 있던 자리를 지나가야 한다.

지금까지도 아무 일 없이 지나다녔잖아…….

그렇게 생각하고 곧장 가려고 했지만, 건널목으로부터 수 미터 앞에서 왠지 모르게 길의 왼편으로 이동했다. 도로 폭만큼 역에서 멀어지게 되지만, 아주 자연스럽게 몸이 움직였다.

그런데 건널목을 건너려는 순간, "앗!" 하고 유나는 비명을 지를 뻔했다

…… 어제의 검은 사람이 있어.

그것도 원래는 자신이 걸어가야 할 건널목 오른편 가장자리에 서 있는 것이 흘끗 시야에 들어왔다. 곧바로 그쪽으로 눈길을 보낼 뻔했지만, 어째서인지 봐서는 안 된다는 생각에 사로잡혔다. 일부러 시선을 돌리고 어쨌든 서둘러 역으로 향했다.

그러나 개찰구를 지나는 동안에도, 전철을 타고 진정하고 나서도, 그 검은 사람이 신경 쓰여서 견딜 수가 없었다.

어제는 건널목 너머에 서 있었지만, 오늘 아침에는 이쪽으로

건너와 있었다.

오늘 유나는 평소와 같은 시간에 맨션을 나왔으니까 저 사람도 그만큼 나아온 것에 지나지 않는다…… 라고 납득하다가, 정반대임을 깨달았다.

어제 그녀는 원래 시간보다 늦었다. 그러니까 어제 검은 사람이 건널목 너머에 있었다면, 오늘 아침 이 시간에는 역에서 조금 더 먼 곳을 걷고 있어야 하지 않을까. 아직 건널목까지 도착하지 않아야 했던 게 아닐까.

어제와 오늘, 그 사람이 같은 시간에 집을 나왔을 경우의 이야기이지만.

당연하지만 그런 것은 알 수 없다. 우연히 이틀 연속으로 봤을 뿐이지, 내일은 지나치지 않을지도 모르는 것이다.

애초에 나는 그 사람을 본 건가?

어제 아침은 통과하는 전철 너머로 인식했을 텐데, 그 전철이 지나간 뒤에는 보이지 않았다.

오늘 아침도 가만히 생각해보면 조금 이상하다. 확실히 건널목을 수 미터 남겨둔 곳에서, 유나는 길의 오른편에서 왼편으로 이동했다. 하지만 검은 사람이 시야에 들어온 것은 정말로 건널목을 건너기 직전이었다. 만약 그 사람이 그냥 건널목을 지나왔다면, 그녀가 아직 길의 오른편을 걷고 있었을 때 멀리서나마 보였을 것이다. 어제 일이 있은 지 하루도 지나지 않았다. 유나의 감각이, 새까만 인물을 전혀 깨닫지 못했을 리가 없다.

어제는 갑자기 휙 하고 사라졌고, 오늘 아침은 갑자기 휙 나타났다…….

그런 식으로 비친다. 하지만 새삼 그 상황을 머릿속에 그려 보니, 도저히 믿기지가 않았다. 스스로 체험했으면서도 어쩐지 미심쩍다는 생각마저 들었다.

괴담을 좋아하는 회사 동료에게 이야기하면 "그 건널목에서 자살한 사람이 지박령地縛靈이 되어서 나온 거야"라고 말할 게 틀림없다.

유나도 무서운 이야기는 싫어하지 않지만, 진지하게 받아들일 생각은 추호도 없다. 어디까지나 오락으로서 무서워할 뿐이지, 그 이외의 요소는 아무것도 원하지 않는다.

분명히 뭔가 착각한 거겠지.

그렇게 결론 내리고 더 이상 이 일에 대해서 생각하지 않기로 했다.

그래도 다음 날인 수요일 아침, 평소대로 K역으로 향하던 유나는 앞쪽으로 건널목이 보이기 시작하는 곳에서 자연스럽게 몸이 긴장하는 것을 느꼈다. 앞으로 10여 미터만 나아가면 어제 아침에 오른쪽에서 왼쪽으로 길을 이동했던 지점에 접어든다.

오늘 아침도 마찬가지로 역시 길을 건너야 할까. 역사는 오른편에 있는데 일부러 반대편으로 이동해야 할까. 그 검은 사람은 분명 눈의 착각이었을 테니, 이제 그럴 필요는 없지 않을까. 하지만 월요일 아침에 느낀 오싹함은 아직도 조금 남아 있다. 과연 그것을 무시할 수 있을까.

단 몇 걸음을 내딛는 사이에 유나는 망설이고 또 망설였다. 그 앞까지 나아가보고 그 순간의 충동에 몸을 맡길 수밖에 없을까, 하고 생각했을 때였다.

그녀와 마찬가지로 역을 향해 수 미터 앞을 걷고 있던 양복 차림의 남자가, 갑자기 황급히 왼쪽으로 몸을 피하는가 싶었는데…… 그 맞은편에 검은 사람이 있었다.

"앗!" 하고 유나가 멈춰 서자마자 쿵, 하는 충격을 등 뒤에서 느꼈다. 돌아보니 한 손에 스마트폰을 들고 있던 여자 고등학생이 찌푸린 얼굴로 유나를 노려보고 있었다.

상대도 전화기를 보면서 걷고 있었으니 서로 피장파장이지만.

"…… 미, 미안해요."

곧바로 유나는 사과했다. 갑자기 멈춰 선 자신 쪽에 잘못이 있다고 생각했기 때문이다. 여고생도 가볍게 고개를 숙이고 떠나는 것을 보면 자신에게도 잘못이 있음을 아는 듯했다.

사과를 마친 뒤에 서둘러 다시 시선을 돌리자, 이미 검은 사람은 없었다.

또 착각을…….

그렇게 정리하기에는 검은 사람을 피한 듯한 남자의 행동이 아무래도 마음에 걸린다. 게다가 그 남자는 길을 피한 것뿐만 아니라, 그런 행동 뒤에 흘끗 뒤를 돌아보기까지 했다. 그 모습을, 유나는 뒤따라오던 여학생과 얼굴을 마주하기 직전에 간신히 보았다.

"내가 지금 대체 뭘 피한 거지?"라고 말하는 듯이, 남자는 미심쩍게 생각하는 듯했다. 그 반응이 이루 말할 수 없을 정도로 꺼림칙하게 느껴진다.

유나는 다시 걷는 것과 동시에, 길 왼편으로 건너갔다.

월요일은 건널목 맞은편에, 화요일은 건널목을 건너온 곳에, 오늘은 건널목에서 수 미터 떨어진 지점에 그 검은 사람이 있었다. 요컨대 역 쪽에서 이쪽으로 조금씩 이동하고 있다는 이야기가 된다.

어디로 향할 생각일까.

애초에 그것은 무엇일까.

이미 검은 코트와 모자를 쓴 인간이라고는 생각되지 않는다.

그러면 대체 무엇인가…….

거기까지 생각하고, 유나는 부르르 몸을 떨었다.

관여하지만 않으면 괜찮아.

가령 그것이 건널목에 들러붙은 지박령이라고 해도, 그것과 그녀 사이에는 아무런 관계도 없다. 철저히 모르는 체하면 되는 것이다.

그런 식으로 받아들이자 마음이 한결 가벼워졌다.

다음 날부터 유나는 건널목이 보이는 직선 도로에 들어서면 곧바로 왼편으로 걷게 되었다. 되도록 오른쪽으로는 눈길을 향하지 않도록 주의하면서, 의도적으로 좌측으로 시선을 보낸다. 그러면 시야의 오른쪽 구석에 문득 검은 형체가 들어올 걱정도 없어진다.

실제로 그날부터 그녀는 전혀 검은 사람을 보지 않게 되었다. 걷는 위치를 바꾼 것만으로, 예전과 마찬가지로 지루하지만 평화로운 통근 풍경으로 돌아온 것이다.

그리고 주말이 지난 뒤 다음 주가 되고, 유나가 마지막으로 검은 사람을 본 지 딱 일주일째가 되는 날 아침이었다.

그때 그녀는 주택지의 길을 지나 역을 향해 걷고 있었다. 그곳은 양옆에 민가가 늘어선 것 외에는 작은 보육원과 뜬금없는 느낌의 스낵바가 눈에 띌 뿐, 특별할 것도 없는 도로였다. 그곳을 나아가다가 왼쪽으로 돌면 건널목으로 이어지는 직선 도로가 나오기 때문에 매일 아침 그 루트로 다니고 있다.

그날 아침도 유나가 길의 오른편으로 걷고 있는데, 갑자기 저 앞에서 오싹할 정도의 기분 나쁜 한기 같은 것이 자신을 향해 다가오는 기척을 느꼈다.

그녀가 본능적으로 재빨리 왼쪽으로 피한 것과 거의 동시에, 바로 옆을 검은 사람이 스쳐 지나갔다.

오른쪽 팔뚝에 소름이 쫘악 돋았다. 그 자리에서 유나는 굳어버렸다.

**그것**이잖아…….

일주일 동안 여기까지 나아왔다는 것을 알고 소스라치게 놀랐다. 물론 무서움도 있었지만 계속 이동하고 있었다는 '사실'에 우선 경탄했다. 지난주 월요일부터 수요일까지의 움직임을 생각하면 충분히 예상할 수 있었던 일이다. 그러나 실제로 그 이동을 보게 되니 역시나 충격을 받았다.

게다가, 방향을 돌렸다.

검은 사람이 길을 꺾었다는 것이 무엇보다 쇼크였다. 저것은 그저 건널목 앞의 길을 오가고 있을 뿐이라고 생각했다. 무의식 중에 그렇게 단정하고 있었다. 하지만 검은 사람은 아무래도, 진짜로 어딘가로 향하고 있는 듯했다.

나하고는 관계없다, 전혀 관계할 생각도 없다, 라고 생각하기 전에 호기심이 자극을 받아서 유나는 자기도 모르게 이렇게 생각했다.

대체 어디로?

비교적 금방 떠오른 것은, 주택가로 들어가기 전에 길가에 보이는 작은 절이었다. 그곳에는 묘지도 있었기 때문에 더욱 그럴싸하게 생각되었다.

그곳이라면 이번에야말로 괜찮겠지.

그 절은 넓은 도로 왼편에 있었는데, 유나가 이용하는 것은 오른편 보도였다. 아마도 검은 사람은 주택가를 지나면, 도로 맞은편으로 건너가서 그대로 절로 들어가는 것이 아닐까. 요컨대 그녀와 스쳐 지나가는 일은 더 이상 없는 것이다.

다음 날부터 유나는 주택가 길에 들어서면 왼쪽으로 걸으려고 했다. 시선을 그쪽으로 향하는 것도 마찬가지다.

다만 그런 나날이 4, 5일 정도 지나는 동안, 어떤 가능성을 상상하고 매일 아침의 통근길이 두려워졌다. 왜냐하면 넓은 도로에서 주택가의 길로 도는 순간, 그것과 마주칠지도 모르기 때문이다. 운 나쁘게 타이밍이 맞으면 그런 사태도 충분히 벌어질 수 있다.

어쩌면 오늘 아침일지도…….

겁을 내면서 매일 아침을 보내는 동안, 일주일이 지났다. 그녀의 '계산'에 의하면 이미 검은 사람은 넓은 도로를 건너서 절 쪽의 보도로 나아가 있을 것이다.

…… 살았다.

이제는, 절로 들어간 검은 사람이 그대로 사라져주기를 바랄 뿐이다.

다음 주 월요일 아침, 유나는 넓은 도로의 왼편 보도로 평소처럼 역을 향해 걸었다. 도로에 비례해서인지 보도의 폭도 상당히 넓어서 걷기 편했다. 다만 오른편으로는 폐업한 커다란 대중

목욕탕 건물이 있었는데, 그것이 출퇴근할 때마다 가끔씩 그녀의 마음을 어둡게 해서 평소에는 고개를 돌리고 있었다. 그러나 한동안은 반대편 절 쪽을 보고 싶지 않았기 때문에 요 며칠은 어쩔 수 없이 폐허가 된 대중탕 쪽을 바라보고 걸었다.

얼른 헐어버리고 여기에 슈퍼마켓이라도 들어서면 좋을 텐데 말이야.

그날 아침도 자신의 입맛에 맞는 상상을 하면서 걷고 있는데, 문득 검은 형체가 스쳐 지나갔다.

어……?

황급히 뒤돌아보았지만 그런 인물은 어디에도 없었다. 몇 미터 뒤에 스마트폰을 보면서 걸어오는, 전의 그 여고생이 있을 뿐이었다. 그 밖에 통근자로 보이는 사람들은 여고생보다 더 뒤편에서 걷고 있다. 게다가 모두가 이쪽을 향하고 있고, 반대 방향으로 향하는 사람은 한 사람도 없었다.

…… 어째서?

그 검은 사람…… 절로 간 게 아니었나? 그렇지 않다면 대체 어디로 갈 생각일까.

이때부터 며칠 동안, 유나는 어떤 공포를 느끼며 지냈다. 그 우려가 진짜인지 어떤지, 확인할 방법은 있었지만, 그녀는 굳이 시도하지 않았다.

만약 정말 그렇다면…….

도저히 견딜 수 없을 것 같았기 때문이지만, 실제로는 반대다. 두려운 '사실'이 감춰져 있을 가능성이 있다면 일찍 대처하기 위해서라도 착실히 조사해야 한다. 그러나 그녀는 아무런 행동도 하지 않았다. 그리고 금요일 아침을 맞았다.

유나가 신호등이 있는 교차로에 접어들었을 때, 공교롭게도 신호는 빨간불이었다. 횡단보도 맞은편에는 이미 익숙한 양복 차림의 남자가 기다리고 있다. 매일 아침의 낯익은 풍경이다.

하지만 그날 아침은 달랐다. 남자 옆에, 그녀가 볼 때 오른편에 검은 사람이 서 있었다.

분명 내일 아침에 그것은 횡단보도를 건너고 있을 것이 틀림없다. 그리고 신흥 주택가 속의 길로 나아갈 것이다. 그 앞에는 유나가 사는 R맨션이 있다.

회사의 점심시간, 그녀는 밖에 나가는 것을 포기하고 근처 편의점에서 샌드위치와 음료수를 사서 컴퓨터 앞에 진을 쳤다. 그리고 인터넷 뉴스 사이트에 접속해서는, 다음과 같은 키워드를 조합해서 몇 번이나 검색해보았다.

K역, 건널목, 사고, 자살.

유나가 세운 가설은 이랬다. 예전에 저 건널목에서 죽은 사람이 있다. 그 공양을 위해 지금도 누군가 빈 병에 꽃을 꽂아서 두고 있다. 그것을 R맨션에 사는 가족의 아이가 가지고 와서는, 510호실 앞에 방치했다. 그 행위에 아마도 별 의미는 없을 것이다. 하지만 그 때문에 말도 안 되는 사태가 벌어졌다.

요컨대 검은 사람의 정체는 그 건널목에서 죽은 누군가이며, **그것**은 공양으로 바친 꽃을 찾으러 R맨션의 510호실까지 오려고 하는 게 아닐까.

이런 일을 당하기 전의 유나라면, 분명 말도 안 되는 괴담이라고 피식 비웃고 말았을 것이다. 그러나 이때의 유나는 상당히 진지했다.

그런데 아무리 조합을 바꿔서 검색해봐도 해당 기사가 나오지 않았다. K역에서 일어났던 인신사고 기사는 찾을 수 있었지만, 사고 현장이 전철역 플랫폼인 데다 사망자는 한 명도 나오지 않았다.

어찌된 일이지?

가설이 빗나가서 유나는 당황했다. 가만히 생각해보면, 그 해석 자체가 날조다. 증명되지 않는 것이 당연하다고 할 수 있지만, 그녀는 그런 냉정한 판단을 내릴 수 없을 정도로 정신적으로 막다른 구석에 몰려 있었다.

휴일인 토요일에도 집에 있는 컴퓨터를 사용해 K역에 대한 기사를 검색했다. 뉴스 사이트에만 의존하지 않고, 일단 키워드로 검색된 것을 전부 훑어보았다.

그러나 그 결과, K역에서 누군가 죽은 일은 전혀 없는 듯하다는 사실만 알았을 뿐이었다.

그럼에도 불구하고, 유나는 토요일에도 일요일에도 장을 볼 때는 역 반대 방향으로 멀찍이 떨어져 있는 슈퍼마켓을 이용했다. 통근하며 걷는 길에는 한 걸음도 발을 들이지 않았다. 모처럼의 휴일에 그것과 조우하고 싶지는 않다.

하지만 월요일 아침이면 그럴 수도 없게 된다. 꽤 멀찍이 돌아서 역으로 갈까 했는데, 그러기 위해서는 10분 정도 빨리 집을 나설 필요가 있었다.

내일부터 돌아서 가자.

그렇게 마음먹기는 했지만, 다음 날인 화요일도 그러지 못했다. 그때까지와 다른 것은, 신흥 주택가에서도 오른편 길이 아니라 왼편으로 걷기로 한 것뿐이다.

그 덕분인지 검은 사람과 지나치는 일은 없었다. 평소와 같은 출근을 할 수 있었다.

이대로 아무 일도 없이 지나갔으면 좋겠다고, 유나는 기도했다. 건널목에서 죽은 사람에 대한 불길한 걱정이 현실이 되지 않고 기우로 끝나기를 바랐다. 어차피 그런 사실은 전혀 발견되지 않았으니 이제 안심해도 될 테지만, 그녀는 여전히 떨고 있었다. 그렇기에 진심으로 바란 것이지만…….

유감스럽게도 다음 주 월요일 아침에 갑작스럽게, 그 순간은 찾아왔다.

유나는 평소와 같은 시간에 집을 나서 엘리베이터를 타고

1층에서 내린 다음 현관홀을 가로질러 맨션의 현관문을 열고 밖으로 나가려다가, 비명을 질렀다.

검은 사람이 스쳐 지나간 것이다.

드디어 그것이 R맨션까지 와버렸다. 두려워하던 사태가 끝내 일어나버린 것이다.

어떡하지?

어째서?

이 두 가지 말이 하루 종일 머릿속에서 빙글빙글 돌았다. 일에 통 집중하지 못하고 실수를 연발했다.

집에 돌아온 뒤에도 유나는 계속 생각했다. 다만 어느 쪽의 답도 전혀 떠오르지 않았다.

우선, 대처할 방법이 전혀 짐작도 되지 않았다. 신사나 절 쪽에 굿을 해달라고 할까, 아니면 소위 '영능력자'라고 불리는 사람에게 부탁해야 할까.

그러나 양쪽 모두 아는 데가 없었다. 설령 이제부터 알아본다고 해도, 최소한의 실마리가 필요하다는 생각이 들었다.

'보통은'이라는 표현도 이상하지만, 이사한 집이 괴상하다든가, 담력 테스트를 하고 온 뒤에 무서운 일들만 겪는다든가, 골동품 가게에서 낡은 거울을 사 온 이후로 괴이현상이 일어난다든가 하는 식으로 원인과 상황이 확실하다면 보통은 마땅한 어딘가에 상담해보려고 하지 않던가.

하지만 유나의 경우는 그렇게까지 명확하지 않다. 한 송이의 꽃, 검은 사람의 형체, 맨션에 대한 접근 등 그럴듯한 원인과 상황은 있지만 그걸 제삼자가 이해하도록 설명할 수 있는가 자문해보면 영 자신이 없다. 유일하다고도 할 수 있는 가설도 결국은 부정되었다. 누구에게 상담한다고 해도, 이런 상태에서 무슨 이야기를 해야 좋을까.

몹시 번민하는 채로 유나는 화요일 아침을 맞이했다. 엘리베이터에서 내려 1층 현관홀을 가로지르는 내내 두려움에 떨었다. 그것과 마주치는 게 아닐까 하고 끊임없이 전전긍긍했다. 그래서 무의식중에 현관홀을 조금 옆으로 돌아갔는지, 검은 사람을 보는 일은 없었다.

수요일 아침, 엘리베이터의 문이 1층에서 열렸을 때였다. 눈앞에 그것이 있었다.

"꺄악!"

유나가 기겁하며 물러서는 것을 보고, 같이 엘리베이터에 타고 있던 사람들이 무슨 일인가 싶어 움츠러들었다. 하지만 현관홀에 아무것도 없다는 것을 알자마자 이상한 사람이라도 봤다는 듯이, 혹은 완전히 무시하고서 그녀 옆을 지나가버렸다.

유나가 내리지 않자, 엘리베이터는 곧 위층으로 움직였다. 그래서 그녀는 일단 5층까지 돌아가서 내린 후 계단을 이용하기로 했다.

목요일 아침은 엘리베이터에 타는 내내 **그것**의 기척을 느끼고 있었다. 검은 모습이 보인 것은 아니지만, 그 좁은 공간에 있다는 것은 알았다. 다만 동승한 사람들이 얼굴을 아는 이웃 주민들이었고, 어제의 소동도 있었기 때문에 필사적으로 아무렇지도 않은 척했다. 그래도 유나는 몸이 떨리는 것을 도저히 멈출 수가 없었다.

금요일 아침은 단단히 각오하고 엘리베이터 앞에 섰다. 물론 문이 열리는 순간이 두려웠기 때문이다. 그렇다면 계단을 이용하면 되겠지만 오히려 확인하고 싶다는, 알아두고 싶다는 마음이 더 강했다.

마음의 준비를 한 덕분에 문 너머에 **그것**이 보였을 때, 간신히 비명을 삼킬 수 있었다. 하지만 엘리베이터에는 타지 않았다. 아니, 탈 수 없었다. 어제는 아무것도 보이지 않았기 때문에 이용할 수 있었지만, 조금이라도 눈에 보이면 피할 수밖에 없다.

휴일인 토요일이 되자 유나는 집 밖으로 한 걸음도 나가지 않았다. 어제 회사에서 귀가할 때 역 앞의 슈퍼마켓에 들러 식료품을 잔뜩 사 들고 왔다. 굶주릴 걱정은 전혀 없다.

오늘 그것과 마주치게 된다면 엘리베이터와 510호실 사이의, 5층 복도 어디쯤이 될 것이 틀림없다. 드디어 그녀의 집 앞까지 육박해온 것이다.

일요일에도 그녀는 밖에 나가지 않았다. 그래서는 아무런 해결도 되지 않는 수준을 넘어 스스로를 막다른 곳으로 몰아넣을 뿐이라는 사실을 잘 알고 있었지만, 어쩔 도리가 없었다.

그리고 월요일 아침을 맞이한 유나는 계속 망설였다.

언제까지나 틀어박혀 있을 수는 없다. 회사에도 출근해야 하고, 식료품도 곧 바닥날 것이다. 다만 그렇다고 해서 그것과 조우할 것이 확실한데도 일부러 집 밖으로 나가는 것은 어리석기 짝이 없는 일이 아닌가. 아니, 그것과 스쳐 지날 뿐이라면 괜찮다. 어쩌면 이미 그것만으로 끝나지 않는 상황이 된 것은 아닌가…….

문득 한기를 느낀 그녀는, 조용히 현관까지 가서 도어스코프로 복도를 가만히 내다보았다.

…… 어두워서 아무것도 안 보여.

오늘 아침은 일어났을 때부터 비가 내렸고, 확실히 바깥은 어두웠다. 하지만 그렇다고 해서 복도가 암흑일 리는 없다.

몇 번이나 눈을 깜빡이고 들여다보았지만, 역시 아무것도 보이지 않았다. 도어스코프가 고장이 났나 싶었다. 한데 그렇다고 이렇게까지 새까맣게 되는 걸까?

갑자기 고개를 갸웃거린 다음 순간, 유나는 깨달았다.

**그것**이 문 앞에 서 있다…….

그리고 유나가 나오기를 가만히 기다리고 있는 것이다. 어쩌면 그것은 그 새까만 눈동자로 복도 쪽에서 도어스코프를 들여다보고 있는지도 모른다. 그녀가 본 암흑은 그것의 눈알이었던 게 아닐까.

황급히 현관에서 떨어져서, 구석방으로 뛰어 들어갔다.

나는 절대 못 해…….

이래서는 밖에 나갈 수 없다. 회사도 쉴 수밖에 없다. 그렇지만 내일은 어떡하지? 그대로 문 앞에 계속 머물러 있을 경우에는 아무리 시간이 지나도 외출할 수 없다.

딩동.

그때, 인터폰이 울렸다.

이런 시간에 누구?

한순간 수상하게 생각했지만, 어쩌면 이 방문자가 도와줄지도 모른다.

서둘러 유나는 인터폰의 수화기를 집어 들었다.

"네."

대답을 했는데 아무런 반응이 없다.

"여보세요?"

계속 불렀지만 역시 아무런 소리도 없다. 저쪽의 도어폰 마이크를 통해 들려오는 것은, 멀리 5층 복도를 걷는 듯한 주민의 발소리 정도다.

무서워져서 수화기를 돌려놓자 잠시 후에,

딩동.

다시 인터폰이 울렸다.

주뼛주뼛 수화기를 귀에 댔지만 아무런 소리도 없다. 그녀가 귀를 기울이고 있는 것처럼 저쪽도 귀를 기울이고 있는 기분이 들어서 갑자기 무서워졌다. 곧장 수화기를 내려놓았다.

딩동.

그 순간, 세 번째 인터폰이 울렸다.

유나가 인터폰의 건전지를 빼는 것과,

딩…….

네 번째 인터폰 벨 소리가 거의 동시에 났다.

건전지를 오른손에 쥔 채로 유나는 그 자리에 얼어붙었다. 이런 상황이 될 때까지 방치한 자신을 나무라고 싶었다. 그러는 한편으로 안이하게 문을 열지 않았던 스스로를 칭찬하기도 했다.

쿵, 쿵.

그곳에, 노크 소리가 들렸다. 평범한 방문자는 물론 아니다. **그것**이 문을 두드리고 있는 것이다.

현관으로 통하는 복도의 문은 닫혀 있기 때문에 노크 소리도 낮게 깔리고 있다. 결코 시끄러운 정도는 아니다. 그렇지만.

쿵, 쿵.

……쿵, 쿵.

…………쿵, 쿵.

그렇게 간격을 두고 나는 소리가 몹시 신경에 거슬렸다.

그만둬!

그렇게 소리치며 저도 모르게 현관문을 열어버리고 싶어진다. 유나는 공포에 사로잡혔다.

어쩌면 좋지…….

고민에 고민을 거듭한 끝에, 친구인 가타기리 히나타에게 스마트폰으로 메일을 보내기로 했다. 이런 일을 상담할 수 있는 사람은 역시 히나타밖에 없다. 평소부터 히나타와는 메일뿐만 아니라 전화로도 자주 이야기를 나누고 있다. 하지만 그것에 대해서는 한마디도 하지 않았다.

유나와 마찬가지로 히나타도 괴담을 싫어하지 않는다. 다만 그런 이야기로 쓸데없이 호들갑을 떠는 사람에게는 왕왕 싸늘한 시선을 던진다. 그것을 알고 있는 만큼, 유나는 자신이 처한 상황을 입 밖으로 꺼내기가 어려웠던 것이다.

모든 사정을 적으면 메일이 아주 길어져서 쓰는 데 시간이 많이 걸리므로, 유나는 최대한 요약하면서 중요한 점은 빠뜨리지 않도록 필사적으로 노력했다. 그렇게 메일을 쓰는 동안에도,

쿵, 쿵.

기억났다는 듯이 공허한 노크 소리가 계속 울려 퍼지고 있다. 그것이 신경 쓰여서 좀처럼 메일의 내용에 집중하기 힘들었다. 간신히 송신하고 난 뒤에는 지쳐서 축 늘어져 있었다.

히나타에게서 바로 답신이 왔다.

'더 자세히 알려줘.'

유나는 컴퓨터를 켜고 스마트폰으로 입력했던 것보다 내용을 더 자세하게 써서 히나타에게 보냈다.

이번에는 답장이 올 때까지 어느 정도 시간이 걸렸다.

'지금 회사에 도착했어. 아직 전부 읽지 않았어. 점심시간까지 기다려.'

그 메일을 보고, 유나는 황급히 회사에 '감기에 걸려서 쉬겠다'는 내용의 전화를 걸었다. 이제까지 한 번도 병으로 쉰 적이 없었기 때문에 회사의 선배가 많이 걱정해주었다. 아주 켕기는 기분이 들었다. 결근의 진짜 이유는 '맨션의 방 앞에 정체 모를 뭔가가 있기 때문'이었으니까.

그런 뒤에 유나는 그저 낮이 되기를 기다렸다. 그동안에도 노크 소리는 계속 이어졌다.

별로 듣고 싶지도 않은 음악을 틀어서, 어떻게든 노크 소리가 묻히게 했다. 그렇게 보내는 오전이 얼마나 길게 느껴지던지.

간신히 정오가 되었지만, 히나타로부터 메일이 온 것은 오후 1시쯤이었다.

'회사에서 퇴근하고 그쪽에 들를게. 오후 7시 반쯤 될 거야.'

유나는 눈물이 나올 것만 같았다. 아무래도 자신도 모르는 사이에 상당히 긴장해 있었던 모양이다.

간단히 점심 식사를 한 뒤, 일단 음악을 꺼보았다. 그랬더니…….

……쿵, 쿵.

아직도 노크 소리가 이어지고 있다. 그 집요함이 뭐라 말할 수 없을 정도로 무서웠다.

그리고 날이 저물 때까지 유나는 텔레비전에서 들리는 소리에 파묻혀서 아주 무위한 반나절을 보냈다.

오후 6시가 지나자 히나타의 메일이 도착했다.

'7시까지 갈 수 있을 것 같아. 기다려.'

유나는 텔레비전을 끄고 귀를 기울였다.

……쿵, 쿵.

아직도 있다.

그녀는 지금 상황을 히나타에게 알렸다. 그러자 곧바로 답신이 왔다.

'맨션 5층에 도착하면 메일을 보낼게. 그때 노크 소리가 들리는지 알려줘.'

오후 6시 반이 지났을 무렵부터 유나는 안절부절못했다. 거의 보지도 않는 텔레비전을 언제 끌까만 생각했다. 히나타의 연락을 받은 뒤에 꺼도 충분하다고 생각했지만, 훨씬 전부터 준비해야 하지 않을까 조바심이 났다. 하지만 너무 빨리 텔레비전을 끄면 저 기분 나쁜 노크 소리를 듣게 된다. 그것은 최대한 피하고 싶다.

그녀가 앉았다 섰다를 반복하는데, 휴대전화에 착신 알림이 왔다. 곧바로 확인해보니 히나타였다.

'5층에 도착했어. 너희 집 앞에는 아무도 없어.'

급히 텔레비전을 끄고 가만히 몸을 긴장시킨다.

……쿵, 쿵.

역시 들린다.

'아직 노크 소리가 들려.'

그렇게 답신하자, 곧바로 메일이 돌아왔다.

'지금 갈게.'

유나도 답신했다.

'조심해.'

다시 답신이 왔다.

'세 번, 두 번, 세 번의 순서로 노크하면 그게 나야.'

곧바로 답신했다

'알았어.'

이 대화 사이에도 계속 노크는 이어지고 있다.

쿵, 쿵.

……쿵, 쿵.

…………쿵, 쿵.

그것이 갑자기,

쿵쿵쿵, 쿵쿵, 쿵쿵쿵.

그런 소리로 바뀌었다. 그래도 유나는 그 자리에서 움직일 수 없었다. 다시 한번 같은 노크가 들려와서, 간신히 몸을 이끌고 현관으로 가서 도어스코프로 내다보았다.

복도에 서 있는 히나타의 모습이 또렷하게 보였다. 그 주위에 검은 형체는 같은 것은 보이지 않았다.

그래도 주저하면서 조심조심 문을 열었다.

"얘, 유나. 괜찮니?"

아주 걱정스러운 표정을 한 히나타가 부드럽게 유나의 두 어깨를 잡았다.

히나타를 방 안으로 불러들인 유나는, 최근 한 달 반 사이에 겪은 오싹한 체험을 처음부터 순서대로 자세히 이야기했다. 메일로 알려준 내용과 같았지만, 친구는 묵묵히 모든 이야기를 들어주었다.

"문제는……."

유나가 이야기를 마치자, 히나타가 입을 열었다.

"그 까만 녀석이 어디에 있는가 하는 점이네."

"복도에는 없었어?"

"엘리베이터에서 내리자마자 이 집 앞을 봤는데, 아무것도 안 보였어."

"하지만 네가 노크로 신호하기 직전까지 **그것**이 노크하고 있었어……."

"그건 다시 말해, 내가 와서 그 녀석이 어딘가로 가버렸다는 얘기가 아닐까?"

그런 말을 듣자, 유나는 조금 안도할 수 있었다.

"그 검은 그림자 말인데, 지금까지 누구한테도 이야기하지 않았지?"

"응."

"그래서 달라붙은 거야. '이 녀석은 홀리기 쉽구나!' 하고 말이야."

"그런 소리 하지 마."

"하지만 그 자리에 든든한 친구가 나타난 거지. 그래서 그림자도 사라져버렸어."

"하루 자고 갈까?" 하고 히나타는 말해주었지만, 유나는 괜찮다고 대답했다. 친구도 내일 출근을 해야 하는데 폐를 끼칠 수는 없다.

답례 대신에 피자를 주문해서, 와인과 함께 먹었다. 히나타는 바로 돌아가겠다고 말했지만, 결국 둘이 밤늦게까지 이야기를 나누고 말았다.

다음 날 아침, 유나는 평소대로 7시 45분에 집을 나섰다. 사전에 도어스코프로 확인했다고는 해도, 역시나 문을 여는 순간에는 조금 무서웠다.

하지만 복도에는 아무것도 없었고, K역까지 가는 길에도 검은 형체와 스쳐 지나가는 일은 전혀 없었다.

열차 안에서 유나는 히나타에게 메일로 이 기쁜 사실을 보고했다. 그런데 아무리 기다려도 히나타의 답신이 없었다. 점심시간이 되어도, 퇴근 시간이 되어도 여전히 메일은 없었다.

유나는 회사를 나오자마자 히나타에게 전화를 걸었다. 그러나 부재중 메시지만 나올 뿐, 받지 않았다. K역에 도착하고 나서 전화해도 마찬가지였고, 집에 돌아간 뒤에도 똑같았다. 자기 전에 다시 한번 메일을 보내봤지만, 다음 날 아침이 되어도 역시 답신이 없다.

설마…….

아주 안 좋은 예감이 든 유나는, 그날 점심시간에 히나타가 근무하는 회사에 전화를 걸었다. 그랬더니 히나타가 무단결근 중이라는 대답을 듣고, 얼굴에서 핏기가 싹 가셨다.

퇴근한 뒤에 O역까지 가서 히나타가 사는 W연립의 방을 찾아갔지만, 인터폰에도 노크에도 전혀 반응이 없었다.

그날 밤 유나는 히나타의 본가에 전화를 해서, 히나타가 연락이 되지 않아서 걱정이라고 말했다. 검은 사람에 대해서는 이야기하지 않았다.

다음 날 저녁, 히나타의 부모님에게서 전화가 걸려왔다. 상경해서 W연립을 찾아가보니, 방에 딸이 없다. 회사에 연락하니 사흘 연속으로 무단결근이라는 말을 들어서 깜짝 놀랐다. 뭔가 짚이는 것이 있으면 알려달라는 내용이었다.

유나는 망설였지만 결국 **그것**에 대해서는 말하지 않았다. 어머니에게 알린다고 해서 히나타를 찾는 데 도움이 될 거라고는 도저히 생각되지 않았기 때문이다.

히나타와 연락을 취할 수 없게 된 지 나흘째가 되는 금요일 아침, 유나는 K역의 건널목 맞은편에 서 있는 친구를 발견했다. 유나가 너무 놀라서 그대로 멈춰 서 있자, 히나타가 그 옆을 스쳐 지나갔다. 당황하며 불렀지만 전혀 반응이 없다. 다만 계속 걸어갈 뿐이다.

이러지도 저러지도 못 한 채 히나타를 따라가는 동안, 그녀는 등골이 오싹해졌다. 친구가 가는 길이, 그것이 가던 길과 같은 경로라는 것을 깨달았기 때문이다. 즉, 그녀는 R맨션의 510호실로 향하고 있었던 것이다.

그대로 히나타를 방 안에 들이고, 유나는 친구의 어머니에게 연락했다. 회사에는 결근 전화를 했고, 그 뒤로 쭉 히나타 곁에 있었다.

히나타는 어머니와 함께 고향으로 돌아갔다. 이후 정신과 병원에 입원했다는 소문을 들었지만 사실인지 아닌지는 알지 못한다.

친구를 터무니없는 일에 휘말리게 만들었다며 유나는 낙심했다. 그래도 새로운 한 주가 시작되면 회사에 가야만 한다. 이번 주는 월요일과 금요일, 이틀이나 쉬었다.

다음 주 월요일 밤, 퇴근하고 집에 들어온 유나는 평소처럼 현관에서 "다녀왔습니다"라고 말했다. 그러자 집 안에서, 어서와…… 라고 전혀 들어본 적 없는 목소리가 말했다.

황급히 복도로 뛰쳐나온 유나는, 도로 문을 잠그고 S역까지 돌아가 비즈니스호텔에서 묵었다.

그 후 그녀는 다시는 그 맨션의 방에 돌아가지 않고—이사 준비는 전부 어머니에게 부탁했다—다른 연립주택으로 이사했다고 한다.

# 怪談のテープ起こし

# 종장

이 책에 대한 회의를 하던 모 패밀리레스토랑 자리에서 내가 도키토 미나미의 오싹한 체험을 간소하게 정리한 이야기를 마쳤을 때, 이와쿠라 마사노부는 곤혹스러운 어조로 물었다.

"지금 말씀하신 내용을 새롭게 더한다는 겁니까? 하지만 그걸 어떤 형태로 독자에게 전하실 생각입니까?"

"다행히, 라고 해야 좋을지 어떨지는 모르겠지만……."

이 자리에서 생각난 안을, 나는 우선 설명했다.

"도키토 씨에게 의뢰를 받고 나서 마지막 작품을 써낼 때까지, 거의 끊임없이 도키토 씨와 얽힌 에피소드가 있습니다. 그러니까 여섯 편의 작품 앞뒤나 사이사이에 그것들을 '서장', '막간', '종장'이라는 형태로 흩어놓는 것은 어떨까요? 액자 형식으로 구성하는 거죠."

"그렇군요. 새로운 원고를 시간순으로 쓰면 독자들이 몰입하기 쉬워진다는 방법이군요."

이와쿠라는 내 구성안이 아주 마음에 든 모양이었지만, 갑자기 걱정스러운 얼굴을 했다.

"그런 괴이한 이야기를 다뤘을 경우에는 다양한 앙화가 생긴다는 얘기도 들었습니다만, 그 부분은 괜찮을까요?"

"아뇨, 솔직히 그건 모르겠습니다."

"아이고, 선생님……."

"앙화 때문에 전혀 책이 안 팔린다든가?"

물론 농담으로 한 말이었지만, 이와쿠라는 진지했다.

"담당 편집자가 실제로 겪은 체험이 들어간 것 때문에 독자들이 소름 끼친다며 사지 않는다든가 하는 일은 정말로 없을까요?"

"그건 반대입니다."

나보다 먼저 도키토가 부정했다.

"괴기 단편집을 자발적으로 사는 독자라면, 오히려 '보너스 트랙'이라고 받아들일 거예요."

"아아, 그런 건가."

호러 계열 서적의 편집 경험이 거의 없어 보이는 이와쿠라이지만 금세 납득한 듯했다.

"그것보다 저는, 이 책을 둘러싼 괴이에 닿은 독자에게도 어떤 앙화가 생기는 게 아닐까 하는 걱정이 들어요."

"어째서? 무서운 이야기를 좋아하니까, 그런 경험이라면 바라는 바가 아닐까?"

도키토의 염려를 이와쿠라가 단박에 부정했다.

"그거랑 이건 이야기가 다르다고요."

"으음, 나는 잘 모르겠는데……."

두 사람이 승강이를 벌이게 될 것 같아서 나는 황급히 끼어들었다.

"새로 쓴 원고를 추가한다고 정해지면, 그 서장에도 독자에 대한 주의를 덧붙여두겠습니다. 만약 도키토 씨와 비슷한 체험을 했을 경우에는 계속해서 이 책을 읽지 마시길, 이라든가 하는 이야기를 말이죠."

"아, 그거 좋은 생각이네요. 꼭 부탁드립니다."

고개를 숙이는 도키토 옆에서 이와쿠라가 이상하다는 듯 말했다.

"하지만 선생님, 도키토가 체험했다는 일련의 괴이현상은 이른바 '괴이현상의 진리'에 해당하지 않지요. 그렇다면 역시 기분 탓이 아닐까요? 아뇨, 가령 이 친구의 착각이라고 해도 조금 전의 이야기 같은 내용이라면, 이 책에 집어넣는 것은 얼마든지 환영입니다. 저도 그러는 편이 재미있어질 거라고 생각하니까요. 다만 전부 도키토가 헛것을 본 것이라면, 독자에게 앙화가 생기는 일은 없지 않겠습니까?"

우선 나는 그것을 '진리'라고 부르는 것은 아무래도 좀…… 이라고 강한 염려를 표명했다. 그런 뒤에 나는 도저히 어떻게도 해석할 수 없는 괴이가 연속되면서 그야말로 오리무중인 상태에 처하는 사례도 많이 존재한다는 사실을 이와쿠라에게 전했다.

"…… 그렇군요."

그러자 이와쿠라보다 먼저, 도키토가 불안한 듯 반응했다.

"저의 체험도 결코 기분 탓이 아니고, 그 카세트테이프와 MD 청취를 그만두었다고 해서 더 이상 괴이한 일을 겪지 않는다는 보장도 실은 없는 거네요."

그녀에게는 말하지 않고 있던 것을, 나는 뒤늦게나마 기억해냈다. 하지만 이후에 어떻게 대응할지를 생각해두고 있었으므로 딱히 초조함은 느끼지 않았다.

"네, 그렇게 말할 수 있지요. 그래서 그 방어책으로, 새로 쓰는 원고의 종장에도 괴이에 대한 일련의 해석을 넣어둘까 생각하는 중입니다."

"어, 하지만 선생님……."

도키토는 당황하는 눈치로 말했다.

"저의 불가사의한 체험에는, 이 책의 작품 소재가 된 이야기와 아무런 공통점도 없다고 전에 말씀하셨지요?"

"그때는 확실히 그렇게 생각했습니다."

"지, 지금은 다른가요?"

갑자기 밝아진 도키토와, 그 옆에서 갑자기 입을 다물어버린 이와쿠라에게 나는 깊이 고개를 숙이며 보고했다.

"덕분에 『검은 얼굴의 여우』를 탈고할 수 있었습니다."

"축하드립니다."

"어서 읽어보고 싶네요."

정중히 답례하는 두 사람에게, 나는 그대로 말을 이었다.

"약간의 시간이 생겨서 내가 쓴 여섯 편과 도키토 씨의 체험을 다시 읽어보았어요. 그랬더니 못 보고 지나쳤던 공통점 같은 것이 희미하게 떠올랐습니다."

"정말인가요?"

기뻐하는 그녀에게 찬물을 끼얹는 것 같아서 미안했지만, 나는 바로 단서를 달았다.

"그렇다고 해서 어째서 도키토 씨에게 일련의 괴이현상이 일어났는지, 그 이유를 알 수 있는 건 아닙니다. 그저 기묘한 유사점이 있는 것은 아닐까, 라는 말을 할 수 있을 뿐이죠."

"물론 그걸로 충분합니다."

납득하는 도키토와는 반대로, 이와쿠라는 미심쩍다는 얼굴이었다.

"괴이가 발생한 의미를 알 수 없는 상태로는, 조금 위험하지 않겠습니까? 독자가 불만스럽게 느낀다든가……."

"이 책이 미스터리소설이었다면 절대 불가였겠지요. 하지만 호러니까 딱히 문제는 없습니다."

"그런 법일까요?"

이와쿠라는 아직 마음에 걸리는 눈치라서, 나는 조금 더 상세히 말했다.

"도키토 씨가 좋아하는 '괴이현상의 진리' 말입니다만, 그것에는 다른 '진리'도 있습니다. 그게 뭐냐면, 체험자가 괴이의 정체나 이름을 깨닫자마자 그 현상이 멈춘다는 것입니다."

"호오."

솔직하게 감탄하는 이와쿠라에게 도키토가 보충 설명을 했다.

"이번 경우에는 여섯 개의 단편과 저의 체험에서 보이는 숨겨진 공통점이, 그것에 해당하는 거죠."

"그렇군. 재미있네."

체험한 당사자를 앞에 두고 그런 반응은 좀 뭐하다고 생각했지만, 도키토는 마음에 두지 않는 듯했다. 상사의 태도에 화를 낼 짬이 있다면 한시라도 빨리 내 해석을 듣고 싶다는 얼굴을 하고 있을 따름이다.

"아니, 그렇게 대단한 건 아닙니다."

상대를 실망시키기 전에 얼른 말하자며, 나는 예방선을 쳤다.

"겸손하시군요."

도키토에게는 전혀 통하지 않았다.

"아마도 도키토 씨도 무의식중에 깨달았으리라 생각합니다만, 너무나 당연한 사실이라서 그걸 의식할 수 없었을 겁니다."

"뭔가요?"

"애초에 노골적인 물음이 「죽은 자의 테이프 녹취록」의 처음과 끝에 있었죠."

도키토는 테이블 위의 인쇄물을 서둘러 훑어보기 시작했다.

"여긴가요? 처음에 나온 건 '몹시 흥미로운 공통점이 있는 샘플 세 개를 발견해서 보냄'이고, 끝은 '샘플로서 녹취한 세 개는 명백히 이상했다. **단순한** 자살 실황 테이프라고는 할 수 없는 참으로 불가해한 내용들뿐이었다'라는 부분."

내가 끄덕이자, 그녀는 중얼거리는 듯한 어조로 말했다.

"이 세 명의 자살자에게 이미 공통점이 있다…… 는 말씀인가요?"

"그곳에는 기류 요시히코도 분명히 들어갈 겁니다."

"엑……."

그녀는 잠시 후, 인쇄물에 눈길을 떨어뜨리더니 말했다.

"아, 정말이네. 하지만 선생님, 어째서 이 공통점을 작품 속에서 언급하지 않으셨나요?"

"일부러 지적하지 않아도 독자가 자연스럽게 알아차릴 수 있는 수준이잖습니까. 그걸 굳이 쓰는 건 역시나 센스 없는 행동이겠죠."

"저기, 저는 모르겠는데 말입니다……."

옆에서 미안하다는 듯이 이와쿠라가 슬쩍 끼어들었다. 도키토 쪽을 보았더니, 나에게 설명을 요청하는 눈을 하고 있었다.

"세 명의 자살자와 기류에게 공통되는 것은, 물입니다."

이와쿠라는 멀뚱한 얼굴을 했다.

"자살자 A는 개울물이 흐르는 소리를 들으면서, B는 바다에 뛰어들어서, C는 안개에 감싸인 상태로 각자 죽음을 맞았습니다. 그리고 기류는 강한 석양이 비치는 폐허에 들어갔을 텐데, 어째서인지 그곳에는 빗소리 같은 것이 녹음되어 있었어요. 내가 기류가 보낸 테이프의 재생을 멈춘 것도 그 사실을 깨달았기 때문입니다."

"우연이 아닐까요?"

이와쿠라의 조심스러운 발언은 당연하다고 생각한다. 그래서 나는 특별히 반론하지 않고 담담하게 내 해석을 말했다.

"두 번째 작품인 「빈집을 지키던 밤」에서 의문의 토막 살인 사건이 일어난 것은 태풍이 몰아치던 밤이었습니다. 세 번째 작품인 「우연히 모인 네 사람」에서는 비가 내린 뒤의 흙길에서 기괴한 발자국이 발견됩니다. 네 번째 작품인 「시체와 잠들지 마라」에 나오는 병실 노인은 이상할 정도로 주사액의 소모가 빨랐죠. 다섯 번째 작품인 「기우메, 노란 우비의 여자」에도 태풍이 등장하고, 그 이야기를 누군가에게 할 때 비가 오고 있느냐를 따집니다. 여섯 번째 작품인 「스쳐 지나가는 것」의 클라이맥스에는, 역시 비가 내리고 있었죠."

"물이라는 공통점은 이해할 수 있지만, 비는 자연히 내리는 것이잖습니까?"

반신반의는 고사하고 의심이 9할이라는 것이, 이와쿠라의 반응이었다.

"게다가 여섯 편 중 「죽은 자의 테이프 녹취록」과 「시체와 잠들지 마라」와 「스쳐 지나가는 것」, 이 세 편은 도키토의 테이프 녹취 원고가 아니라 선생님께서 독자적으로 취재하신 소재를 바탕으로 했죠. 여섯 편 중 세 편, 요컨대 절반은 문제의 카세트테이프나 MD와 관계가 없습니다."

"그러니까 우연이라는 해석은 물론 가능합니다. 결코 이상하지는 않아요. 다만 저는 첫 번째의 「죽은 자의 테이프 녹취록」이 문자 그대로 마중물이 되어서 다른 다섯 편을 불러들인 듯한 기분도 듭니다."

"오컬트적인 해석인가요?"

"그건 도키토 씨의 체험에도 적용됩니다. 홍차, 자동판매기, 샤워, 화장실. 어느 것이나 물이 관계되어 있는 것들뿐이죠. 도키토 씨가 회사 화장실에서 떠올려서 오싹해졌던 체험담도 목욕 이야기였죠."

"하지만 선생님……."

이와쿠라가 말하고자 하는 것은 충분하고도 남을 정도로 예상이 되어, 나는 한 손을 들어 보이며 끄덕였다.

"인간의 생활에 물은 불가결하죠. 그러니까 여섯 작품과 도키토 씨의 체험 전부에 그 물이 관여되어 있어도 이상하지는 않습니다. 다만 이렇게까지 겹쳐지면, 어떻게 봐야 할까요. 그것도 각각에 단순한 관련 이상의 뭔가가 있다고 생각합니다만."

"선생님께서 하시는 말씀도 뭐, 이해합니다만……."

이와쿠라를 납득시키는 것은 조금 어렵겠다고 생각하고 있는데, 도키토가 묘한 이야기를 꺼냈다.

"…… 저기."

그녀에게 시선을 향하자, 그녀는 내 왼편을 응시하고 있었다.

"…… 그거, 언제부터 있었나요?"

뭘 말하는 걸까 하고 옆을 보니, 테이블 위에 물이 든 유리컵 하나가 가만히 놓여 있었다. 물론 그곳에는 아무도 앉아 있지 않았다.

당황하며 확인해보니, 나와 도키토와 이와쿠라 앞에 제대로 3인분의 컵이 놓여 있었다.

"처음에 물을 가져왔을 때 잘못 놨다든가?"

내가 그렇게 말하자 도키토가 고개를 저었다.

"그랬다면 제가 분명히 알아차렸을 거예요."

"도중에 점원이 일부러 가져올 리는 없나……."

이와쿠라의 한마디에 그 자리의 공기가 굳었다.

실제 사람 수보다도 하나가 더 많다는 괴이는, 책이나 영화의 무대 등에서 괴담에 관련된 자에게 결코 드문 현상은 아니다.

예를 들면 세 사람이 찻집에 갔더니, "네 분이군요"라는 말을 듣는다. 다섯 명이 선술집에 들어갔는데, 물수건이 여섯 개 나온다. 이런 종류의 이야기는 얼마든지 있다. 그러므로 누군가에게 그것과 비슷한 체험을 했다는 말을 들어도, 나는 특별히 놀라지는 않았을 것이다. 그렇다고 해도 자신이 직접 경험하는 것은 다르다. 그것도 컵의 물은, 세 사람이 전혀 깨닫지 못하는 사이에 놓여 있었던 것이다.

대체 누가…….

무엇을 위해서…….

아무도 앉지 않은 옆 공간과 그 앞에 놓인 컵의 물을 바라보는 동안, 배 속이 싸늘하게 식어가기 시작했다.

"그러면 선생님께 새로운 액자 형식의 이야기를 부탁드리는 것으로 오늘 회의는 마치도록 하겠습니다. 수고하셨습니다."

갑자기 이와쿠라가 그렇게 말하면서 재빨리 돌아갈 채비를 하기 시작했다.

"가, 감사했습니다."

"저야말로 감사합니다."

도키토와 나도 이와쿠라를 따라 채비를 서둘렀고, 거의 셋이 동시에 자리에서 일어섰다. 그리고 가장 가까운 역까지 가서 작별 인사를 할 때까지 아무도 입을 열지 않았다.

이상이 '서장' '막간(1)', '막간(2)', '종장'의 액자 형식 이야기와 여섯 개의 단편으로 구성하게 된 『죽은 자의 녹취록』의 편집을 둘러싼 경위다.

위 문장으로 이 책은 끝났어야 했다. 실제로 초교와 재교 교정쇄는 거기서 끝났다.

그런데 재교 교정본이 도키토에게서 날아왔을 때, 카세트테이프 한 개가 동봉되어 있었다. 그녀의 편지를 읽어보니, 내게서 받았던 카세트와 MD 중에서 이것만 깜빡하고 빠뜨린 듯했다.

이상하군.

상당히 더러워진 카세트를 집어 들면서, 나는 고개를 갸웃했다. 이 정도로 상태가 심각한 테이프가 있었던가? 도키토에게 보냈을 때와 그녀에게서 반송되었을 때, 카세트테이프와 MD를 세어보았던 기억이 분명 있다. 숫자는 맞았을 것이다.

왠지 모르게 불길한 예감을 느끼면서 도키토에게 전화를 해봤더니,

"죄송합니다. 하지만 일부러 빼놨던 건 아닙니다. 전부 보냈다고 생각했는데, 어째서인지 그 테이프만 남아 있어서……."

…… 라며 상당히 곤혹스러운 어조로 사과를 해왔다.

그녀의 말에 따르면 카세트와 MD는 책상 서랍에 넣어두었다. 그래서 하나만 빠뜨렸을 거라고는 전혀 생각하지 못했다고 한다.

하지만 도키토와 이야기를 주고받는 동안, 이미 카세트테이프의 출처 따윈 상관없어지기 시작했다. 더욱 중요한 문제가 있음을 깨달았기 때문이다.

"설마해서 묻는데 말입니다, 들었습니까?"

단도직입적으로 물어보자 그녀는 당황하는 어조로,

"그러니까요, 선생님. 그럴 생각은 정말로 없었습니다. 어째서 깜빡했는지 모르겠지만, 나중에 그게 나와서 저도 놀랐습니다."

"그래서, 들었습니까?"

"…… 아뇨. 그런 짓은, 하지 않았습니다."

대답하기 전에 한순간 공백이 있다고 느낀 것은 기분 탓이었을까. 참고로 테이프는 완전히 감겨 있지 않았다. 적어도 몇 분은 재생된 곳에서 멈춰져 있었다.

좀 더 캐물어야 할까 고민하는데,

"그 테이프, 처분하실 건가요?"

오히려 도키토에게서 질문을 받아서, 나는 순간적으로 말문이 막혔다.

"주제넘은 말을 하는 것 같습니다만, 저는 폐기되는 편이 좋다고 생각합니다."

그렇게 생각하는 이유를 물어보고 싶었지만, 어째서인지 갑자기 무서워졌다. 이 정체 모를 테이프를 청취했을지도 모를 그녀에게 그 이유를 듣는 것이라는 상상을 하자마자 소름이 확 끼쳤다. 어째서인지는 모르겠다.

뭔가 말하려고 하던 도키토의 말을 막고, 서둘러 전화를 끊었다. 그리고 문제의 카세트테이프를 바라보면서 잠시 고민했다.

이대로 버릴까. 다른 테이프나 MD와 함께 자료실 정리 선반에 넣어둘까, 아니면 들어볼까.

마지막 선택지는 없다고 생각했지만, 도키토도 들었다면, 나도…… 라는 생각이 들었다. 그녀는 들었다고 인정하지 않았고, 가령 그랬다고 해도 나까지 들을 이유는 되지 않는다. 그럼에도 불구하고 도키토를 구실로 삼은 것은 스스로를 납득시키기 위해서였던 걸까. 괴이 애호가의 피가 끓어올랐던 것일까.

나는 자료실 구석에서 낡은 카세트리코더와 헤드폰을 꺼내와서, 녹음기에 테이프를 넣고 재생했다.

*…… 기뻐하겠지. 자네와 나에게는 같은 피가 흐르고 있으니까 말이야.*

*엽기적인 자의 피다.*

그 목소리를 듣고 얼굴에서 핏기가 싹 빠져나가는 것을 느꼈다. 그와 동시에 격렬히 후회했다. 왜냐하면 그 테이프의 목소리가 기류 요시히코의 것이기 때문이었다.

첫 번째의 「죽은 자의 테이프 녹취록」 마지막에 기록된 것처럼 굵은 소금을 뿌린 뒤에 봉투에 도로 집어넣고 신문지로 싼 다음, 그 뭉치를 비닐봉지에 넣은 뒤에 다시 다른 종이봉투에 넣고 박스테이프로 칭칭 감아 회사의 쓰레기통에 버렸던 바로 그 카세트테이프다.

하지만 어째서 도키토에게…….

아무리 생각해도 결코 답은 나오지 않을 의문에 사로잡히면서, 내 의식의 대부분은 기류의 목소리로 향하고 있었다. 지금 당장 정지 버튼을 누르고 테이프를 꺼내서 쇠망치로 철저히 박살을 내야 한다고 생각하면서도, 그럴 수가 없었다. 그의 목소리에 귀를 기울이게 된다. 그저 귀를 쫑긋 세우는 자신을 도저히 멈출 수가 없다.

그러나 기류의 음침한 이야기를 들은 것도 아주 잠깐뿐이었다. 이내 그의 목소리가 불명확해지기 시작했다. 처음에는 테이프의 열화가 원인인가 했지만, 아무래도 아닌 듯했다. 일그러진 음성에는 분명 테이프가 늘어진 듯한 느낌이 있었다. 하지만 그것보다도 어울리는 상태가 따로 있는 듯 느껴졌다. 게다가 정답은 바로 눈앞에 늘어뜨려져 있는 느낌이 들었다.

예를 들면…….

마치…….

물속에서 이야기하는 것 같은…….

전혀 수영을 못 했던 어린 시절, 초등학교의 수영장 물속에서 부글부글 소리를 들었을 때의 기억이 갑자기 되살아났다.

기류가 물속에서 말을 걸고 있다.

절대 있을 수 없는 상황인데, 묘하게 납득이 되었다. 그렇다고 해서 받아들일 수 있는 것은 당연히 아니다.

갑자기 헤드폰 왼쪽밖에 들리지 않게 된 상태에서,

모아지로비지우지나마바지마즈메네지누네가우…….

무슨 소릴 하는 건지 전혀 짐작도 되지 않는 말을 듣고 있으려니, 조금씩 머릿속에 물이 채워지는 듯한 감각에 빠진다. 점차 숨이 가빠지는 감각도 느낀다. 그래도 듣는 것을 멈출 수 없다. 그가 하는 한 마디 한 구절을 놓치지 않으려 하고 있다. 전혀 인간의 언어가 되지 않았고 조금도 이해할 수 없는데, 필사적으로 귀를 기울이고 있다.

그러다가 갑자기 내가 정지 버튼을 누른 것은, 어떤 의심이 떠올랐던 탓이다. 그의 섬뜩한 수중 언어를 듣고 있는 동안, 말도 안 되는 의심에 사로잡힌 것이다.

내가 이 책을 쓴 것은 과연 나 자신의 의사였을까?

어쩌면 기류 요시히코에 의해서 망자의 테이프 녹취를 하게 된 것은 아닐까?

물론 조금만 생각해봐도 그래서는 앞뒤가 맞지 않는 점이 너무 많다는 것을 알 수 있다. 그러니까 분명 나의 망상일 것이다.

이상한 생각은 그만두고, 재교지를 살펴본 뒤에 도키토에게 보냈다. 일단 이것으로 저자의 손을 떠났다. 원고 내용에 대해 새로운 문제라도 발견되지 않는 한, 남은 것은 책의 장정 등에 대한 협의 정도다.

그런데 이 무렵에 들어서 도키토와의 연락이 뚝 끊어졌다. 재교지를 수령했다는 답신조차도 없었다. 정중한 대응을 하는 그녀치고는 좀처럼 생각할 수 없는 일이어서 아무래도 나는 불안해졌다.

도키토에게 전화를 해야 할까 생각하고 있는데, 이와쿠라에게서 전화가 왔다. 그녀의 건강이 안 좋아져서 나머지 업무는 자신이 인계한다는 연락이었다.

그 말을 듣자마자, 딱 감이 왔다. 이와쿠라의 눈치가 이상했던 것은 아니다. 직감적으로 깨달았다고밖에 표현할 길이 없다.

"도키토 씨에게 무슨 일이 생겼군요."

"아뇨, 그런 건……."

이 대답이 모든 것을 이야기하고 있었다. 정말로 건강이 나빠진 것뿐이라면 몸 상태를 설명할 것이다. '무슨 일이 생겼는가?'라는 물음에 '그런 것은 아니다'라고 하지는 않을 것이다.

어디까지나 건강상의 이유라고 잡아떼는 이와쿠라를, 나는 집요하게 물고 늘어졌다. 한동안은 이와쿠라도 시치미를 뗐지만, 끝내 실랑이에서 밀린 그는 진상을 이야기해주었다. 다만 그 내용은 상상조차 하지 못했던 것이었다.

"…… 실은 선생님으로부터 재교지가 돌아온 뒤에 갑자기 도키토가 이상한 소리를 하기 시작해서 말입니다."

"뭡니까?"

"그게, 이 책은 내지 않는 편이 좋겠다…… 라는 얘기였습니다."

"네?"

"이유를 물어봐도 어쨌든 내서는 안 된다고, 그 말만 되풀이했습니다."

"그렇다는 얘긴……."

"아뇨, 물론 낼 겁니다. 제대로, 예정대로 간행될 겁니다."

황급히 말을 이어나가는 이와쿠라의 목소리를 들으면서, 나는 생각했다.

…… 도키토의 말이 맞을지도 모른다.

그러나 그것을 이와쿠라에게는 전하지 않았다. 왜냐하면 나는 호러 미스터리 작가이기 때문이다. 그런 이야기를 독자에게 전하는 것이 나의 업무이기 때문이다. 그래서 이와쿠라에게 '위 문장으로 이 책은 끝났어야 했다' 이후의 문장을 '종장'에 가필해달라고 억지 부리듯 요구했다.

나머지는 이 책이 무사히 간행되고, 독자 여러분이 물에 관한 오싹하고 나쁜 현상을 겪지 않기를, 이라고 멀리서나마 기도할 뿐입니다.

# 역자 후기

저는 늦은 밤에 미쓰다 신조의 책은 번역하지 않기로 하고 있습니다.

작품의 내용이 내용인지라, 새벽에 혼자 작업을 하다보면 괜히 기분이 묘해지더라고요. 실제로 예전에 『노조키메』를 번역하던 시기, 새벽 2시쯤에 갑자기 방의 형광등이 툭 하고 나가버리거나 다락 계단에서 어이없이 미끄러져 구르거나 한 뒤로는 기본적으로 계속 지켜오던 방침이었습니다.

그런데 올해 봄이었던가요, 아직 날씨가 조금 쌀쌀했을 무렵으로 기억합니다. 저는 경기도 북쪽 외곽의 모 지방 도시에 살고 있는데, 밤에는 더 쌀쌀해지기 때문에 창문은 늘 닫고 있었습니다. 그런데 늦은 밤에 접어들었는데도 길 건너 맞은편 집에서 여자가 수다 떠는 목소리가 계속 들렸습니다. 창문을 닫았는데도 맞은편 집 안까지 들릴 정도의 목소리였죠. 그래서 저는 일도 밀렸고 하니 저만큼 시끄러우면 오늘은 밤에 작업해도 괜찮을까 싶어서, 그날은 새벽 2~3시 정도까지 『죽은 자의 녹취록』을 계속 번역했습니다. 그러다가 잠시 쉬는 타이밍에 문득, 오늘은 마당의 길고양이들에게 저녁 사료 주기를 깜빡했다는 걸 떠올렸습니다.

문을 열고 마당으로 나가보니, 평소 같으면 한두 마리쯤 어슬렁거리고 있었을 고양이들이 한 마리도 없고 주위는 싸늘한 공기로 가득 차 있었습니다. 오늘은 다들 어디로 놀러 나갔나? 하고 사료 그릇에 사료를 적당히 담고 있던 중, 저는 문득 깨달았습니다. 맞은편 집들의 불이 다 꺼져 있는 것이 아니겠습니까. 가만히 귀를 기울여보니, 지금도 뭐라고 계속 중얼거리는 여자 목소리가 들렸습니다…….

그 목소리는 사람 소리가 아니었습니다. 집 근처 쓰레기 버리는 곳의 전신주에 설치된, 쓰레기 무단 투기 경고 시스템의 자동 음성이었던 것입니다. 그날 비가 잠깐 왔는데 그 비 때문에 고장이라도 난 것인지, 2초 정도 되는 구간의 음성이 무한 반복하고 있었던 거죠. 창문이 닫혀 있어서 똑똑히 들리지 않았기 때문에 저는 그것이 이웃집에서 밤새 대화하는 소리라고 굳게 믿고 있었는데, 실제로 그 주변에는 깨어 있거나 돌아다니는 사람은 물론이고 고양이 한 마리도 보이지 않을 정도로 적막했던 겁니다. 무한 반복되는 자동 음성을 제외하면…….

기계한테 뒤통수를 한 방 맞은 듯한, 그러면서도 뭔가 괴이한 일을 현재진행형으로 당하고 있는 듯한 느낌과 함께 저는 곧 집 안으로 쪼르르 돌아왔습니다. 거 참 묘한 일도 다 있네, 하고 마음을 추스르고서 그날은 다행히 별일 없이 지나갔습니다. 그리고 자연스럽게 (애써) 기억에서 잊어가고 있었는데, 이 작품이 마무리될 무렵에 담당자님께서 『노조키메』 때처럼 뭔가 또 겪은 것이 없느냐고 하시더군요. 그래서 그때는 "그 뒤로는 없었어요! 그리고 그런 일은 읽는 사람은 재미있을지도 모르겠지만, 실제로 겪은 사람은 진짜 소름 끼친다구요!" 라고 정색을 했었는데…… 결국 기억해내고 말았습니다. 그래서 그때를 떠올리며 이렇게 적어봅니다. 그러고 보니 그때는 별 생각 없었는데, 이번 경험에도 비가 관련되어 있군요……. 우연이겠죠. 어쨌든.

저는 늦은 밤에 미쓰다 신조의 책은 번역하지 않기로 하고 있습니다.

현정수

秘密のテープおこし

옮긴이 **현정수**

일본문학 전문 번역가. 다양한 장르의 책을 번역하고 있다. 옮긴 책으로는 미쓰다 신조의 《노조키메》《괴담의 집》《흉가》《화가》《우중괴담》《일곱 명의 술래잡기》와 《검은 얼굴의 여우》 등이 있고, 그 외에도 미아키 스가루의 《3일간의 행복》과 구시키 리우의 《사형에 이르는 병》 등을 우리말로 옮겼다.

## 죽은 자의 녹취록

**초 판 1쇄 발행** 2017년 8월 16일
**개정판 1쇄 인쇄** 2024년 3월 29일
**개정판 1쇄 발행** 2024년 4월 5일

**지은이** 미쓰다 신조
**옮긴이** 현정수
**펴낸이** 신경렬

**상무** 강용구
**책임편집** 최장욱 **기획편집부** 송규인
**마케팅** 박진경 **디자인** 박현경
**경영지원** 김정숙 김윤하

**펴낸곳** ㈜더난콘텐츠그룹
**출판등록** 2011년 6월 2일 제2011-000158호
**주소** 04043 서울시 마포구 양화로 12길 16, 7층(서교동, 더난빌딩)
**전화** (02)325-2525 | **팩스** (02)325-9007
**이메일** longest@thenanbiz.com | **홈페이지** www.thenanbiz.com

ISBN 979-11-5879-214-5 03830